オカシナ記念病院

久坂部 羊

角川文庫
23459

目次

Episode 1　赴任

飛行機が高度を下げると、それまでプルシアンブルーの硬質ガラスのようだった海面が、白く波立つのが見えた。珊瑚礁《さんごしょう》らしいC字形の島も点在している。

いよいよ南沖平島《みなみおきのひらじま》に到着すると思うと、新実一良《にいみいちろう》は改めて胸の高鳴りを覚えた。小柄な身体にやる気だけは満ちあふれている。これから二年間、この島で後期研修医として生活するのだ。自分がどんな医師になるのか、将来を決める重要な経験を積むことになるだろう。

窓から下を見ていると、熱帯樹の濃い緑がふいにアスファルトに変わり、飛行機は無事に着陸した。エンジンが唸《うな》りを発してスピードを落とし、ゆっくりと駐機場に向かう。タラップに出ると、南国特有の分厚い空気が感じられた。東京とは全然ちがう。少し離れたところに白壁の空港ビルが見える。椰子《やし》の並木が風にそよいで、リゾート気分を盛り上げている。

バスで空港ビルに向かいながら、一良はいやいやと首を振った。島には遊びに来たのではない。大学を卒業して、医師国家試験に合格したあと、二年間の初期研修を母校に附属する白塔《はくとう》病院で受けた。白塔大学は私立の総合大学で、白塔病院は日本でも最高レベルを誇る医療施設である。一良は医学生のときから優秀で、初期研修の評価もほぼ満点だった。しかし、彼は優秀なだけでなく、人間味のある医師になりたいと思っていた。だから、三年目からの後期研修は、医師と患者の関係が濃密そうな離島の病院にしようと決めたのだ。

一良が選んだのは、南沖平島にある岡品《おかしな》記念病院だった。決め手になったのは、院長の岡品が白塔大学の出身ということである。母校の先輩なら親しみも湧くし、医師としての信頼度も高い。岡品の卒業年度は昭和五十三年だから、ちょうど四十年先輩になる。浪人や留年をしていなければ、今年六十七歳。ベテラン中のベテランだ。きっと豊富な臨床経験を元に指導してくれるだろう。

機内預けのスーツケースを受け取ってロビーに出ると、アロハシャツ姿の小太りの男性が近づいてきた。

「新実先生でいらっしゃいますか。ようこそおいでなさった。岡品記念病院の事務長ばしとります平良《たいら》っち言います」

平良は地元の言葉で愛想よく言い、一良のスーツケースを持ってくれた。よく日に焼けた顔に白い無精髭《ひげ》が目立つ。だぶだぶのズボンの足下はゴム草履だ。あまりにラフな服装なので、一良は不審に思って訊《たず》ねた。

「今日は病院は休みですか」

「うんにゃ。月曜日やち、開いとりますよ。どげんしてです」

「いや、別に……」

この恰好《かっこう》で仕事をしているのか。都会では考えられないが、周囲の人間も似たような出《い》で立ちだ。

ロビーから出ると、太陽の眩《まぶ》しさに思わずサングラスがほしくなった。気温は三十度近くあるだろう。とても四月のはじめとは思えない。平良はペタペタと足音を立てて駐車場に向かい、旧式のセダンのトランクを開けた。スーツケースを積み込み、後部座席のドアを開けてくれる。

「先生。疲れておいでやろう。先に宿舎で休みなはるか」

「いえ。荷物を置いたらすぐ病院に行きます。院長先生に挨拶《あいさつ》させてください」

「ほう。熱心やね」

当たり前だ。のんびりと休息などしていられない。一良はそう意気込んだが、平良はそれにはかまわず、エンジンを空ぶかししてクーラーの冷気を強めると、おもむろに発進した。

空港を出ると、風景はいっそう南国らしさを増した。自生するソテツやシュロが目立つ。盛大に枝を広げているのはガジュマルだろう。空は強烈な青さで、純白の雲はまるでアクリル絵具で描いたようだ。

病院は市街に入る手前のサトウキビ畑の真ん中にあると聞いていた。市街といっても人口三千人余りの島だから、規模はしれている。

しばらく行くと、手つかずの山林を背景に、白とモスグリーンに塗り分けられた建物が見えた。中央に「岡品記念病院」の文字が掲げてある。正面は四階建てで、左に三階部分が張り出した鉤形《かぎがた》のデザインだ。車は正面を迂回《うかい》し、職員用らしい裏手の駐車場に入った。荷物を宿舎に置きたいと言ったのに忘れたのだろうか。

「先に宿舎に行くんじゃないんですか」

「そうっちゃ」

「ああ、宿舎は病院の近くなんですね。それはいい」

「いやあ、宿舎は病院の中にあるっちょ。四階の病棟はずっと入院患者がおらんもんで、先生の宿舎にリフォームしたわけよ」

まさか、病室に住まわされるのか。不安が伝わったのか、平良が鷹揚《おうよう》に片手を振った。

「大丈夫っちょ。台所も造ったたし、シャワーもつけたっちょや。風呂《ふろ》がよけりゃ患者用の浴室もあるし、自炊が面倒なら、病院食を申し込みゃあ三食心配せんでえぇっちょ」

車を降りて、荷物を持って通用口に向かう。

「近くにワンルームマンションとかないんですか」

「マンション？　あるわけないっちょや」

周囲を見ればわかるだろうと言わんばかりに否定される。薄暗い廊下を通り、エレベーターで四階に上がった。無人のナースステーションがあり、いちばん奥の四人部屋がそれらしく改装してあった。右に机と書棚、左に流しと冷蔵庫があり、奥の窓際にベッドが置いてある。予想通り、患者用のパイプベッドだ。

「すぐ院長先生のところに挨拶に行くかね」

「お願いします」

頼むと平良は机の旧式な受話器を取って、三つの番号を押した。内線電話らしい。

「新実先生がお着きです。ご挨拶にうかがいたいと……。はあ、いやあ、わははは。了解ですちゃ」

何がおかしいのか。受話器を置いて、平良は一良に言った。

「どうぞち、言うちょります。案内しますけ。そうや、忘れとった。今晩、先生の歓迎会がありますよって、お楽しみに」

歓迎会は嬉《うれ》しいが、なんとなく不吉な予感がした。

＊

院長室は三階のいちばん奥にあった。階段で向かいながら、一良が平良に聞いた。

「岡品院長ってどんな方ですか」

「よかお人ちよ。気さくやし、細かいことにはこだわらないからね」

もしかして、院長もアロハにゴム草履だったらどうしようかと不安がよぎる。平良が扉をノックすると、「どうぞ」と厳かな声が聞こえた。

「失礼します」

　緊張して入室すると、岡品はにこやかに迎えてくれた。ネクタイは締めていないが、糊《のり》の利いた白衣姿で、院長然とした風格がある。髪はロマンスグレーで、上品かつ優秀な医師という風貌《ふうぼう》だ。

「後期研修でお世話になります新実一良です。よろしくお願いいたします」

「院長の岡品意了《いりょう》です。こちらこそよろしく」

　岡品は執務机の向こうから出てきて、応接用のソファを勧めてくれた。平良が「んじゃ、わたしはこれで」と頭を下げると、「ごくろうさん」とねぎらいの言葉をかけた。

　岡品に向き合いながら、一良は思いのほか自分がリラックスしているのを感じた。院長の穏やかな雰囲気のせいだろうか。白塔病院の権威的で常に忙しげな指導医たちとはまるでちがう。

　岡品は長い脚を組み、ゆったりした口調で言った。

「ここは辺鄙《へんぴ》な島だけど、のんびりしたいいところだよ。君もゆっくりやればいい。ときに、君はどうしてうちの病院を後期研修に選んだのかな」

「初期研修は白塔病院で受けましたので、次は都市部を離れてみようと思ったんです。いろいろな場面で医療を学びたいと思いまして」

「それは感心だ」

　岡品は目を細めつつ、さらに聞いた。

「君はうちの病院の成り立ちは知っているかい」

「あ、いいえ」

病院の設備や診療科はチェックしたが、成り立ちまでは調べなかった。恐縮しながら首を振ると、岡品は優雅ともいえる口調で語りだした。

「私は生まれも育ちも東京だが、父がこの島の出身でね。私が言うのも何だが、父はなかなかのやり手で、十代半ばで島を飛び出し、戦前、二十代の中ごろには相場師としてひと財産を築いた。戦後は投資家として成功して、莫大《ばくだい》な資産を手にしてね。それを元手に財団を設立して、自分が安心して暮らせるようにと、故郷の島に病院を造ったんだ。それがこの岡品記念病院だよ」

岡品はかすかに誇らしげな表情を浮かべた。一良が感心すると、懐かしむように続けた。

「父も最後はやっぱり生まれたところに帰りたかったんだろうな。私はそのころ白塔病院の第一内科にいて島に帰る気はなかったから、父は東京や大阪から優秀な医師を集めてこの病院をスタートさせた。私が院長として赴任したのは二十年前だよ。父がいよいよ高齢になって、どうしても私にこちらに来てほしいと頼んできたからな」

「じゃあ、お父さまはこの病院で亡くなられたのですね」

「そう。私が看取《みと》った。しかし、父には申し訳ないことをしたと思ってる」

一良が目顔で問うと、岡品は視線を逸《そ》らし、ふっと寂《さみ》しげに笑った。

「そのことはまあ、おいおい話そう。それより看護部長を紹介しておこう。看護部長の福本《ふくもと》さんは内科病棟の看護師長も兼ねているこの病院の要《かなめ》だからな」

岡品は執務机の内線電話で福本に来るよう指示した。一分もたたないうちに入ってきたのは、五十歳くらいの貫禄《かんろく》十分な看護師だった。目鼻立ちがはっきりしていて、美人だが気の強そうな女性だ。

「看護部長の福本光恵《みつえ》です。よろしくお願いします」

「福本さんはもともと白塔病院の看護師でね。私の考えに賛同して、南沖平島までついてきてくれたんだ。口は悪いが人は悪くない」

「院長先生、それは偏見かつハラスメント発言ですよ」

岡品をにらみつけて言う。イントネーションは柔らかいが、縁なし眼鏡の奥に光る目は厳しそうだ。

「いや、これは失敬。恐縮だが、研修医の新実君に、院内を案内してやってくれないか」

「承知しました。では、こちらへ」

先に立った福本についていくと、岡品は柔和な笑顔で送り出してくれた。

＊

院長室を出たあと、福本と一良はエレベーターで一階に下りた。

「では、外来からご案内します」

岡品記念病院は午後診がないので、外来は明かりが消えて閑散としていた。内科、外科、泌尿器科、眼科、耳鼻科など、一通りの科は揃っている。

「救急外来はないんですか」

「空いている診察室で代用します」

離島の病院だから仕方ないかと納得する。しかし、もし高度な治療を要する患者が運び込まれたらどうするのか。考えていると、福本のほうから訊ねてきた。

「新実先生はどうしてこんな離島の病院で、研修を受けようと思ったんですか」

岡品に答えたのと同じことを話すと、「へえ」と返事はしたが、どことなく納得していないようすだ。

「おかしいですか」

「白塔大学を出たエリートの先生にしては珍しいなと思って」

「でも、岡品先生も白塔卒だし、福本さんだって白塔病院にいたんでしょう」

「愛想がつきたから、岡品先生についてきたんです」

「どういうことです」

「いえ……。次は二階の内科病棟にご案内します」

福本は言葉を濁して、中央の階段を体つきに似合わない身軽さで上がった。病棟に入ったところで通りがかりの看護師をつかまえ、一良を紹介する。

「るみちゃん。新しく来られた新実先生よ」

一良が会釈すると、看護師は立ち止まって、慌ただしく自己紹介をした。

「内科病棟の宇勝《うかつ》なるみです。よろしくお願いします」

ユニホームのポケットを調べながら落ち着かないようすなので、福本が聞いた。

「どうしたの」

「患者さんに渡す検査結果の紙をどこかにやっちゃって」

「しっかりしてよね」

宇勝はあたふたと病室のほうへ歩いて行った。

ナースステーションに入り、病棟の主任看護師やスタッフの看護師に紹介される。福本は電子カルテのモニターの前にいる二人の医師にも声をかけた。

「先生方。後期研修でいらっしゃった新実先生です」

向き直って一良に紹介する。

「内科医長の速石覚《はやいしさとる》先生と、外科医長の黒須静《くろすしずか》先生」

速石は三十代後半だろうか、眉《まゆ》が濃く、切れ者らしい鋭い目をしている。かなりせっかちのようで、丸椅子を素早く回転させて早口でまくしたてた。

「聞いてるよ。院長の後輩だろ。早く病院に慣れて頑張ってくれよ。俺は内科医だがグズグズするのが嫌いでね。患者はさっと診てさっと治す。これが俺のモットーだ」

言ってから、ドライな笑いをつけ加えた。

黒須は速石より五歳ほど年長で、南の島には不似合いなほど顔が青白い。なぜ内科病棟にいるのかわからないが、ゆっくりと身体をまわすと、「黒須です。よろしく」とだけ言って、冷ややかな笑みを浮かべた。

「よろしくお願いします」

頭を下げると、二人はうなずいてまた電子カルテに向き合った。

「次は三階の外科病棟ね」

階段を上がりかけると、のっぺりした顔の医師が下りて来た。

「副院長先生。後期研修でいらした新実先生です。新実先生、こちら副院長の安部《あべ》先生よ」

「新実一良です。お世話になりますが、よろしくお願いいたします」

一良が姿勢を正してお辞儀をすると、安部は糸のように細い目でうなずき、静かに自己紹介をした。

「副院長をしています外科の安部和彦《かずひこ》です」

「安部先生は開胸も開腹もこなす手術の名手よ」

福本が称讃《しょうさん》すると、安部は謙遜《けんそん》するように手を振った。

一良が期待を込めて言う。

「僕は総合的な診療技術を学びたいので、手術があればいつでも呼んでください。夜中の緊急手術でも、喜んで助手をさせていただきます。宿舎は病院の四階なので、毎晩、当直しているのも同然ですから」

「うーん。その話はまた改めて」

安部は困ったように後頭部を掻《か》きながら、階段を下りて行った。

「どうしたんでしょう。僕、何かおかしなことを言いましたか」

福本に聞くと、彼女は薄笑いを浮かべながら先へ進んだ。

外科病棟のあと、眼科や耳鼻科の混合病棟をまわり、最後に医局の大部屋に案内された。

共用スペースにソファがあり、何人かの医師が雑談している。福本があたりを見まわして、ラグビー選手のように体格のいい医師に声をかけた。

「服部《はっとり》先生。今度、後期研修で来られた新実先生よ。机を教えてあげてね」

言ってから一良に紹介する。

「こちら泌尿器科部長の服部勇三《ゆうぞう》先生。医局長もやってらっしゃるから、わからないことがあれば聞くといいわ」

服部は四十代半ばで、いかにも体育会系らしい物腰だ。

「泌尿器科の服部だ。部長と言っても泌尿器科は俺一人だがね。君の机は壁際のを使ってくれ。ロッカーは三番目が空いてるからそこを」

「ありがとうございます」

頭を下げると、福本が腕組みしてその姿を見ながら言った。

「新実先生はほんとうにまじめそうね。新実はシンジツとも読むわね。シンジツ・イチロウか。真実一路ね」

彼女は自分の思いつきに満足するように、うなずきながら去って行った。

＊

挨拶まわりのあと、元病室の宿舎で荷物を解いていると、午後六時過ぎ、速石が一良を迎えに来た。

「歓迎会の会場まで車で送るから行こう。荷物の整理なんかあとでいいだろ」

待ったなしに引っ張り出す。階段で一階まで下り、早足で駐車場に向かった。

「歓迎会はアルコールも出るんでしょう。先生は飲まれないんですか」

「飲むに決まってるだろ。帰りは代行だ」

せかせかと車に乗り込み、一良が助手席のドアを閉めるとシートベルトを締める間もなく発進した。病院前から一般道に出て、サトウキビ畑の広がる中を飛ばす。

「君はスキューバダイビングをやるのか」

「いえ」

「じゃあ、シュノーケリングか、ウィンドサーフィンか」

「いや、別にマリンスポーツをしにきたわけじゃありませんから」

「ならゴルフか。それともテニス？　まさか麻雀《マージャン》じゃないだろ」

「どれもちがいますよ」

何を聞くのかと訝《いぶか》っていると、速石は驚いた顔で一良を見た。

「それじゃ君は二年間、ここでいったい何をするつもりなんだ」

「何をって、研修ですよ。危ないから前を向いて運転してください」

速石は正面に向き直るが、まだ首を傾げている。

「おかしいですか。宿舎が病院の病室と聞いたときは驚きましたが、それなら二十四時間態勢で医療に専念できるから、研修にはいいかなと思ってるんです」

「ほう」

速石は短く言い、カーブをスピンぎりぎりのスピードでまわった。ドアのアームレストにつかまりながら、一良が聞く。

「速石先生は、どうしてこの病院に来られたんですか」

「それはもちろん、岡品院長の考えに惹《ひ》かれたからだ」

どんな考えかと聞きかけると、逆に念を押すように言われた。

「君の任期は二年だな」

「はい」

「二年後が楽しみだな」

何か含みがありそうだったが、車は店の駐車場に滑り込み、砂利をはじき飛ばして停まった。

店は道路沿いの一軒家で、ごちゃごちゃと派手な看板が目立つ居酒屋風の設《しつら》えだった。案外、こういうところが地元のうまい魚などを食べさせるのだろう。

「もうみんな待ってるぞ」

速石に急《せ》かされて店内に入ると、壁一面に酒瓶が並び、提灯《ちょうちん》や七夕飾りのような折紙が吊《つる》されて賑《にぎ》やかな雰囲気だ。貸し切りらしく、テーブルをくっつけて総勢三十人ほどが座っている。

「新実君はそこだ」

奥の中央にいる岡品の右横に案内される。一良をはさんで副院長の安部が座り、岡品の左横には福本が控えている。

「みんな揃ったから乾杯といこう。新実先生、ようこそ南沖平島へ」

岡品の発声で全員がビールのジョッキを挙げた。一良は恐縮しながら頭を下げ、簡単な自己紹介をした。

「東京から来ました新実一良です。未熟者ですが、精いっぱい頑張りますので、よろしくお願いします」

拍手のあと歓談に移る。岡品はゆったりと構え、福本たちもくつろいでいる。一良は空腹を感じて岡品に言った。

「このあたりの島なら、刺身なんかもうまいんでしょうね」

「ああ、うまいよ。盛り合わせを頼んでるからたっぷり食べてくれ」

楽しみに待っていると、最初にあまり見たことのない白っぽい刺身が出た。

「まずは主賓から」

岡品に促され、用意されたポン酢で一口食べた。舌の上でとろける感じだ。かすかな甘みもあるが、妙なにおいもする。

「どうだ」

「うまいです。でも、えーと、これは白子か何かですか」

「まあ白子と言えば白子だな。何だかわかるか」

「さあ」

首を傾げると、岡品がさりげなく言った。

「ヤギの睾丸《こうがん》だ」

心の準備ができていなくて、一良は一瞬、味覚を失う。

「続いてヤギの赤身、もも、皮も出てくる。遠慮しないでどんどんいってくれ」

「もしかして、魚は出ないんですか」

「当然だよ。この島ではヤギは縁起物なんだ。結婚祝いとか新築祝いには欠かせない。今日はめでたい歓迎会だから、ヤギ尽くしでオーダーしたんだ」

醬油《しょうゆ》と酢醬油の小皿が配られ、生姜《しょうが》とおろしニンニクがまわされる。福本は早くもビールから泡盛に替え、氷をもらって手酌で飲みはじめる。

「新実君も泡盛にせんか」

岡品に勧められて、水割りのグラスを受け取る。

「うちの連中はこの店のヤギ汁が大好物なんだ。においが強烈だからな」

まるでいいことのように言う。一良はこめかみに流れた冷や汗を、目立たないようにおしぼりで拭《ぬぐ》った。

「新実先生。おひとつどうぞ」

内科病棟にいた看護師の宇勝が、カラカラという急須《きゅうす》形の酒器を持って泡盛を注ぎにきた。

「先生は卒後三年目なんですよね。ということは今年二十七歳でしょう。同い年ですね」

「そうなの。じゃあ、よろしく」

親しみが湧いたので、ついでに聞いてみた。

「宇勝さんは名前は〝なるみ〟だろ。さっき福本さんは、どうして〝るみちゃん〟て呼んだのかな」

「え、あははは。それはいいじゃないですか、それよりもっと飲みましょ」

カラカラを突き出され、半ば強制的に飲まされる。料理はヤギ肉の炒《いた》めもの、味噌《みそ》煮、串《くし》焼きと進み、いよいよヤギ汁の登場となった。薄茶色のだし汁に、骨ごとぶつ切りにしたヤギ肉とヨモギが入っている。汁の表面にはテラテラと脂の粒が光る。

「ヤギ汁は味付けしないのが本来のやり方なんだ。この店のも、ほとんど味はついていない」

岡品が自慢げに言う。できれば味付けはしてほしいと思いつつ、一口啜《すす》ると、強烈なにおいが鼻腔《びこう》に突き抜けた。慌てて上顎《うわあご》の軟口蓋《なんこうがい》を閉じたが、胃の動きが完全に止まってしまった感じだ。

「どう。いけるだろ」

「……はい。強烈です」

「おかわり自由だから、遠慮せずにやってくれ」

曖昧《あいまい》にうなずき、逃げるように反対側の安部に話しかけた。

「さっきご挨拶したとき、僕は何か変なことを言ったんでしょうか」

「いや、私は今はできるだけ手術をしないようにしているのでね。困ったなと思って」

安部は真横に引いたような細い目で答えた。返事をしかねていると、岡品が話に入ってきた。

「安部先生も白塔病院時代はバリバリ手術をしてたもんだがな」

「そうでしたね」

安部が答えると、向こうから福本も割り込んで、一良に説明した。

「岡品先生も安部先生も、一時期、白塔病院でいっしょだったのよ。そのころの安部先生はすごかったわよ。がん細胞を残さないために、ありとあらゆる臓器を切除してましたからね」

「むかしの話ですよ。あのころは何もわかっていませんでしたから」

安部は照れるように後頭部に手をやる。

そのうち十分にアルコールがまわり、座が乱れはじめる。速石は若い看護師とダイビングの話で盛り上がり、服部はヤギ汁の三杯目をおかわりし、黒須は青白い顔でひとり泡盛をチビチビやっている。宇勝がコップを倒し、「きゃっ」と叫ぶ。楽しいには楽しいが、いかにも中身がない感じだ。ふと見ると、岡品が泡盛を片手に知的な横顔であたりを眺めていた。一良はグラスを置き、改まった調子で訊ねた。

「先生にうかがいたいんですが、離島医療でいちばんむずかしいことは何ですか」

岡品は泡盛を口に含み、ゆっくり飲み下してから答えた。

「むずかしいことねぇ。そう、特にないな」

からかわれているのかと思い、一良はさらに訊ねた。

「でも、離島ならではのご苦労があるんじゃないですか。都会に比べたら不足していることもあるでしょうし」

「新実君。何事にもいい面と悪い面があるんだよ。都会の医療と離島の医療も然《しか》りだ。都会の医療がいいとはかぎらんよ」

「その通りよ」

福本が大きくうなずく。どういうことかと聞きかけると、宇勝が立ち上がって民謡らしい歌を歌いだした。沖縄風の旋律にみなが手拍子を送る。服部は太鼓代わりに柱を叩《たた》いている。泡盛を飲み干した福本が、「ハッハッハ」と豪快に笑う。とてもまじめな話ができる雰囲気ではない。

一良も仕方なしに手拍子を打った。楽しんでいるふりはしているが、本心は不安でいっぱいだった。ここで二年間、まともに研修ができるだろうか。一年で切り上げたほうがいいのではないか。いや、何か理由を作って二カ月くらいで東京にもどったほうがいいかもしれない。泡盛を水で薄めながら、秘《ひそ》かにそう考えた。

＊

翌日から、一良はさっそく外来診察を担当することになった。

午前八時半。一階の内科外来に行くと、丸顔で小太りの看護師が待っていた。

「外来看護師の高梨操《たかなしみさお》です。昨日は歓迎会に参加できなくてすみませんでした。子どもが急に熱を出したもんで」

高梨は背が低く、小柄な一良にも威圧感を与えない感じだ。

受付開始の九時ちょうどに初老の女性がやってきた。一良は背筋を伸ばし、白衣の襟を整えて待ち受けた。女性が入ってくると、一良より先に高梨が声をかけた。

「あらー、大城《おおしろ》のオバアやあらんね。どうしたの」

「新しい先生が来たち聞いたもんで、どんな先生か思うて来たわけさー」

「んでぇ、どっか具合、悪いわけな」

先走る高梨を一良は咳払《せきばら》いで制した。

「どうぞ、おかけください。今日はどうされましたか」

「あいや、でーじ若《とても》い先生だね。これからよろしゅう頼むさー」

どうやらようす見に来ただけのようだ。口元を引き締めて見せると、患者は思い出したように訴えた。

「先生。わんね《わたしは》ぇ、飛蚊症《ひぶんしょう》があるわけさ」

それは眼科だろうと思いながら、取りあえず「いつからですか」と聞く。

「三年くらいになるかねー。那覇《なは》の目医者に行っても治らんち言われたっちゃよ」

「そりゃ飛蚊症は治らんさー。慣れるしかないち言いよるもん」

高梨が口を出すと、患者は知り合いのだれそれも飛蚊症があって、蚊というよりハエくらいの大きさだとか、色がときどき変わるとか話しだす。高梨はいちいち感心し、自分の知り合いの例も出す。まるで茶飲み話だ。一良は初っぱなから怒るのもよくないと、笑顔を作っていたが、徐々に苛立《いらだ》ってきた。

受付にだれかが来た気配がしたので、高梨に「次の患者さん、いるんじゃない」と、診察の終了を促した。

「これうちの五人目の孫さー。かわいんさー。先生も見るかね」

スマホを取り出してこちらに向けかけたので、「また今度に」と手で断った。高梨は「ほんと、かわいいねー」と愛想を言いながら、患者を出口に誘導する。

　次に入ってきたのは作業服姿の中年男性だった。半袖《はんそで》の腕をボリボリと掻きむしっている。ジンマシンだ。

「発疹《はっしん》が全身に出てるので、食べたものが原因ですね。接触性のものだと触れたところだけに出ますから」

「早く痒《かゆ》いのを止めてくれんば」

　せっかく説明しているのに高飛車に言われ、気分を害しながらも、高梨に抗アレルギー剤の注射を指示した。すると、患者は「注射はいらんば」と断った。

「でも、痒いんでしょう。注射のほうが早く効きますよ」

「いや、注射はせんでええ」

　それはこっちが決めることだと思うが、頑固そうなので、「じゃあ、抗ヒスタミン剤を処方します」と譲歩した。ところが、患者はそれにも首を振った。

「のみグスイ《グスリ》は副作用で眠うなったら仕事にならんば」

　たしかに抗ヒスタミン剤は眠気を催すことがある。しかし、それならどうすればいいのか。

「塗りグスイば出しんに」

　なんで患者に処方を決められなければならないのか。むっとすると、高梨が絶妙のタイミングで割って入った。

「やっさー。塗り薬、たっぷり出してもらうけん、ちょっくら外で待っとってねー」

患者を外へ送り出す。

「どうして帰すんです。おかしいじゃないですか」

不満を訴えると、高梨はプッと噴き出し、小声で言った。

「あの患者さん、注射が大の苦手なんですよ。採血のとき、針を刺しただけで卒倒したんですから。偉そうにしてるのも怖がりだからですよ」

「でも、患者が治療を決めるのはおかしいでしょう」

「ですよね。だけど、イライラするだけ時間の無駄ですよ。早く処方しちゃいましょう。レスタミン軟膏《なんこう》でいいですね」

勝手知ったるようすで、電子カルテのテンプレートからジンマシンの塗り薬を選んで処方した。

そのあとも、気管支炎の患者にレントゲン写真を撮ろうとすると、「それはええ」と断られ、脱水気味の患者に点滴を指示すると、「そんな大袈裟《おおげさ》な」と笑われ、タール便の患者に胃カメラをと勧めると、「もう少しようすを見るさー」と拒絶された。

白塔病院のときは、患者に指示を断られるようなことは一度もなかった。若いといえども、自分はれっきとした医師なのだ。患者は当然、医師の指示に従うべきだ。なのにここでは、患者が一良の指示を吟味し、承諾するか否かを決めているようだ。

「高梨さん。ここの患者さんはちょっとわがまま, すぎませんか。今のタール便の人なんか、潰瘍《かいよう》ならまだしも、がんだったらどうするんです。ようすを見てる間に手遅れになるかもしれないじゃないですか」

「だけど、本人がそう言ってるんだから」

「手遅れになったら、その本人が騒ぐんですよ。見落としだ、医療ミスだと、こっちのせいにするに決まってる」

「この島の人はそんなことはしませんよ。病院の先生を信頼してますから」

「信頼してたらどうして指示を無視するの」

おかしいじゃないかと怒気を含ませるが、高梨は短い指をうごめかして肩をすくめるばかりだった。

＊

一良の外来担当は、火曜日と木曜日の週二回が割り当てられた。

二回目の外来は無難に終わったが、翌週の火曜日にまた困った患者が来た。

照屋《てるや》里子《さとこ》、六十八歳。

真っ黒に日焼けして、顔中に深い皺《しわ》があり、白髪も手入れしていないので年齢より十歳近く老けて見える。やせていて、表情も険しく、声も不自然なほどかすれている。

「照屋のオバア。久しぶりさー」

例によって、高梨が一良より先に話しかける。

「最近、具合はどうね」

「もう、だめさー」

「またそんなことを言うち。朝栄《ちょうえい》さんはどうな」

「変わらんば。だんだん元気がなくなりよる」

「心配だねー。ああ、くぬ《この》先生は先週から来た新実先生。イケメンやろが」

高梨が紹介すると、照屋はどうでもいいと言わんばかりに鼻を鳴らした。

主訴を訊ねると、睡眠薬がほしいとのことだった。いつもの薬をと言うが、言いなりになっては診察の意味がないので、一良は過去の処方を確認して言った。

「同じ不眠でも、寝つきが悪い入眠困難、途中で起きてしまう中途覚醒《かくせい》、熟睡できない熟眠障害などがありますが……」

説明している途中で、ふと照屋の首に親指ほどの膨らみがあるのに気づいた。

「ちょっと失礼」

手を伸ばすと、照屋は反射的に身体を引いた。

「なんばしよるとね」

「何もしませんよ。首の触診をさせてもらうだけです」

なだめてからゆっくりと首の膨らみに指を這《は》わす。硬い。しかも形が不正だ。

「この首のしこり、いつからあります」

「そんなもんないさー」

「いや、あるでしょ。これ」

言い終わる前に照屋は首を振った。高梨が気まずそうに目を逸らしている。前から気づいていたにちがいない。

一良は相手の目を見て慎重に説明した。

「照屋さん。これは甲状腺《こうじょうせん》の腫瘍《しゅよう》です。きちんと検査しないといけません」

「コージョー、セン？」

妙なところで切って眉根を寄せる。

「甲状腺というのは内分泌腺です。ホルモンを出す臓器です」

十分理解していないようだが、説明を進めた。

「腫瘍というのはしこりのことです。腫瘍には良性と悪性があるので、万一に備えて検査を受けたほうがいいです」

不安にさせないように言ったが、万一どころか、がんであるのはまちがいない。声がかすれているのは、声帯を動かす反回《はんかい》神経を巻き込んでいるからだろう。つまり、一刻の猶予もない進行がんだ。

「照屋さん、今すぐ鹿児島か那覇の大学病院に行ってもらったほうがいいです。紹介状を書きますから、すぐにその準備をしてください」

「ぬーが《どうして》やがー。わんは眠りグスイをもらいにきただけにゃよ。ぬーんち《どうして》、わんが大学病院へ行かんならんば」

八の字に寄せた眉で、目に怒りをたぎらせている。

「よくない病気の可能性があるからですよ。この病院では十分な治療ができないので、大学病院を勧めてるんです。大きな病院のほうが安心でしょう」

親身になって説得したつもりだが、照屋は疑わしそうな目で一良をにらむ。

「わんをあんしぇ《そんなに》大学病院へ行かそうちして、やー《あんた》は大学病院のまわし者《もん》やが？」

どうしてそうなるのか。高梨が見かねたように、それはちがうと照屋をなだめる。それでも納得がいかないようすで、照屋はもう薬もいらないとばかりに診察室を出て行った。

「ちょっと、このまま帰したらだめだろ。引き留めてよ」

「でも、本人がいやだと言ってるんだから」

またか。しかし、照屋の場合は注射や点滴を断るのとわけがちがう。

「高梨さんも気づいてたんでしょう。あの人の声と首の腫瘍、明らかに甲状腺がんじゃないですか。すぐにでも手術すべきでしょう」

「だけど、照屋さんは……」

まだ何か言い訳するのか。一良は我慢しきれず、自分で呼びもどそうと診察室の外に出た。ロビーに行くと、照屋は玄関から出て行くところだった。

「照屋さん、待って。僕の説明を聞いてください」

「あー、かしまさん《やかましい》。あびらんけぇ《うるさい》。やなわらばー《クソガキ》のくせに、偉そうに言わんに。くぬ《この》ふらーよ《バカ者》」

意味はよくわからないが、怒りながら罵倒《ばとう》しているのは明らかだ。照屋は肩で息をしながら荒い足取りで出て行った。

これでいいのか。いいわけはない。

一良はとっさにUターンして、三階に駆け上がった。岡品院長に直訴するしかない。

扉をノックすると、「どうぞ」と待っていたような返事があった。

「失礼します。今、外来で甲状腺がんの患者を診たんですが、検査を勧めたのに拒否して帰ってしまったんです」

言いながら、階段を駆け上がったせいで息が上がった。岡品は一良の呼吸が整うのを待ってから、静かに言った。

「照屋さんだろ。今、高梨さんから電話があったよ」

「先生はあの患者さんをご存じなんですか。甲状腺の腫瘍のことも？」

岡品はそれにには答えず、逆に一良に問うた。

「照屋さんは甲状腺の腫瘍を治してほしいと言ったのかね」

「いいえ。本人は腫瘍に気づいてなかったみたいですから」

「ほんとうにそうなのか。気づいているけれど、知らないふりをしていたんじゃないか」

そう言えば、首を診察しようとしたとき、照屋は反射的に身を引いた。

「君が腫瘍を指摘したら、治してほしいと言ったのか」

「それでも君は治したいと思った。当然かもしれないが、それは治療がよいことだと信じているからだろう」

「いえ、それは……」

何を当たり前のことを言うのか。一良は不審の目で反問した。

「医師が病気を治すのは、よいことじゃないんですか」

「患者がそれを望み、なおかつ確実に治せるときはそうだろうな。しかし、治療がうまくいかないときはどうだ。治せないだけでなく、患者にさまざまな苦痛や弊害を与えることにはならないか。場合によっては命を縮めてしまうことだってあるだろう」

「でも、それは病気を治すためでしょう」

「だから医者には責任がないと言うのか。世間一般では、悪気がなくても過失傷害や過失致死は罰せられるぞ」

「結果が悪ければ過失と言うのなら、医療なんかできないと思います」

「そうだ。だからしなくていいんだ」

どういうことか。岡品はかすかな諦念《ていねん》を浮かべて続けた。

「医師の多くは病気を治すことをよいことだと思っている。だから、医学的な判断を優先したがる。しかし、そのためにかえって患者を苦しめたり、よくない結果になることもあるのじゃないか」

承服はできないが、そういうことがあるのも事実だ。

岡品は一良から視線を逸らし、独り言のように語った。

「照屋さんは、今、家でご主人の朝栄さんの介護をしているんだ。朝栄さんは二年前に脳出血で倒れてな。四肢麻痺《まひ》で寝たきりになっている。子どもがいないから、里子さんが入院したら朝栄さんの世話をする者がいなくなるんだ。里子さんは思い込みの激しい人で、自分がガミガミ言ったから、そのストレスで朝栄さんが倒れたと思ってる。そんなことはないと説明しても聞かないんだ。それで、どんなことがあっても、自分が朝栄さんの世話をしなければと思い決めてる。それを医学的な判断で、強引に中断させてもいいのか」

「でも甲状腺がんですよ。しかも、反回神経を巻き込んでますから、手術するなら一日でも早いほうが」

「手術をしたら確実に助かるのか」

「それはわかりません。しかし、手術しなければ確実に死にますよ」

「手術でがんを治しても、いずれは死ぬよ」

冗談を言っているのか？　そんなようすは見えない。横顔にはやり場のない寂寞《せきばく》の陰が浮かんでいる。

「照屋さんはある程度、自分の死期を悟っているんだ。君はそれに気づかなかったのか」

わかるわけがない。一良は目を伏せて不服げにつぶやいた。

「もしそうなら、病院なんかに来なきゃいいのに」

突然、岡品の口から意外なほど強い声が発せられた。

「照屋さんは甲状腺がんを治してほしいと言って来たのか」

目の奥に怒りが灯《とも》っている。

「わかっただろう。君は患者の求めるものを与えず、求めないことをしようとしたんだ。君が照屋さんを治療したい気持はわかるが、今、彼女を島外の病院に送り出したら、ご主人の世話ができなくなる。その犠牲を払っても、治療したほうがいいという保証はないだろう。それなら本人の望む通りにすべきじゃないのか」

岡品はふたたび元の表情にもどり、改まった調子で告げた。

「はじめに説明しておくべきだったかもしれないが、この病院の方針は、まず患者に満足を与えることだ。だから患者の気持は最大限、優先する。治療も患者がやってくれと言うならとことんやればいい。しかし、患者が求めていないのに、病気を治そうとするのは、医者の驕《おご》りだと私は思うよ」

そうなのか。初期研修を受けた白塔病院では、そもそも患者の気持など端《はな》から問題にしなかった。最先端の医療設備で、精度の高い医学的判断を下し、最高級の医療を施す。それがすべてだった。岡品はそれを驕りと言うのか。

「都会の病院では、患者様などと口先で患者を大事にするふりをするが、実際には医療の都合ばかり優先するだろう。それで結果が悪くても、残念でしたで終わりだ。傲慢《ごうまん》じゃないかね」

だからと言って、患者の言いなりになって、何もしないでもいいのだろうか。一良は出口のない迷路に踏み込んだような不安を覚えた。

「まあ、そういうわけだから、照屋さんには検査もしないし、治療もしない。もちろん、島外の病院にも送らない。君には承服しがたいかもしれんが、照屋さんが残された時間を納得してすごせるようにするには、それがいちばんいいんだ」

話はこれまでと言うように、岡品はひとつうなずいた。

一良は釈然としないまま、重い足取りで外来の診察室にもどった。

＊

一良は岡品の考えを何度も頭の中で反芻《はんすう》した。速石にこの病院に赴任した理由を聞いたときの答えも思い出した。

――それはもちろん、岡品院長の考えに惹かれたからだ。

わからない。がんの疑いが濃厚な患者を見つけたのに、何もしないことがいちばんいいなんて。

外来も三週目になると、一良もある程度、診察のペースに慣れてきた。相変わらず興味本位で来る患者もいたが、高梨がうまくあしらって、一良が苛立つこともなかった。

そんなとき、四角い顔の男性が杖《つえ》をついてやってきた。奥村禮蔵《おくむられいぞう》、七十六歳。陽気な患者らしく、廊下にいるときから大きな笑い声が響いた。「奥村さんは耳が遠いから」と、高梨に耳打ちされて声の大きさを納得した。

「先生。今日も点滴ば、お頼ん申します」

いきなり耳を塞《ふさ》ぎたくなるような声で言われた。顔にうっすらと黄疸《おうだん》が出ている。高梨を振り返ると、目でカルテの診断名を見ろと示した。

『膵臓《すいぞう》がん』

膵臓がんで黄疸が出ればエンドステージ（終末期）だ。一良は動揺を悟られないようにさりげなく訊ねた。

「奥村さん。顔が少し黄色いようですが、お気づきですか」

「黄疸やろ。もう、そろそろっちゅうことですかな。わははははは」

他人事《ひとごと》のように笑う。状況はわかっているのか。

「病名はお聞きですか」

「膵臓がんちよ。二月に院長先生が診断ばしてくれて、手術は無理やけん、抗がん剤で治療したら、半年かそこら命が延びるかもしれん、けど、副作用はちいときついやろ、このまま何もせんやったら三ヵ月やなち言われて、それやったら、もうこのままでええち言うたんばん」

また、治療を求めない患者がいる。東京では最良の医療を求めて、症状のない病気を見つけるために自ら医療に吸い寄せられる人が多いのに、ここでは症状があっても医療を受けない人がいる。それにしても、奥村は治療に賭《か》けてみようと思わないのか。

点滴のメニューを見ると、がんを抑える薬は何も入っていない。

「いつもの点滴でいいんですか」

「気休めみたいなもんやからな。まあ、何もせんのも愛想がなかけん、気が向いたら打ちに来るわけよ」

気休めとわかって受けに来ているのか。

「先生はまだ若いから、これからが楽しみやせー。いー医者《いさ》になるよう、せいぜいちば頑張《がんば》りよー」


「あ、ありがとうございます」

死を目前にした患者に励まされ、一良は頰を引きつらせた。そして恐る恐る訊ねた。

「あの、さっき、そろそろとおっしゃったのは、その、つまり、最期ということですよね」

「やっさー。人生の最期さー」

「何と言うか、その、死ぬのは怖くないですか」

背後で高梨が緊張するのがわかった。奥村は表情を変えずに答えた。

「そりゃ、もちろん、死ぬのは怖くないやさ」

もしやとは予感したが、こうはっきり言われるとは思わなかった。一良の戸惑いを見て、患者があっけらかんとつけ加えた。

「死んだら何もわからんもん。はははは」

それはそうだ。だが、それでも恐れるのがふつうだ。しかも奥村はまだ七十六歳ではないか。

「死ぬには早すぎませんか」

「なーんも。七十六ちいうたら生きすぎさー。これ以上生きたらかなわん。耳も遠いし、脚も弱っとるしな。わはははは」

高梨がタイミングを計ったように割って入る。

「奥村さん。じゃあ、あっちで点滴しましょうね」

処置室に促す。奥村が大きな声で明るく言った。

「高梨さん。また太ったんじゃないかね」

「そうなの。食欲がありすぎて困るのよ」

カーテンの向こうで二人の笑い声が響く。

おかしい。おかしすぎる。ここは医療だけでなく、患者もおかしい。一良は強《こわ》ばった笑顔のまま胸のうちで何度も思った。

どうやら自分は、とんでもなくオカシナところに来てしまったようだ……。

Episode 2 臨終

南沖平島は奄美《あまみ》大島の南東、沖縄本島の北東に位置しており、面積は約四十平方キロメートル。人口は三千余りである。名前の通り島には高い山はなく、内陸部には亜熱帯気候特有の木々が繁っている。

明治維新までは薩摩《さつま》藩や琉球《りゅうきゅう》王国の支配を受けていたが、二十世紀に入って高知県からの開拓団が入り、島の主力産業であるサトウキビ畑が拓《ひら》かれた。もともと沖縄系と鹿児島系の住民がいたところに、高知系の住民がまじり合い、互いに対立した時期もあったが、戦後のアメリカ統治時代を経て、現在は平穏に共存している。

島の高齢化率は二二・五パーセントと、全国平均（二七・七パーセント）に比べかなり低い。僻地《へきち》なら高齢化率が高いのが当然と思っていた新実一良は、その低さに首を傾げたが、やがてその理由を知ることになる。

＊

木曜日、午前十一時四十五分。

外来の診察室で一良は両手を突き上げ、だれに遠慮することもなく大あくびをした。

患者が来ない。

赴任した当初は、新米の医者の顔を見がてら受診する者もいたが、一ヵ月もたつとそれもなくなった。今朝は高血圧や糖尿病など定期処方の患者が数人と、急性腸炎の患者を診ただけだ。おそらく今日はこれで終わりだろう。

　こんなことで研修になるのか。一良の所属は内科だが、総合的な研修のために他科の患者も診察させてもらっている。それはありがたいが、こう患者が少ないと時間が無駄に思えて仕方がない。

　そればかりか、外来看護師の高梨は、患者が来るたびに世間話に花を咲かせる。途中で家族の体調なども話題になるので一応、黙認はしているが、患者でごった返す白塔病院だったら、たちどころにスタッフからブーイングが起こるところだ。

　白塔病院の外来では、患者はあらかじめ質問を整理するよう求められ、ちょっとでも病気に関係のないことを話すと、即座に看護師からストップがかかった。そうでもしなければ、午前中の外来が夕方になっても終わらないからだ。話が横道に逸《そ》れやすい患者は、「あの……」と言っただけで、看護師長に「はい、そこまで」と止められたという伝説もある。

　岡品記念病院の外来では、患者はゆっくり話せるが、こちらは病気に関係のないことをああだこうだと聞かされ、正直、疲れる。そんなことをする暇があったら、論文の一本でも読みたい。一良は論文が読み放題のＷＥＢサイトに登録しているので、幸い、離島にいても情報だけは不足なく手に入る。

　そのサイトにアクセスしていると、内科医長の速石がいきなりカーテンをめくって入ってきた。

「新実君。午後は予定ないんだろ。看護師たちとパパイヤ狩りに行くから、いっしょに行かないか」

　また遊びの誘いだ。一良は失礼にならない程度に無愛想に答える。

「いえ。けっこうです」

「どうして」

「午後は病棟ですることがありますから」

「そうか。じゃあまた」

　短く言い残して姿を消す。

　速石は遊ぶのが大好きで、暇を見つけては外へ出ていく。病院のコートでテニスをしたり、近くの池でカヌーを漕《こ》いだり、ガジュマルの林にオオコウモリ・ウォッチングに出かけたりだ。釣りに行けば、アオダイ、グルクン、イラブチャーなどを獲《と》ってきて、病院の厨房《ちゅうぼう》に届けて料理してもらう。いったい、まともに医療の仕事をしているのか。

　同じことはもう一人の医長である黒須にも言える。黒須はいつも院内にはいるが、たいていは医局のソファで読書をしている。それも医学書ではない小説やノンフィクションばかりだ。もの静かなのはいいが、何となく医療に身が入っていない感じだ。いやしくも医師ならば、最新の知識を得るために日々の勉強が欠かせないのではないのか。ほかの医師たちものんびりした雰囲気で、一良が論文のトピックスなどを話しても乗ってこない。白塔病院でなら、即座に医師が集まってきて熱い議論がはじまるところだ。

——ぬるま湯。

この病院をひとことで言うならそれだった。

外来の受付が終了すると、看護部長の福本が顔を出した。

「新実先生。今日の診察は問題なかった？」

「ありませんよ。だけど、こう暇だと逆に疲れますね」

投げ遣《や》りに返すと、福本が腕組みをして一良をにらんだ。

「ヤル気満々の先生としては、患者さんがたくさん来たほうがいいのね」

「そのほうがやり甲斐《がい》もあるし、腕も上がるじゃないですか」

「自分のトレーニングのために、患者さんに来てもらいたいわけだ」

「そうじゃありませんけど、でも、このままでいいのかなって」

一良は半分ふて腐れて答えた。

「ま、新実先生はまだ若いからね。それに、白塔病院みたいな超多忙な施設から来たら、カルチャーショックもあるでしょう。人生いろいろ、病院もいろいろ。頭を柔らかくして頑張ることね」

福本はそう言い残して、外来診察室を出て行った。

＊

昼食は院内の食堂で摂《と》る。出るのは病院食と似たり寄ったりだが、味にさほどうるさくない一良はそれで満足している。

昼食をすませると、少し休んでから回診をするため病棟に向かった。回診と言えば、教授回診とか院長回診とか、いわゆる大名行列が思い浮かぶが、岡品記念病院にそんなものはない。ひとりで自分の受け持ち患者を順に診るだけだ。

最初は六十四歳の肝硬変《かんこうへん》の男性。泡盛が大好きで、二週間前に肝性昏睡《かんせいこんすい》で運び込まれた。肝硬変が進んで血液中のアンモニアが代謝できなくなり、意識を失う発作だ。場合によっては命に関わる。

「気分はいかがですか」

「大丈夫さ。もういつでも退院できるっちょや」

イヤイヤと一良は首を振る。

「退院はまだ当分、無理ですよ。血液中のアンモニア濃度も高いし、γ《ガンマ》GTPだって五〇〇を超えてるんですから」

「そんなこと言わんでさ、そろそろ無罪放免ちことにしてくれんば」

入院後の治療で意識を回復したあと、厳重な治療計画を説明したはずだ。それを無視して帰りたがるのは、また飲みたいからに決まっている。

「前にも言いましたが、これ以上、飲んだら命の保証はできませんよ」

「わかってるさ。けど、前に院長先生が言うたんば。酒を飲みたいと思うとるうちは死なんちよ」

一良はため息を堪《こら》えて無理に笑う。今一度、順を追って説明する。

「いいですか。肝臓は再生力が強いから、肝炎までなら治ります。しかし、肝硬変になるともう元にはもどらないんです。でも、全部の細胞が一気に肝硬変になるわけではありませんから、残っている細胞を大事にしなければいけないんです」

「そのために酒が飲めんちな。酒が飲めんかったら、生きてる意味がないっちょや。それなら、治療する意味もなかろうもん」

答えに詰まる。一良は気を取り直して問う。

「あなたはまだ六十四歳でしょう。長生きしたくないんですか」

「飲めんなら、何を楽しみに生きればいいわけな。飲むだけ飲んで、この世とおさらばするなら、それでもかまわんにゃ」

話にならない。一良は首を振りながら次の患者へと向かう。

スライド扉をノックしてから開けると、八十四歳の胃がんの女性が、退院の仕度をすませて待っていた。

「新実先生。お世話になりました。ありがっさまりようた《ありがとうございました》」

白髪交じりの小さな髷《まげ》の頭を下げる。一良はあまり嬉《うれ》しくない。

この患者は、胃がんが肝臓に転移していて、手術の適応はなかったが、抗がん剤を一クール終えたところで、転移のサイズが半分以下に縮小した。これなら二クール目も期待できる。そう思ったのに、本人が副作用が苦しいと言って、院長に退院を直訴したのだ。もちろん、岡品はそれを許可した。

顔を上げた患者に、一良は念を押すように訊《たず》ねた。

「ほんとうに退院するんですか。薬をやめて後悔しませんか」

「もちろんちょ。心配いらんば」

「肝臓にまだ病気が残ってるんですよ。きちんと治療したほうがよくないですか」

「なんも。あんなゲェーゲェー吐く薬、身体にいいわけなかんば。薬をやめたら、ほれ、元気になって、メシもうめくなってさ、こうして無事に家に帰られるんば。ほんに嬉しいっちょや」

たしかに、患者は嘔吐《おうと》を繰り返したが、白塔病院ではもっと苦しい副作用にも耐えて、治療に専念する患者が大勢いた。彼らには石にしがみついてでも病気を治したいという強い意志があった。だから、こちらも精いっぱいの治療をした。残念ながら、その多くは亡くなってしまったが。

この島で医療をするのは疲れる。東京ではもっと医療がスムーズだった。必要な検査や治療は滞りなく行われたし、治療が中断されることはあり得なかった。ここでは拒否や中断がしょっちゅうだ。患者の気持が大事なことはわかるが、医学的な判断よりも、それを優先していいものだろうか。

次の患者は五十八歳の女性で、一昨日《おととい》、めまいと息切れを主訴に外来に来た。心音を聴くと、明らかな雑音があった。大動脈弁狭窄症《だいどうみゃくべんきょうさくしょう》だ。

――すぐに入院してください。詳しく調べる必要があります。

いつかの脱水症の患者みたいに、また「そんな大袈裟《おおげさ》な」と言われるかと思ったが、女性は素直に入院した。

一良は患者の聴診を終えてから、検査の説明をする。

「レントゲン写真では、軽度の左室肥大《さしつひだい》が見られました。心電図では虚血性《きょけつせい》の変化はありません。血液検査では心臓に負担がかかると上昇するＢＮＰという物質が、正常値を超えています」

「はあ……」

患者は外国語でも聞かされたように口を半開きにしている。一良は慌てて説明しなおす。

「左室肥大というのは、左心室の出口にある大動脈弁が狭くなっているため、圧がかかって膨れているということです。虚血性というのは、心臓に酸素と栄養を送る血管に十分な血液が流れないことで、大動脈弁狭窄症の危険な合併症です。ＢＮＰはホルモン性の物質で、心不全の目安として測っています」

「ほお……」

やはり反応は鈍いが、これ以上どう説明したらいいのかわからない。それより患者に伝えなければならないことがある。心《しん》エコーの所見で、狭窄による圧較差《あっかくさ》が45㎜Hgもあったのだ。場合によっては島外の病院に紹介して、弁置換術《べんちかんじゅつ》を受けてもらわなければならない。そのために、状態を再確認する必要がある。

「心エコーの検査を、明日《あした》もう一度させてもらいたいんですが」

「かまわんよ。それにしたっち、新実先生は検査が好きじゃねぇ」

「はあっ？」

思わず声が出た。

「検査は好きでやってるんじゃないですよ。必要だからするんです」

「やしが、ほかの先生はそんなに検査はしゃんよ」

たしかにそうだ。岡品記念病院はCTスキャンやMRIなど、離島にしては珍しいくらい検査機器がそろっている。なのに、先輩医師たちはあまり検査をしない。治療にも消極的で、治療が終わっていなくても、患者が退院したいと言えば退院させてしまう。

この前、胆石《たんせき》の発作で来た患者を、速石が痛み止めの注射だけで帰したので、「腹部エコーやERCP（内視鏡的逆行性胆管膵管造影《ないしきょうてきぎゃっこうせいたんかんすいかんぞうえい》）はしなくていいんですか」と訊ねた。場合によっては、胆のうがんや総胆管がんが見つかる可能性もあるからだ。

速石は何を面倒なことをという顔で答えた。

「よけいな検査をして、万一、がんが見つかったらどうするんだ」

「イヤイヤ、その心配があるから検査をするんでしょう」

「検査は患者がどうしてもしてほしいというときにだけすればいいんだ」

バカな、と一良は眉《まゆ》をひそめた。白塔病院では少しでも異常があれば、徹底的に検査をして調べた。早期発見、早期治療がモットーだからだ。それが安心を求める患者のニーズに応《こた》えることではないのか。

そう訴えると、速石は早口でまくしたてた。

「あのな、病気はできるだけ見つけないほうがいいんだ。見つけたら治療しなくちゃならんだろう。治療すると、正常になったかどうか確認の検査が必要になる。正常になっても、再発しないかどうか定期的に調べなけりゃならない。そんなことを繰り返しているうちに、別の異常が見つかって、またそっちも治療しなければならなくなる。エンドレスだ。病気も異常も、検査さえしなけりゃ自然に治ることもある。時間はかかるが、そのほうが副作用もないし、治療で全身のバランスを崩す心配もないんだ」

「だけど、放っておいたら手遅れになる危険もあるじゃないですか」

「放っておいて手遅れになる病気は、早期に見つけたって治らないのが多いんだ。治る病気は、症状が出てから治療しても治る。症状もないのに、あれこれ病気をさがすなんてのはよけいなことだ。医療は出過ぎたまねをしてはいけない。それが岡品院長のモットーだ」

承服できない。医療はもっと積極的であるべきじゃないのか――。

一良にはもうひとつ、腑《ふ》に落ちないことがあった。医師たちが検査も治療もあまりしないで、病院の経営は成り立つのかということだ。

高額な検査機器を備えていても、使わなければ収入にならない。それが「出来高払い制度」だ。この制度では、検査や治療はやればやるだけ儲《もう》かる。だから、「念のために」という便利な言葉で検査をし、あれこれ異常を見つけては治療し、患者をリピーターに仕立て上げるのが多くの医療機関のスタンスだ。

そこで一良ははたと思い当たった。もしかして、この病院はDPC制度を導入しているのではないか。いわゆる、「包括《ほうかつ》支払い制度」だ。

包括支払い制度とは、出来高払いの逆で、病気に応じて一定額の診療報酬が支払われる。病院はその中から投薬代や手術料、入院費などを経費として支出する。いわば持ち出しなので、検査や治療が少なければ少ないほど病院の取り分は多くなる方式だ。

もし、岡品記念病院がDPCを導入しているが故に、検査や治療を控えているのなら、許し難い金儲け主義である。

一良が積極的な医療をしようとすると、なんとなくブレーキがかかる雰囲気があったのも、そのせいかもしれない。だとしたら、こんな病院での研修は一日も早く切り上げるべきだ。岡品院長に問いただしてやる。

「先生。どうかしゃんしたか」

「あ、何でもないです。じゃあ、また明日」

知らないうちに表情が険しくなっていたのだろう。一良は表情を緩めて病室を出た。

院長室に行こうとすると、前から病棟看護師の宇勝が車椅子を押してやってきた。乗っているのは泉千代子《いずみちよこ》さん。去年、両方の乳房にがんが見つかり、鹿児島の病院で両側《りょうそく》の乳房切除術を受けた患者だ。その後、肺と骨盤に転移が見つかり、自宅でホルモン療法を続けていたが、先週、容態が悪化して入院になった。すでに末期で、食事もあまり摂れていない。年齢は七十二歳。主治医は安部副院長である。

会釈して通り過ぎようとしたが、ふと見ると、泉の浴衣《ゆかた》の前がはだけ、浮き出た肋骨《ろっこつ》が見えそうになっていた。いくら乳房を手術で取っていても、いや、だからこそこれはよくない。

「ちょっと待って」

一良は宇勝に声をかけ、泉の浴衣の胸元を合わせた。

「は《ぁ》っげ《ら》……、ありがてさま」

泉はか細い声で言い、弱々しく笑った。

一良はよいことをしたと思い、わずかに胸が温かくなった。しかし、すぐイヤイヤと思い直す。こんなことでいい気持になっていてはいけない。自分は医師なのだから、専門領域で貢献したときにこそ喜びを感じるべきだ。

だが、末期がんの彼女にできることは、ほとんどなさそうだった。

＊

院長室に行くと、岡品は背もたれに身体を預けて、居眠りをしていた。

「失礼します」

一良の声で目を覚ました岡品は、取り繕うように笑って言った。

「今、君を呼ぼうと思ってたところなんだ。まあ、そこに座りたまえ」

寝ぼけた顔をこすりながら、自分も応接用のソファに座る。

「外来が暇で困ってるんだって？」

福本看護部長が注進したのだろう。舌打ちしそうになったが、一良は率直な気持を述べた。

「僕はこの病院に研修で来ているので、することがないと時間が無駄に思えるんです。それでつい愚痴ってしまって。すみません」

「謝ることはないさ。私も若いころはそうだった。できるだけいろいろな症例を経験して、腕を磨きたいと思ったものだよ。しかし、病院というのは基本的に暇なほうがいいんだ」

また変なことを言う。不審の表情を浮かべると、岡品はとぼけた口調で言い足した。

「病院が忙しいというのは、病人が多いということだろう。それはこの地域に不幸な人が多いということだ。医者はある意味、人の不幸でメシを食う商売だからな」

医師は崇高な職業だと思っているのに、そんな言い方はされたくない。反発を感じたが、一良は黙っていた。

岡品は一良の仏頂面にかまわず続けた。

「大学病院や国立医療センターは、実績をアピールするのに、患者数とか手術の件数を誇らしげに公表するだろ。あれはそれだけ人の不幸を集めたと言っているのも同じだ。決して胸を張って言えることじゃない」

「不幸な人をそれだけ救ったという意味もありませんか」

反問すると、岡品は皮肉な笑みを浮かべて言った。

「救えなかった患者も多いんじゃないか」

たしかに亡くなった患者もいるだろう。言葉を返せずにいると、岡品は皮肉の色を消して言った。

「この病院に来る患者が少なければ、それだけ島のみんなが健康ということだから、喜ばしいことではないか」

「でも、病院の経営は大丈夫なんですか」

研修医が言うべきことではないかもしれないが、つい口走ってしまった。岡品は意外そうに一良を見て、感心するようにうなずいた。

「ほう、君はそんなことまで考えてるのか。病院の経営を意識するのは大切なことだな」

もしかして、この機をとらえて一良にも医療を控えるように指示するのか。包括支払いではそのほうが儲かると説明して。

一良が身構えると、岡品はおもむろに繰り返した。

「医者は患者の数を誇ってはいけない。検査や治療もやりすぎてはいけない。どちらかと言えば、できるだけやらないほうがいいんだ」

「DPCだからですか」

先手を打つつもりで毅然《きぜん》と言った。それで医療を控えろと言うのなら、研修の中止を申し出てやる。

岡品は一瞬、戸惑ったようだが、すぐ真意を理解したらしく、呆《あき》れるように笑った。

「ハッハッハ。うちは包括支払いなんか導入していない。出来高払いだよ」

今度は一良が戸惑う番だった。しかし、よく考えれば、包括支払いでも出来高払いでも、患者が来なければ収入は得られない。患者が少ないほうがいいというのは、いずれの場合でも経営に不利なはずだ。

「君は何か勘ちがいをしてるようだな。私が医療を控えたほうがいいと言うのは、経営のことを考えてじゃない。患者のためを思ってのことだ。君が先走るのも無理はないが、医療が荒れるのは、医者が経営に振りまわされるからだ」

「しかし、今は国公立の病院だって、多くは独法化されて、経営を無視するわけにはいかないんじゃないですか。私立病院なら赤字経営は即、存続に関わることでしょうし」

「たしかに」

「岡品記念病院は出来高払い制度なのに、医療を控えていたら、収益はどこから得るのですか」

「財団だよ」

ふたたび意表を衝《つ》く返答だった。岡品がソファにもたれて説明する。

「私の父が相場や投資で成功して財団を設立したことは、この前話しただろう。父の名を冠して『岡品物種《ものだね》財団』というんだが、うちの病院はそこから補助金を受けている。だから収益のことは気にせず、純粋に患者にとっていい医療ができるんだ」

この病院は特別に恵まれた状況で運営されているということか。それはそれで一良に反発の気持を起こさせた。

「やっぱりお金がないと、いい医療はできないということですね」

シラケたように洩《も》らすと、思いがけず強い声が返ってきた。

「当たり前だ。理想や理念では現実は動かない。二宮尊徳《にのみやそんとく》も言ってるだろう。道徳なき経済は犯罪、経済なき道徳は寝言とな」

岡品は口調を改め、面接官のように問うた。

「君は現実問題として、どんな医療報酬システムがいいと思っているのかね」

急に聞かれても答えられない。今あるのは出来高払いと包括支払いの二制度だが、どちらにも一長一短がある。考えていると、岡品が低く言った。

「望ましいのは、医者が経営のことを考えず、純粋に医学的な判断で行う医療だと思っていないかね」

ちがうのか。岡品は自分の発言を否定するように首を振った。

「それではベストとは言えない。医療の都合がまかり通ってしまうからな。患者を最優先するなら、医療は道を譲らなければならない。医者は病気を治すことを優先したがるが、患者にはいろいろな都合がある。薬が好きな患者もいれば、嫌いな患者もいる。検査が好きな者もいれば、いやがる者もいる。入院が安心だという人もいれば、早く帰りたいという人もいる」

「つまり、患者のわがままに従えということですか」

「ちがう。患者に優先順位を決めてもらうということだよ」

ふっと視線を天井に向け、思い出すように言った。

「君がこの前、点滴をしてくれた奥村さんが、先週、亡くなった。膵臓《すいぞう》がんの治療をしていたら、もう少し余命は延びただろう。だが、そうなると入院しなきゃならんから、好きな泡盛も飲めず、薬の副作用にも苦しんだだろう。奥村さんは自由を確保するために、治療しないことを選び、その代わり延命を求めなかった。これはわがままではないだろう。わがままというのは、延命をあきらめるのもいや、治療で苦しむのもいやという要求だ」

たしかに奥村は患者として自立していた。前に甲状腺《こうじょうせん》がんの検査を断った照屋里子も、同じなのだろう。

「うちの病院は財団の補助のおかげで余分に稼ぐ必要がない。だから、患者を少なくできる。そうすれば医者も看護師も仕事が楽になるから、気持に余裕が持てる。余裕があれば、患者に優しくなれるし、医療ミスの危険性も減る。どうだ、いい状況だろう」

「はあ」

「出来高払いにしたって、包括支払いにしたって、患者が来ないことには収益は挙がらない。だから、医療は必然的に患者を生み出そうとする。矛盾していると思わんかね。病人を減らすことが目的なのに、患者を増やそうとしてるんだから。特に今の日本は、さまざまな操作で健康な人間を病人に仕立て上げている。メタボ健診なんかはその最たるものだ。だから君は暇でいいんだ。それを喜ばなけりゃいかん」

なんとなく煙《けむ》に巻かれたような気分だった。岡品の意見は理屈が通っているようにも思えるが、浮世離れしているようにも聞こえる。現実の患者はやはり、白塔病院のような医療を求めるのではないか。

一良は今ひとつ釈然としないものを感じながら、院長室を辞去した。

＊

一良は週に二回、火曜と金曜に当直をする。宿舎が元病室なので、毎晩、病院で寝泊まりしているのは変わらないが、当直の夜は四階ではなく、二階の当直室で寝る。

当直の仕事は、重症回診と夜間の救急外来、および入院患者への対応だ。

午後八時、重症の患者を診てまわったあと、一良は二階のナースステーションにもどり、カルテを見ながらつぶやいた。

「個室の泉さん、今夜あたり危ないかな」

「そうですね。夕食は卵豆腐を二匙《さじ》、食べましたけど」

今夜の当直のチーフナースは宇勝だ。もう一人は、去年、大阪の病院から移ってきたという保田奈保子《やすだなおこ》である。この前、一良が泉の浴衣の前を合わせてから一週間がすぎ、いよいよ容態が悪化していた。

「急変したら、いつでも起こしてくれていいから」

そう言い残して、一良は当直室に引き揚げた。

電話がかかってきたのは、ベッドに入ってから数時間後だった。

「新実先生。泉さん、心肺停止です」

「わかった。すぐ行く」

素早く起き上がって、サイドテーブルの時計で時間を確認した。午前三時二十分。半《はん》袖《そで》の白衣のまま寝ていたので、急いで個室に走る。扉を開けると、ベッドサイドに宇勝がぼーっと立っていた。

「何してる。蘇生《そせい》処置の準備だ。急げ」

「はあ?」

当然の指示のはずなのに、寝ぼけたような声が返ってきた。

「はあじゃないだろ。気管内挿管のセットとアンビューバッグを持ってこい。保田君も呼んで、心臓マッサージ用のボードと、カウンターショックを持ってくるように言え。早くしろ」

「えー」

不服そうに口を尖《とが》らせる。ふざけているのか。

「ぼやぼやするな。一刻を争うんだぞ。このまま死なせたら、家族に申し訳が立たないだろ」

宇勝は何か言いたそうに唇をうごめかし、出て行きがけにつまずいて、「きゃっ」と悲鳴を上げた。待っているより自分で行ったほうが早いと、一良は個室を飛び出し、器材室で必要なものをワゴンに載せた。

「あと、ボスミンのワンショットとイノバンの点滴を用意して。心電図のモニターも部屋に運び入れろ。保田君は家族に連絡して」

矢継ぎ早に指示を出して個室にもどり、気管チューブをパックから取り出す。カフを点検し、キシロカインゼリーをつけて、喉頭鏡《こうとうきょう》をセットする。泉の頭を手前にずらして口を開かせる。湾曲したブレードを挿し入れ、舌を横にどけて、喉頭蓋《こうとうがい》を持ち上げた。口の中をのぞき込むが、うまく声門《せいもん》が見えない。ブレードの先端を持ち上げると、上の歯が梃子《てこ》の支点になり、メギッと音がして前歯が二本折れた。そんなことにはかまっておれない。わずかに見える声門の隙間に、慎重にシリコンのチューブを挿入する。カフを膨らませ、テープで固定してアンビューバッグにつないだ。バッグを押すと、薄い胸が上下する。

よし。これで呼吸は確保できた。

「るみちゃん、これ、頼む」

ラグビーボールのようなアンビューバッグを渡すと、一良は泉の背中にボードを差し入れ、ベッドの上に馬乗りになった。両手を組み合わせ、弾みをつけて胸骨《きょうこつ》を押す。ボードを入れるのは、ベッドのマットが力を吸収するのを防ぐためだ。胸骨と脊椎《せきつい》で心臓を挟むように強く押すと、泉の顔にうっすらと赤みがさした。一良の額に汗の粒が浮かぶ。泉の胸はまだ温かい。これなら蘇生は可能なはずだ。

「保田君は何をしてる。カウンターショックはまだか」

「さっき、ご家族に電話してました。寝ているのか、なかなか出ないみたいです」

「バカ！　カウンターショックが先だろう。早く呼んで来い」

宇勝に命じ、一良はベッドから下り、ひとりで蘇生術に取りかかる。二回アンビューバッグを押してから、十回心臓マッサージを繰り返す。手のひらで強く押すと、泉の肋骨がシャギッと折れる感触があった。やせているし、高齢だから仕方がない。手加減していてはマッサージの効果がない。バッグを押しては、マッサージを繰り返す。また肋骨が折れる。胸骨もグニュッとへこむ。一良は二の腕がだるくなる。

保田がワゴンを押して入ってきた。

「除細動器《じょさいどうき》、持ってきました」

「心電図は」

「まだです」

「それがなきゃできないだろう！」

どうしてこうなのか。心臓マッサージで心拍が再開していたら、その上にカウンターショックをするとまた止まってしまう。

宇勝がポータブルの心電計を運んできた。

「心電図、用意できました」

モニターに緑の輝線が一直線に走っている。一良は除細動器の端子《たんし》にゼリーを塗り、充電のボタンを押した。キュィーンと電圧の上がる音がして、READYのランプを確認する。端子を泉の胸に当て、両手のスイッチを同時に押した。

ボンッ。

泉のやせた身体がベッドの上で弓なりに跳ねる。

「どうだ」

心電図の輝線はフラットのままだ。

「もう一回」

再度、充電ボタンを押して端子を当てる。

「それっ」

反応なし。胸からタンパク質の焦げるにおいがする。高電圧で皮膚に火傷《やけど》ができたのだ。それも致し方ない。モニターの輝線がゆらゆらと波打つ。頼む。動いてくれ。もう一度、充電し、火傷の箇所をはずして端子を当てる。

ボンッ。

ピッ、ピッ、ピッ……。

「心拍再開。保田君、脈を診て。触れたら血圧を測って。ボスミンはもういい。点滴にイノバンを入れて、クレンメ、全開で落として」

次々と指示を飛ばす。こめかみから汗が流れ落ちる。宇勝に人工呼吸器を取りに行かせる。個室に運び込むと、蛇腹をセットして、気管内チューブにつないで電源を入れた。呼吸数と一回換気量は一良が設定する。

「酸素はしばらく一〇〇パーセントで。血圧は?」

「五二の触診です」

心電図は順調に鋭い波を描いている。呼吸状態も落ち着いている。一良は白衣の袖で汗を拭《ぬぐ》った。

「家族への連絡はどうなった」

「今、宇勝先輩がしてくれてます」

保田が答えた。よし。これなら家族が来るまでもつだろう。一良は達成感に胸を大きく膨らませた。

　個室を保田に任せて、家族を待つためナースステーションにもどった。

　しばらくすると、泉の夫、息子夫婦、娘の四人がやってきた。一良は神妙な表情で廊下に出て、状況を説明した。

「午後十一時の看護師の巡回のときは、特に異状はありませんでしたが、午前三時二十分に看護師が訪室したところ、泉さんは心肺停止、すなわち、心臓も呼吸も止まった状態になっていました。連絡を受けて、即座に救急蘇生の処置を行いました。その結果、なんとか心拍が再開しました」

　よかったですね、という気持を込めて家族を見る。どこか誇らしい気持もある。ありがとうございます、さすがは東京の最先端病院から来た先生だけのことはある、と、そんな眼差《まなざ》しを期待したが、家族の反応は鈍かった。ここは少し刺激を与えたほうがいいのかもしれない。そう思って一良は深刻な調子で続けた。

「しかし、危険な状態であることには変わりありません。いつまた心臓が止まるか、予断を許さない状況です」

「それで、千代子は意識がもどったわけな」

　夫が聞いた。まるで状況がわかっていないようだ。一良は努めて真摯《しんし》に説明した。

「いえ、意識はもどっていません。いったん心臓も呼吸も止まったのですからね。自発呼吸もありませんから、人工呼吸器につないでいます。状況は極めて深刻です。とにかく、一刻も早く面会してあげてください」

泉さんはいったんは死んだのだ、それを僕が蘇生させて、こうして死に目に会えるようにしてあげたんだ、どうしてそれがわからないのか。一良は家族の茫洋《ぼうよう》とした表情に焦《じ》れながら、個室の扉を開けた。

「あんま《母さん》」

最初にベッドサイドに歩み寄ったのは娘だった。

「ああ、こんなになってかわいそうに」

ほつれた半白髪の髪を何度も撫《な》でつける。蘇生処置に夢中で気づかなかったが、泉は髪が乱れ、片目が半開きになって、折れた前歯から血が滲《にじ》んでいた。患者の家族の目で見れば、改めてひどい状況であることに気づく。

一良は半開きの目をそっと閉じさせてから、小声で保田に指示をした。

「ガーゼで口元を拭《ふ》いてあげて」

気まずい沈黙が流れる。個室には人工呼吸器の作動音と、心電図の甲高い音が繰り返されるばかりだ。沈滞の空気を嫌って一良が声をかけた。

「泉さん。ご家族がいらっしゃいましたよ。泉さんのそばにいますよ」

患者に向けてというより、家族に向けた言葉だった。しかし、やはり反応はない。お母さん、しっかりしてとか、お母さん、よく頑張ったねとか、この場にふさわしい言葉がどうして出ないのか。

「ひとつ聞いてもよかな」

夫が低い声で訊ねた。「このまま人工呼吸ばしてたら、また元気になるんば?」

「いえ。それは」

「なら、もうやめてくれんに。かわいそうで見ておれんよ」

「それはできません。人工呼吸器をはずせば、すぐ心臓も止まってしまいますよ」

「かまわんち。そのほうがええから。なあ」

息子夫婦と娘に言う。三人が黙ってうなずく。だからと言って、治療をやめるわけにはいかない。

「千代子。すまんかったなぁ。こんな酷《ひど》か目ぇに遭わせち」

夫が患者に頭を下げる。イヤイヤ、どうしてそうなるのか。

「あちゃ《親父》、やっぱあんまは家に連れて帰るっちば。それがええっち」

息子が父親に言う。人工呼吸器がついているのに、どうやって連れて帰るというのか。思っていると、夫が患者の気管チューブを抜こうとした。

「あ、だめです。困ります」

慌てて止める。息子は人工呼吸器のスイッチを切ろうとする。嫁が心電図の電極をはずそうとする。娘は点滴を抜こうとする。

「待ってください。ちょっと、保田君も止めて」

家族を制止しながら保田を振り返る。そのとき、扉が開いて副院長の安部が入ってきた。

「あ、副院長先生」

さすがに安部の顔を見ると、家族は引き下がった。

「新実先生、ご苦労さま。あとは私が診ておくから、先生はもう休んできなさい」

泉が急変したら報《しら》せてくれと、看護師に頼んでいたのだろう。一良は心肺停止から蘇生処置の経過を報告し、家族が治療の中止を求めていることも伝えて、当直室にもどった。

ベッドに入っても、なかなか寝つけなかった。せっかく死に目に間に合ったのに、どうして家族は喜ばないのか。あのままなら、泉はたったひとりの病室で、だれにも看取《みと》られず、寂しく亡くなっていた。そのほうがいいとでも言うのか。空しい。一良は徒労感に身悶《みもだ》えしつつ、寝苦しい夜をすごした。

＊

ふと気づくと、カーテンの向こうが明るくなっていた。時計を見ると午前六時十分。起き上がってナースステーションに行った。安部が机で書類を書いていた。

「おはようございます。泉さんはどうなりました」

「ああ、あのあとしばらくして亡くなったよ」

「家族は何か言ってましたか」

「いや、何も」

感謝の言葉もないのか。顔に不満を表すと、安部がいつものていねいな口調で訊ねた。

「君はなぜ泉さんに蘇生処置をしたんですか」

「それは少しでも命を長らえさせるためです、というか、医師としてベストを尽くそうと思ったからです」

「それは意味のあることでしょうか」

「回復はしなくても、家族が死に目に会えたのは意味があると思います」

一良は胸を張って答えた。安部は口をへの字に結び、ひとつうなずいてから静かに言った。

「そういう見方もできるでしょう。しかし、人生の最期は静かに迎えるべきだという考えもあるんじゃないですか」

「だったら、個室でだれにも気づかれずに亡くなっていたほうがよかったんですか。それで家族は納得するんですか」

「君は家族を納得させるために蘇生処置をしたんですか。何もしてくれなかったと、あとから言われたら困ると思って」

「そうじゃないですけど」

安部は何が言いたいのか。心肺停止の患者がいれば、救命措置をするのが当然ではないか。それとも、蘇生の見込みがあっても、何もしなくていいというのか。

一良が口をつぐむと、安部は諭すような口調で言った。

「この島の人は、無闇に長生きを求めません。死を迎えることにもさほど抵抗もしません。むしろ医療で無理に生かされることをいやがります。君は医師としてベストを尽くしたと言うけれど、泉さんの家族にすれば、死にかけている千代子さんの口にチューブを突っ込まれ、歯を折られ、骨折や火傷をさせられたとしか思えないんです。いや、君を非難しているのじゃありませんよ。君は一生懸命やったんだと思う。また、そういうことをしたほうがいい患者もいます。だけど、すべてがそうだとは限らないということです」

それでも何もしなければ、患者を見捨てるのかと怒る人もいるじゃないか。そう言われないためにも、とにかくやるだけやれと白塔病院で教わったのだ。

安部は一良の考えがまとまるのを待ってから、静かに言った。

「いくら医学が発展しても、死を止めることはできません。岡品院長をはじめ、この病院の医師たちは、みなそのことを隠さない。だから、島の人々も信頼してくれるのです。もともと不自然なことを嫌う風土もありますからね。この島は高齢化率が高くないでしょう。それは自然な経過を受け入れているからですよ」

一良は、はっと気づいた。日本のあちこちで高齢化率が高くなっているのは、若者が減っているからではない。高齢者が不自然に長生きをしているからだ。そのためにさまざまな問題が生じている。

一良が考えていると、安部は睡眠不足の目頭を指で揉《も》んでから、大きなあくびをした。

「私は副院長室でちょっと寝てきます。君も今日は外来はないんでしょう。午前中は当直室で寝ていなさい」

安部は立ち上がり、ゆっくりとナースステーションを出て行った。

廊下に出ると、朝の光がリノリウムの床に反射した。一週間前、車椅子の泉が見せた笑顔がよみがえる。浴衣の前を合わすのと、止まった心臓を動かすのと、泉さんにはどちらがよかったのだろう。

一良は自問しながら、眩《まぶ》しい光に目をしばたたかせた。

Episode 3　自由

新実一良が離島の病院で研修を受けようと思ったのは、ホリスティックな医療を学びたかったからだ。ホリスティックとは〝全人的な〟という意味である。都会の病院は忙しすぎるので、どうしても検査値や臓器にだけ意識が集中する。現代医療は病気を診て患者を見ないと言われる所以《ゆえん》だ。

南沖平島に来て、一良は患者との全人的なふれあいを期待したが、島の人たちはあまり病院に来たがらず、外来の診察予約をすっぽかすこともしょっちゅうだった。それならこちらから出かけてやろう。そう考えて、一良は在宅医療を思いついた。患者の家に行けば、生活も見えるし心理的な距離も縮まるだろう。

院長の岡品に、この病院には在宅医療のセクションはないのかと聞くと、返事は「ない」のひとことだった。

「どうしてですか。ニーズがないんですか」

「ニーズはあるかもしれん。いや、たぶんあるだろう。君、やってみるか」

そんな場当たり的な会話から、一良は在宅医療をはじめることになった。

＊

まずは患者をさがさなければならない。

島で唯一の介護事業所である南沖平包括支援センターに電話をすると、ケアマネージャーの谷口《たにぐち》みどりが、「在宅をやってくれる先生を待ってたんです」と、嬉《うれ》しそうな声を出した。谷口は岡品記念病院の元看護師で、三年前に鹿児島で研修を受けて、ケアマネージャーの資格を取ったという。

「すぐにでも診ていただきたい人が四人いますので、お願いしていいですか」

四人なら午後の空いている時間にまわれるからちょうどいい。一良はさっそく初診の手続きをして、谷口といっしょに患者宅を訪問することにした。

火曜日の午後、一良は病院の軽自動車に乗り、谷口をピックアップして、日差しのきつい道路を患者宅に向かった。

「一軒目の大平寿美代《おおひらすみよ》さんは九十三歳の女性で、主病名は心不全です。自覚症状は動悸《どうき》と息切れ、下肢の浮腫《ふしゅ》です。息子さんが前から病院受診を勧めていたのですが、ご本人が面倒がって、検査は長らくしていません。治療すれば、症状改善の余地はあると思うのですが」

谷口は元看護師らしく、手際よく説明した。

大平家は島の中心部から少し西に寄ったところにあった。立派な門柱のある堂々たる日本家屋である。

「大きな家だね」

「大平さんのところは、息子さんが沖平《おきひら》製糖の重役ですから」

敷地内に車を入れ、大谷石《おおや》を敷き詰めた広い玄関に入ると、主婦らしい女性が迎えてくれた。

「お世話になります。嫁の栄子《えいこ》と申します」

「訪問診療の新実先生です」

谷口は栄子と顔見知りらしく、気さくに一良を紹介した。

磨き上げられた廊下を通って、応接間に案内されると、豪華なソファに寿美代と息子の芳久《よしひさ》が座っていた。

「新実先生ですか。どうぞお掛けください」

芳久は南島特有の濃い顔立ちで、貫禄《かんろく》、気力ともに十分という感じの男性だった。その横でソファに沈み込むように座っている寿美代は、でっぷりと肥え、絣《かすり》の着物の胸元を緩めてかわいらしい笑みを浮かべていた。

ソファの横に車椅子が置いてあるので、栄子に聞くと、姑《しゅうとめ》は息切れがひどいので、家の中でも車椅子を使うとのことだった。

型通りの診察をしたあと、一良はポータブルの心電計で心電図をとり、血液検査のために採血をした。

「検査の結果を見て、心不全の処方を考えさせていただきます。今日は取りあえず、一般的な薬を出しておきます」

「よろしくお願いします。母は高齢ですが、できるだけ長生きさせてやりたいと思ってるんです。身体はこんなですが、頭はしっかりしてますから」

芳久は現代医療に期待するところが大きいようだった。そのほうが一良もやり甲斐《がい》がある。未治療の心不全はうまく薬が合えば効果も見込めるので、病院にもどったらさらに詳しい治療を考えようと心づもりをした。

＊

「次は下沢《しもさわ》の仲里《なかさと》さんご夫婦です」

下沢は海沿いの集落で、患者は七十八歳の陽平《ようへい》と七十四歳のゆきゑの二人だった。陽平は高血圧と肺気腫《はいきしゅ》、ゆきゑは高脂血症と不整脈で、どちらも治療が必要だったが、ともに長距離を歩くことができないので、病院にはかかっていないとのことだった。

仲里家は大平家に比べるとかなり質素だったが、それでも塀は風通しのいい花ブロックで、庭にはデイゴの巨木が枝を広げている。

「こんちはー」

谷口はさっきより砕けた調子で声をかけた。

待っていたように引き戸が開き、「はいはい」とか細い声が聞こえた。小さな髷《まげ》に簡単服の老婆が、両手で杖《つえ》をつきながら、ほぼ九十度に曲がった腰でヨタヨタと歩いてきた。

「ゆきゑさん。出てこなくてもいいですよ」

谷口が両手を振りながら、小走りに玄関に向かう。一良もあとを追う。

「岡品記念病院の新実先生よ。電話で話したでしょ。二週間ごとに診察に来てくれるの」

「こんにちは」

挨拶《あいさつ》すると、部屋から「おーい」としゃがれた声が飛んできた。玄関横の座敷に、ダボシャツとステテコ姿の陽平がいた。仙人のように白髪と白い髭が伸びている。

「どうぞ、上がってくみそーれ」

ゆきゑに勧められ、薄暗い部屋に上がる。真ん中にちゃぶ台があるだけで、見事に何もない部屋だ。二人とも年齢より十歳くらい老けて見える。いや、それは異様に若すぎる都会の七十代と比べるからで、本来はこれが年相応なのかもしれない。

谷口によると、二人はともに介護が必要な状況だが、互いに助け合って、最小限の家事で生活しているとのことだった。

「身体のことで、何か心配はないですか」

「いいや」

「何もねーん」

歯の抜けた口で二人が答える。どちらも笑うと目と皺《しわ》が見分けられなくなり、夫婦《めおと》人形のように似た顔になる。

陽平は血圧が一八二の一〇六と高く、ゆきゑは心室性期外収縮《しんしつせいきがいしゅうしゅく》が頻発していた。いずれもすぐに投薬が必要だ。

「あとで、病院の、薬剤師さんに、薬を届けて、もらいますからね。しっかり、のんでくださいよ」

耳が遠そうだったので、一良はゆっくりと区切って発音した。

「よかったね。これで二人とも元気になるよ」

「ありがとうございます。嬉しいさー。ゆたしくね《よろしくね》」

ゆきゑが谷口の手を握って頭を下げ、陽平は黙って一良に頭を下げた。

二人とも老けて見えるが、たたずまいが素朴で、都会の高齢者にはない落ち着きが感じられた。

＊

「仲里さんのところで二人診るなら、あと一人ですね」

下沢を出て一良が言うと、谷口は「そうなんですけど……」と声のトーンを落とした。

「どうかしたんですか」

「次の冨久山《ふくやま》さんはちょっと困った人なんです」

四人目の冨久山正男《まさお》は六十二歳の独身で、生活状況にいろいろ問題のある人物らしかった。病気は重症の糖尿病。家は下沢よりさらに島のはずれにある黒土《くろつち》で、本人はほぼ寝たきりとのことだった。

海風の吹き抜ける道を走り、脇道に逸《そ》れると、ビロウやアダンの林の手前に、かなり老朽化した家があった。広縁越しに開け放たれた座敷が見え、そこが居室になっていた。

冨久山は高校から沖縄の進学校に進み、大学は早稲田《わせだ》に入ったが、留年を重ねて中退したとのことだった。家は彼の実家で、両親はすでになく、姉が熊本に嫁いでいるが、ほとんど行き来はないという。

車を停めると、谷口は庭を横切り、広縁から声をかけた。

「冨久山さん。訪問診療の先生をお連れしましたよ」

「ああ」

薄暗い部屋から、抑揚のない声が聞こえた。座敷は八畳と広く、冨久山は中央のせんべい布団《ぶとん》に、タオルケットを掛けて仰臥《ぎょうが》していた。

一良の目を惹《ひ》いたのは、壁一面に並べられた本棚だった。重厚な背表紙の本が多く、箱入りの全集などもある。畳の上にも古びた本や雑誌が揃えてあり、同人雑誌のような冊子も重ねてあった。

「すごい量の本ですね」

「冨久山さんはインテリ詩人なんですよ。ねぇ」

谷口が声をかけると、冨久山は天井に顔を向けたまま薄く笑った。

一良は布団の横に正座して、自己紹介をした。

「岡品記念病院から来ました新実です。今日は最初なので、いろいろ話を聞かせていただきたいのですが」

冨久山は答えない。一良には顔を向けず、じっと天井を見つめている。少なめの髪を長く伸ばし、広い額に八の字眉《まゆ》で、細い目は優しそうだ。

いきなり問診をするより、雑談から入ったほうがいいと考え、一良は枕元の雑誌に目を向けた。

「『早稲田文學』は知っています。有名ですよね。冨久山さんはどんな詩を書かれるんですか」

「まあ、前衛詩だね。もう長らく書いてないが」

谷口も会話に参加する。

「東京にいたころ、詩の賞ももらったんでしょう」

「うん。金字賞《きんじしょう》。だれも知らない賞だけどね。フハハハ」

力が抜けたように笑い、一良をチラ見する。一良は病気の話に水を向けた。

「今まで罹《かか》った病気を順に聞かせてもらえますか」

「十年前から糖尿病。五年前から栄養失調。二年前からうつ病。怠け病は四十年前から」

冗談なのだろうが、顔はピクリとも笑わない。谷口が補足する。

「冨久山さんは半年前まではふつうに生活してたんです。でも、今年に入って急にやせてきて、体重が四十キロを切ってるんです」

「食事は摂《と》れてますか」

「まあまあかな」

「嘘。冨久山さんはまともな食事をしないで、あればっかり飲んでるんです」

谷口があごで指す先を見ると、部屋の隅に段ボールに入ったシークワーサーのジュースが置いてあった。『ペットボトル500 ml×24本』と書いてある。

診察のあと採血をして、血糖値測定器のセンサーに反応させた。五秒後、モニターに表示された値を見て一良は絶句した。
720 mg／dl
見たこともない異常な値だ。冨久山は重症の糖尿病を通り越して、いつ糖尿病性昏睡《こんすい》に陥ってもおかしくない状況だった。

「すぐに入院して下さい。緊急入院です」

「はあ?」

冨久山の返事はまるで緊張感のないものだった。

「今すぐ、救急車を呼びますから、仕度をしてください。いや、そのままでいいです。

身体を動かすのも危ないですから」

「ちょっと待ってくれよ。俺は入院なんかしないよ」

「だめです。どんな理由があっても入院していただきます。でないと、命の保証はできませんよ」

一良は冨久山の危険な状況について、手短にかつ深刻に説明した。スマートフォンを取り出し、病院に電話しようとすると、冨久山が手を伸ばして遮った。

「俺は入院しないって言ってんだろ。それで死ぬならそのほうがいいんだから」

「でも、この血糖値はただごとじゃないですよ」

「知ってるよ。前にもさんざん脅かされたんだ」

横から谷口が言いにくそうに説明した。

「冨久山さんは二年前、岡品記念病院に入院したんですが、自己退院してるんです。病院の規則や食餌《しょくじ》療法を守らないので、主治医の速石先生とケンカになって」

「そりゃそうさ。あの速石って野郎は、患者の言うことは何も聞かずに、このままじゃ死ぬぞって脅しやがって、自分を何様だと思ってるんだ。俺はあれからずっとやりたい放題やってるが、いっこうに死なねぇじゃねぇか」

優しそうだった目が据わり、何とも言えないすさんだ光を放つ。ここはなだめたほうがいいだろうと思い、一良は説得口調で言った。

「今までは死ななくても、今度は危ないかもしれませんよ。大事を取って入院してください。僕が主治医になって、できるだけ冨久山さんの希望に添うようにしますから」

「いやだね。俺は根っからの自由人なんだ。好き勝手に生きて、それで命を落とすなら本望だ。先生には悪いが、俺のことは放っておいてもらおう」

「じゃあ、インスリンで血糖値を下げることぐらいはさせてください。このままじゃほんとに危険ですから」

一良は冨久山の返事を待たずに、スマートフォンで病院に連絡した。福本看護部長につないでもらい、事情を説明して、至急、だれかにインスリンを届けてもらうように頼んだ。

冨久山は疲れたのか、倒れ込むように布団に横になった。

「のどが渇いたな。おーい、三太《さんた》」

冨久山は庭に向かって叫んでから、手元のロープをぐいっと引っ張った。軒先に吊《つる》した振り鐘がけたたましく鳴る。少しすると、庭から小学四年生くらいの男の子が入ってきた。

「すまんが、冷蔵庫から魔法の水を持ってきてくれないか」

「うん」

薄汚れたランニングシャツに半ズボンの少年が、勝手知ったる我が家とばかりに台所へ行った。

「近所に住んでる志村《しむら》三太君です。少し前から冨久山さんの身のまわりの世話をしてくれてるんです」

　谷口が説明すると、冨久山が仰向《あおむ》けのまま天井に向かってつぶやいた。

「三太には詩の才能があるんだ。〝南島　爪先《つまさき》に降る雪　海ホオズキの夜が弾《はじ》ける〟なんてな。とても十歳の子の詩とは思えんだろ」

　三太が持ってきたのは飲みかけのペットボトルだった。冨久山は残ったジュースを氷の入ったグラスに注ぎ、氷を嚙《か》み砕きながら飲んだ。

　しばらくすると、看護師の宇勝が原付で庭から入ってきた。持参したクーラーボックスを差し出しながら、不服そうに言う。

「糖尿病の患者を診るなら、インスリンくらい用意しといてくださいね。特に札付きの不良患者には」

「申し訳ない」

　宇勝は冨久山に見向きもせずに帰っていった。二年前の自己退院で相当印象が悪いようだ。

　インスリンは超速効型のものを取りあえず二五単位、太腿《ふともも》に打った。成人男性の一日分泌量の約半分だ。

　十分ほど待って、ふたたび血糖値を測る。

　406mg／dl
「大分下がったけど、まだまだだな」

インスリンを追加しかけると、冨久山が不機嫌な声で言った。

「もういいよ。今日はこれくらいにしとこう」

寝返りを打って背を向ける。血糖値はまだ危険な領域だが、急に下げすぎるのもよくないかと考え、一良は注射の追加を断念した。

「もう一度言いますが、入院してきっちり糖尿病の治療をしないと、ほんとうに危ないんです。今からでも考え直してもらえませんか」

「しつこい。俺は入院せんと言ったらせんのだ」

これ以上言うと、怒鳴り出しそうだったので、一良はあきらめ、診察道具を片付けて立ち上がった。

「でも、治療は続けさせてもらいますよ。明日の朝、また来ますから」

最後に言うと、谷口が恐縮しきって頭を下げた。

「すみません。こんな患者さんですが、どうぞよろしくお願いします」

別に谷口が悪いわけではない。そっぽを向いて寝たままの冨久山を見下ろし、一良は無言のまま庭へ下りた。

＊

翌朝、一良は午前七時に冨久山の家に往診した。

前日の血液検査は病院にもどって至急のオーダーで結果を見たが、思いのほか悪くはなかった。糖尿病でいちばん心配な腎《じん》機能はほぼ正常だし、一、二カ月分の血糖値を反映するヘモグロビンＡ１ｃ《エーワンシー》も、あの高血糖なら一〇パーセントは超えていると思ったが、八・九（正常値六・〇未満）に収まっていた。

それでも末梢《まっしょう》神経障害はありそうだし、厳重な管理が必要なのはまちがいない。一良は医局で医長の速石をつかまえ、治療方針を相談しようとした。

「冨久山？　あんなヤツは放っとけ。あいつは人間として最低のクズだ」

速石も自己退院に腹を立てているようだった。詳しいことはわからないが、冨久山はこの寛容な病院ですら考えられないくらい身勝手な振る舞いをしたらしい。

「でも、何もしないわけにはいかないでしょう。昏睡と合併症が心配だし、がんや認知症のリスクも高まるんですから」

「厳重にコントロールしたって、合併症を起こすヤツは起こすさ。本人が好きにしたいと言ってるんだから放っときゃいいんだ」

取りつく島もなかった。

…………

「おはようございます。今朝は絶食してくれてますか」

座敷に上がって声をかけると、冨久山は天井を見つめたままぶっきらぼうに答えた。

「谷口さんから言われたからな。喰《く》うなと言われると逆に喰いたくなるよ。今は腹ぺこだ」

「申し訳ありません。すぐ食事をしてもらいますから。その前に、空腹時血糖を測らせてください」

一良は専用の穿刺器《せんしき》で冨久山の人差し指を刺し、盛り上がった血をセンサーにつけた。

205mg／dl
高いが昨日の値を見ているので少し安心する。

「これから自分でインスリンの注射をしてもらいますから、よく見ておいてください」

ペンシル形の器具を取り出し、注射針をセットして、量設定のダイヤルをまわす。厳密には一日三回の注射が望ましいが、冨久山には無理だろうから、一日一回のタイプにした。量は二〇単位。昨日とは反対側の太腿に注射する。

「これを毎日、俺がやるのか」

「そうです。朝、起きたらまず自分で血糖値を測って、インスリンを打って、それから三十分以内に朝食を摂っていただきます。今朝は何か用意されてますか」

「悪いが冷蔵庫から例のヤツを一本、持ってきてくれ」

シークワーサージュースのようだ。

「ご飯とかパンはないんですか」

「ないよ、そんな気の利いたもの」

イヤイヤ、食事の基本だろと思いながら、冷蔵庫からシークワーサージュースを取り出す。グラスを用意していると、「氷も頼む」と声がかかった。

座敷にもどって手渡すと、冨久山は昨日同様、ガリガリと氷を噛み砕きながら飲んだ。

一良は糖尿病のパンフレットを冨久山に差し出した。食餌療法、運動療法、インスリンの自己注射などをわかりやすく説明したものだ。

「三十分したらもう一度血糖値を測りますから、それまでの間、糖尿病について説明させてください」

冨久山はパンフレットを手に取り、面倒くさそうにパラパラとめくった。

「まず、『糖尿病とは』のページを見て下さい。糖尿病には二種類あって——」

「知ってるよ。1型と2型だろ。俺のは生活習慣病の2型で、主な症状は口渇、多飲、多尿。三大合併症は、腎症と網膜症と末梢循環不全による足指の壊死《えし》だ」

冨久山は暗唱するように言った。さすがはインテリと称されるだけのことはある。

「じゃあ、食餌療法についてもご存じですね。カロリー制限はもちろんですが、大事なのは——」

「食事のバランスだろ。それから、三食きっちり摂るとか、寝る前には食べないとか、脂質と塩分は控えて食物繊維を多めに摂れとか、ゆっくりよく噛んで、腹八分目にしろとかだ。それで運動療法は、軽めからはじめて徐々に量を増やし、体調の悪いときには無理をせず、脈拍の目安は一〇〇から一二〇程度ってんだろ。それくらいは知ってるよ」

おそらく、二年前の入院で教えられたのを覚えているのだろう。一良は咳払《せきばら》いをしてわざと嫌味たらしく言った。

「いくら知識があっても、実行しなければ病気は治りませんよ」

「ヘヘン」

我関せずという嗤《わら》いだ。

「冨久山さんは病気を治したくないんですか。糖尿病も放っておくと怖いことはご存じでしょう」

「だから、こうやって診察を受けてんじゃないか」

仰向けに寝転び、ふて腐れた声で返す。

「症状をよくしたいんなら、入院してくださいよ。厳密なコントロールにはいろいろ検査も必要だし、治療の効果も見たいですから」

「入院はしないって言ってるだろ。俺は何より自由を大切にしてるんだ。芸術的詩人だからな」

「芸術的詩人って、ふつうの詩人じゃないんですか」

「俺は高校のときに詩の真髄に目覚めたんだ。以来、ずっと世俗を超越して生きてる。糖尿病になっても、食事制限なんかはいっさいしない。酒もタバコもドラッグもやりたい放題やってきた。今はやめてるがな。健康にしがみついて、自由を手放すなんてことは俗物のすることだ」

冨久山は架空のだれかを見下すように言い放った。

「大学を中退したと聞きましたが、何か理由があったのですか」

「自由を求めたんだ。制度としての大学教育に縛られるのはゴメンだからな」

単に勉強がいやだっただけではないのか。

「中退したあと、どんな仕事をしてたんです」

「仕事はしていない。生活のために働いたりしたら、詩的情緒が消えるだろ」

「でも、働かないと喰うにも困るじゃないですか」

「それは何とかなる」

気楽な人だ。しかし、こういう性格だからストレスがなくて、重症の糖尿病でも合併症が軽いのかもしれない。

「昨日の血液検査ですが、血糖値が高い割には、腎機能などもほぼ正常でした。僕はどうも納得がいかないんですが」

「自由に生きていることの賜《たまもの》だな。俺は常識からも、世間の仕来りからも、病気からも自由なんだ」

「でも、重症の糖尿病ですよ」

「それは君らが勝手に言ってるだけだ。俺には何の影響もない。糖尿病は痛くも痒《かゆ》くもないからな。ワッハッハ」

それは神経障害で感じていないだけじゃないのか。時計を見ると、三十分が過ぎていたので、一良はふたたび富久山の血糖値を測った。

だ。

132 mg／dl

ちょうどいい値だ。何だか癪《しゃく》に障るが、インスリンは取りあえず二〇単位でよさそうだ。

一良は明日もようすを見に来ると告げて、冨久山の家を辞去した。

＊

翌日の木曜日は外来診察の当番だったが、速石に代わってもらって往診に行った。庭に入ると、冨久山は布団の上にあぐらをかいて広縁のほうを向いていた。昨日より体調はよさそうだ。

「おはようございます」

「おう。先生が来るのを待ってたんだ。昨日、谷口さんが来て、朝メシ用にレトルトの鶏《とり》雑炊と厚焼き卵を置いていってくれた」

昨日の往診のあと、谷口に冨久山の食生活について事情を話すと、すぐに対応してくれたようだ。明日から特定疾病の枠を使って、介護保険でヘルパーに食事の世話をしてもらうよう手配もしてくれた。費用が気になったが、谷口によると冨久山は数年前に親の死亡保険金が入って、それで食いつないでいるとのことだった。

「それじゃ、今朝は自分で血糖値を測ってください」

穿刺器を渡して、冨久山にやってもらう。人差し指の腹に当て、パチンとレバーを引き、盛り上がった血をセンサーにつける。

228 mg／dl

昨日とさほど変わらない。

「では、次にインスリンです。ディスポ（使い捨て）の針を装着して、シリンジ内の空気を抜くためにまず空うちをしてください」

冨久山は言われた通りに器具を扱う。覚束ない手つきだが、まずまずのできだ。ダイヤルを二〇に合わせ、太腿の内側を消毒してから、器具を垂直に当てる。

「そのまままっすぐ刺して、注射器の頭をゆっくり押してください」

歯車をこするような音がして、薬液が皮下に注入された。

「簡単じゃないか」

まんざらでもなさそうに言う。

「では、朝ご飯にしてもらっていいですよ。雑炊は冷蔵庫ですか」

台所に行って、電子レンジをさがすが見当たらない。仕方がないので鍋《なべ》を出して、コンロで湯を沸かした。厚焼き卵も真空パックだったので、雑炊といっしょに温める。まるでヘルパーだが、一良はいやな気はしなかった。患者のために診療以外のこともやる。それこそがホリスティックな医療だ。

「先生にそんなことまでさせて、悪いね」

口では申し訳なさそうにしながら、顔は嬉しそうだ。

「熱いから、注意してくださいよ」

ホームドラマのようなセリフを口にしながら、食器を差し出す。冨久山は食欲も回復したようだった。インスリンの自己注射が順調にできれば、日常生活動作も改善されるだろう。そんな期待を抱いていると、冨久山が厚焼き卵を頬張りながら言った。

「ここんとこほぼ寝たきりで、俺もそろそろ終わりかなと思ってたが、もう少し寿命があるかもしれんな」

「何言ってるんですか。まだ六十二歳でしょう。まだまだ大丈夫ですよ」

「これもまあ、現代医療のおかげってもんだな」

照れくさそうにぎこちない笑みを浮かべる。一良の頬も緩む。

そのあと、しばらくしてもう一度、血糖値を測ってもらった。

146mg／dl

やや高めだが許容範囲だ。これなら明日も同じでいいだろう。

一良は冨久山の食べた食器を台所に下げ、広縁から庭に下りた。冨久山は疲れたのか、布団に仰臥し、天井を眺めていた。

その後、一良は週末まで冨久山の家に午前の往診を続けた。空腹時血糖が二〇〇を切る日もあったので、念のためインスリンは一八単位に減らした。低血糖が怖いからだ。

翌週の月曜日は午後に往診したが、冨久山は食欲もあるとのことで機嫌がよかった。ヘルパーが毎朝来て、一日の食事を準備してくれる。献立は病院の栄養士に頼んで、厳重な糖尿病用メニューを考えてもらった。

「身体のだるさもなくなったし、メシもうまいし、インスリンがこんなに効くとは思わなかったな。この分なら百歳まで長生きするんじゃないか」

「またそんな調子のいいことを言って。インスリンは使い方をまちがえると怖いですから、指示通りにしてくださいね」

「へいへい」

素直に頭を下げるが、わかっているのかどうか怪しいものだ。それでも一週間たらずで顔色もよくなり、体重も増えたようなので一良も気分がよかった。

＊

次の週の火曜日は二回目の定期訪問の日だった。この日も谷口が同行した。

大平家では、栄子が笑顔で出迎えてくれた。寿美代のようすを聞くと、最初に処方した薬が意外によく効いたようで、栄子の声も明るかった。

「お薬をのみはじめてから、義母《はは》はずいぶん息が楽になったみたいで、食欲も出て、今までご飯はお茶碗《ちゃわん》に軽く一杯だったのが、お代わりするようになりました」

診察すると、呼吸音も正常に近づき、脈拍も落ち着いていた。

「調子、いいようですね」

「はあ、先生、うかじやいびーる」

「おかげさまでと言うとります」

栄子が通訳してくれる。

「経過良好のようですから、今のお薬を続けてください」

「ありがとうございます。主人も喜んどります」

芳久は今日は仕事のようだった。

次の仲里家も、夫婦ともに変わりはないようだった。ただ、血圧を測ると、投薬しているはずなのに上が一八二あった。

「陽平さん、今朝は、血圧を下げるお薬、のみましたか」

「いやはあ、どうだったかな。忘れたさー」

薬をチェックすると、ほぼ全部が残っていた。

「お薬、のんでないみたいですね。ゆきゑさんの薬も余ってる」

指摘しても、ゆきゑは目を細めてうなずくだけだ。

「せっかく診察に来てるんですから、お薬はきっちりのんでくださいね」

「わかやびたん」

「わかりましたって」

谷口が訳してくれる。ほんとうにわかってくれたのか。心許《こころもと》ないが、取りあえず診察を終えて仲里家をあとにした。

冨久山は先週の月曜日のあと、金曜日にもようすを見に来たから、四日ぶりの診察だ。庭に入ったところから声をかける。

「調子はどうですか」

「やあ、先生。おかげさまで絶好調だよ。谷口さんもいっしょかね。まあ、ゆっくりしてってよ」

冨久山は広縁に出てくるほど元気になり、初診のときとは見ちがえるようだ。

「インスリンの自己注射は順調ですか」

「もちろんさ。自分で痛くないよう工夫もしてるんだ。針は直角に刺すほうが痛くないみたいだな。あと、毛穴の近くははずすほうがいい」

「血糖値の記録ノートを見せてください」

一良が言うと、冨久山は文机《ふづくえ》から専用のノートを取って渡した。ページを開くと、一良が来た日以外、冨久山が自分で記録したのは二回だけだった。

「記録が抜けてるじゃないですか。どうしてきちんと測らないんです」

「あれけっこう痛いんだよ。それに血糖値はだいたい自分でわかるしさ」

「わかるわけないでしょ」

「いや、インスリンを打ちはじめてから、なんとなくわかるんだよ。それに、何回測っても、だいたい同じだからさ」

いや、たまに変動するし、万一、低血糖になったら命に関わるから測っているのだ。

「冨久山さん、いいですか」

一良は声の調子を改め、低血糖発作の危険性を大袈裟《おおげさ》なくらいに説明した。

「わかったよ。測りゃいいんだろ、測りゃ」

ふて腐れて言うが、ほんとうに実行するのか。

「谷口さんからも言ってくださいよ」

応援を頼むと、強い口調で説教をしてくれたが、冨久山は首をすくめるばかりで、顔は半ば笑っている。

「まじめに聞かないと怒りますよ」

一良がきつく言うと、急に殊勝な顔つきになり、「はい」とうなだれる。その変わり身の早さについ笑ってしまう。冨久山にはどこか憎めないところがあるので困る。

「ほんとうにすみません。こんな患者さんですが、どうぞよろしく」

またも谷口を恐縮させる結果になり、一良は徒労感にため息を洩《も》らした。

＊

一良は悩んでいた。悩みのタネは二つ。

一つは、冨久山が相変わらず空腹時の血糖値を測らないことだ。うっかり忘れた、測る前にジュースを飲んでしまった、針がうまくセットできないなど、さまざまな理由をつけて測定をパスする。診察は二週間ごとでなく毎週にし、そのたびに低血糖発作の危険を説明するが、暖簾《のれん》に腕押しで手応《てごた》えがない。だが、これはある程度、予測できたことだ。

深刻なのは、仲里夫妻のほうだった。

二回目の診察のあと、病院の訪問薬剤師に薬の説明を頼み、夫婦別々に〝お薬カレンダー〟を作って壁に掛けてもらった。一日三回の薬を一週間分、ポケットに小分けして忘れないようにしたものだ。それなのに、次の診察のときに見ると薬はほとんど残ったままになっている。

「どうして薬をのまないんです」

少し怒気を含めて聞くと、「いやはあ、いくつかのんでるさー」とか、「どれをのめばええのか、わかやびらん《わからない》」とか、二人がそろって皺と見分けのつかない目を細めるばかりだ。

さらに困るのが、訪問薬剤師も熱心にのませようとしないことだった。彼女は島の出身で、しばらく専業主婦をしていたが、子どもの手が離れたので非常勤で薬剤師の仕事に復帰した人だ。親切は親切だが、どこかのんびりしている。

「仲里さんたちの言うことにも一理あるんですよ。粉薬はのみにくいし、大きな錠剤はのどにつかえるし、袋から開けると転げてなくなることもあるし、副作用も心配だと言ってますから」

イヤイヤ、服薬の必要性とその他の不都合を秤《はかり》にかけたら、服薬のほうが大事に決まってるだろう。薬剤師が患者のわがままを代弁してどうするのか。

一良は理路整然と説明したが、薬剤師は口をもぐもぐさせるばかりで、こちらも糠《ぬか》に釘《くぎ》だった。

ただ、救いは大平寿美代の治療で、こちらは服薬も完璧《かんぺき》だし、塩分制限から水分摂取量、排泄《はいせつ》の回数まで、嫁の栄子が行き届いた管理をしてくれていた。おかげで寿美代は自覚症状がどんどん改善し、車椅子だったのが歩行訓練もできるほどになった。

医局のソファで、ため息まじりに二件の治療方針を考えていると、院長の岡品がふらりとやってきて訊《たず》ねた。

「新実君。在宅医療の調子はどうかね」

「はあ。一人は順調ですが、あとの三人に問題が多くて」

一通り説明すると、岡品は一良の前に腰をおろして、「困ったものだな」と、深刻な表情を見せた。仲里夫婦は別としても、冨久山が万一、低血糖発作で亡くなったりしたら、病院の責任も免れないので見過ごせないのだろう。

「何かいい方法はありませんかね」

「そうだな」

有効な助言がもらえるかと思いきや、岡品の口から出たのは、またも一良の常識から遠く離れたものだった。

「本人がいやがってるのなら、無理に空腹時血糖は測らなくてもいいんじゃないか。念のための検査だろ」

イヤイヤ、念のためだから必要なんだろう。岡品は一良の反応を無視して、眉間《みけん》に皺を寄せる。

「それに、指先を針で刺すのはけっこう痛いんだよな」

そういう問題じゃないだろう。指先の痛みと命の危険とどっちが大事なのか。

「何かのはずみで低血糖になったらどうするんですか」

「その説明は本人にはしてるんだろ。なら、あとは本人に任せておけばいいんじゃないか」

そんないい加減な対応で、万一のことが起きたら院長はどう責任を取るつもりか。

岡品は冨久山のことはそのままにして、仲里夫婦のことに話を移した。

「仲里さんのとこは、ご主人がたしか高血圧と肺気腫だったな。で、奥さんが高脂血症と不整脈か。お二人は今、何か症状があるのか」

「陽平さんは少し動くと息切れがしています」

「そりゃ肺気腫だからな。しかし、それは薬では治らんだろう。薬でよくなりそうな症状はあるのか」

ほかの病気は特に自覚症状があるわけではない。しかし、だからといって放置していると、動脈硬化で心筋梗塞《こうそく》や脳梗塞、不整脈は突然死の危険もある。だから予防的な治療をするのじゃないか。それが常識だろうと思うが、岡品の考えはちがうようだった。

「今、つらい症状がないのなら、薬をのみたがらない気持もわからんでもないな」

「しかし、きちんとコントロールしないと、重症化する危険が高いじゃないですか。何かあってからでは遅いと思いますが」

「薬をのんでいれば何も起こらないと保証できるかね」

医師とも思えない質問だ。一良はまじめに反論した。

「保証はできませんが、あらかじめ危険がわかっているのに、見過ごすことはできません」

「仲里さん夫婦は高齢だから、危険はほかにもあるだろう。わかっているところだけ手当してよしとするのは、医者の自己満足じゃないか」

またいやな言い方をする。自分でも困っているかのように岡品が続ける。

「本気でやるなら、徹底して検査をしなきゃいかん。だが、あの年齢だとやればやるほど異常が見つかり、危険は増えて、しなければいけないこと、してはいけないことも増えるだろう。薬をのむだけでなく、血中濃度の測定、カロリー制限、塩分制限、尿量測定、心電図もホルターで二十四時間監視しなきゃいかんだろうし、喀痰《かくたん》の吸引、酸素飽和度のモニター、呼吸機能の監視もしなきゃならん。まるで健康管理のブロイラーみたいにならないか」

　理屈ではそうだが、いくら何でもやりすぎだ。

「そこまではしなくてもいいと思いますが」

「君はそう判断するわけだ。つまり、恣意《しい》的に線引きをしている。それは医療の都合ではないかな」

　一良は承服できない。自分は患者のためを思ってやっているつもりだ。それがどうして医療の都合になるのか。

　岡品は自らに言い聞かせるように言った。

「予防医学はいいことのように見せて、実は患者を苦しめている側面もあるんだ。〝健康〟と〝安全〟の錦《にしき》の御旗《みはた》で人々を脅し、病気の恐怖で怯《おび》えさせ、これが正しいとばかりにあれこれ強いるんだからな。医学は安心を高めなければならないのに、不安ばかり大きくしていないか」

　たしかに放射能の危険、発がん物質、がん遺伝子、認知症のリスク、死の四重奏と言われる高血圧・肥満・高脂血症・高血糖、喫煙ばかりか副流煙も煙害と呼ばれ、高齢になればフレイル（虚弱状態）、サルコペニア（筋肉減少）、早期発見でも助からないがん、治療法のない難病、そんな情報があふれ、人々の不安は増大する一方だ。さらに都会では、ストレスいっぱいの生活で、体調が悪くても仕事は休めず、生活のリズムも食生活も乱れ、ストレス発散のための暴飲暴食、睡眠時間を削ってジムに通ったり、サプリメントやビタミン剤を飲み過ぎて食欲が減退したり、健康不安で健診、検診、人間ドックにはまり、正常のお墨付きがないと安心できない人も増えている。

それに比べ、南沖平島の人々の生活のなんと健全で大らかなことか。

岡品はゆっくりとソファから立ち上がり、一良の心を読むように言った。

「仲里さん夫婦も、今、特に問題がないならそれでいいじゃないか。医者は黙って付き添っているだけでいいんだ。薬をのむかのまないかは、患者の自由なんだから」

イヤイヤ、とまたも胸の内で首を振ったが、反論するだけの気力は一良にはなかった。

＊

その後、仲里夫婦の診療は、話を聞くことが中心になった。薬をのませることは医学的に正しくても、全人的な医療として適切かどうかわからなくなったからだ。

冨久山の血糖値も、なし崩し的に測らなくなった。本人が危険は承知の上と言うので、一良が折れた形だ。すると冨久山は機嫌がよくなり、体調も順調に回復した。日中は起きて過ごすようになり、餓死寸前のようだった身体も人並みに見えるようになった。

三太少年は相変わらず冨久山の家に出入りし、診察のときも文机に向かってノートに何か書いていた。冨久山が声をかけると、身軽に立ち上がって雑用をこなす。師匠と弟子の関係ができあがっているようだった。

そうやって曲がりなりにも順調に推移していると思っていた矢先、日曜日の朝に一良のスマートフォンが鳴った。

「正男先生《しんしー》がおかしいせー。すぐ来てきみそーれ」

三太の声だった。状況を聞くと、冨久山は布団にうつ伏せになり、朦朧《もうろう》としているという。昏睡だ。だから言わないこっちゃない。

低血糖発作を疑ったが、血糖値が高すぎて起こる昏睡もある。一良は迷ったが、電話口の三太に言った。

「シークワーサージュースを少しずつ飲ませてあげなさい。むせないように注意して」

白塔病院の内科で研修したとき、指導医にこう教わった。

――糖尿病患者が昏睡になったときは、取りあえず糖分を摂らせろ。低血糖の場合はそれで回復する。高血糖の場合はさらに血糖値が上がるが、昏睡になるほど血糖値が高ければ誤差範囲だ。

「わかやびたん」

三太は十歳とは思えないしっかりした調子で答えた。一良はすぐに診察セットを揃え、車で黒土に向かった。冨久山の家までは急いでも三十分近くかかる。

いつもの場所に車を停め、庭から駆け込むと、冨久山はすでに起き上がって、布団で上半身を起こしていた。後ろから三太が背中を支えている。

「冨久山さん、大丈夫ですか」

「ああ、先生か。俺、いったいどうなったんだ」

「何を言ってるんです。死にかけたんですよ」

座敷に上がり込むや、一良は血糖値測定器を取り出し、冨久山の指先を穿刺した。

「痛《いて》て……」

センサーに盛り上がった血をつけ、測定値を見る。

72mg／dl
やっぱり低血糖のほうだった。まだ正常値よりかなり低い。

「三太君、もう一本、ジュースを持ってきて」

一良が言うと、冨久山は「今度は氷入りで頼む」と追いかけるように言った。

改めて確認すると、冨久山のインスリン療法はまさかと思うほど常軌を逸したものだった。身体がだるいと血糖値が低いようだからと、インスリンを減らし、甘いものを食べすぎたと思うと、逆に単位を増やしていたのだ。今朝もインスリンを打つ前にフルーツゼリーを食べたので、三〇単位を打ったのだという。

「どうしてそんな無茶《むちゃ》をするんです」

「どうしてだろうね」

「三太君が見つけてくれたからよかったものの、そのままだと死んでたかもしれないんですよ。いいんですか」

「まあ、それもいいかも」

寂しそうに目を逸らす。まだ頭がふやけているのか。一良は冨久山の情けなさそうな下がり眉を見て、無性に腹立たしくなった。

「冨久山さん。あなたはインテリなのに、どうしてそんな自暴自棄みたいなことを言うんです。人生に悔いはないんですか」

思わず発した強い口調に、冨久山の表情が揺らいだ。

「人生の悔いか……」

冨久山は目線を下げ、懺悔《ざんげ》でもするかのように語りだした。

「そう言えばひとつだけ、悔いはあるよ。俺は学生時代、東京である女性と同棲《どうせい》してた。リッ子っていう高校の同級生だ。仲のいい六人グループがあってな、俺はリッ子は四人いた男たちのアイドルだった。大学二年の夏休みに沖縄に帰ったとき、俺はリッ子と二人きりで万座毛《まんざもう》に行った。夕陽を見たんだ。きれいだった。沖縄でもあんな荘厳な夕焼は滅多に見たことがなかった。それで二人の気持が高まって、俺たちはその夜、はじめて結ばれたんだ」

冨久山の顔にかすかな笑みが浮かぶ。

「それからしばらくして、リッ子は俺を追って東京へ来た。それまで詩のことしか頭になかった俺の心に、新しい光が差し込んだ。俺はリッ子を幸せにすることだけ考えて生きた。心から愛していたからな。だけど、俺もリッ子も現実の荒波というのか、いろいろあって、俺の留年が決まったとき、リッ子は沖縄に帰ると言った。引き留めようとしたが、リツ子の決意は固かった。彼女を幸せにするという約束を果たすことができなかった。それを今でも悔いているよ……」

優し気な目に浮かんでいるのは、自分の無力さに対する諦念《ていねん》と、無駄とは知りながら、もう一度やり直せたらという空しい願いのようだった。

一良は思いがけない話にしんみりしたものを感じた。芸術家肌の冨久山には、現実と折り合えない面もあったのだろう。

「今、そのリツ子さんはどうしているんですか」

「さあな。沖縄のどこかで暮らしてるんじゃないか」

さがしてみようと思わないのですか、とは聞けなかった。冨久山の現状を考えれば、あまりに残酷すぎる。

ふと見ると、三太が文机の前に座ったまま、じっとこちらを見ていた。

「じゃあ、僕はこれで帰るから、冨久山さんに何かあったら、また連絡を頼むね」

一良が言うと、三太は坊主頭の大人びた顔でこくりとうなずいた。

＊

それから、冨久山は血糖値を測るようになり、勝手にインスリンを調節することもやめた。仲里夫婦は現状維持で、大平寿美代はその後も改善を続け、杖歩行ができるようになった。息子の芳久は喜び、在宅医療の効果を高く評価した。

そんなとき、谷口ケアマネージャーから新規の在宅患者の紹介があった。屋良清乃《やらきよの》、八十七歳。軽い脳梗塞の発作を起こした患者だ。

初診のとき、息子の育夫《いくお》と話をしていると、彼も高校は沖縄の進学校だったというので、もしやと思って聞くと、冨久山と同じ高校だった。学年は一年上だが、クラブの後輩が冨久山たちの仲良しグループにいたので、よく知っているとのことだった。

診察のあと、一良は出されたお茶を飲みながら、何気なく冨久山の話を出した。

「ご本人から聞きましたが、冨久山さんにはほろ苦い青春ドラマみたいなエピソードがあるようですね。仲良しグループの女性が、彼を追って東京まで行ったけれど、結局、現実の荒波に負けて、ひとり悄然《しょうぜん》と帰郷したんでしょう」

「山城《やまぐすく》リツ子の話ですか」

「そう。リツ子さんと言ってました。冨久山さんは今でも彼女を幸せにできなかったことを悔いているそうです」

いい話のつもりで伝えると、育夫は顔をしかめて、とんでもないというように手を振った。

「リツ子はきれいな子で、私らの学年でも人気でした。私の後輩も彼女が好きで、卒業の間際にグループの仲間に打ち明けたんだそうです。そしたら、ほかのメンバーも彼女が好きだということがわかって、話がこじれて、ケンカになりかけたとき、冨久山が抜け駆け禁止の約束を提案したんです。リツ子はみんなのアイドルだから、独占は許さないって。ところが、二年後に冨久山が夏休みで沖縄にもどったとき、本人が抜け駆けをして、リツ子を誘い出したんです」

「でも、そのときは二人の気持が高まっていたんでしょう。きれいな夕陽を見て結ばれたと言ってましたよ」

「とんでもない。万座毛での話でしょう。あれは冨久山が強引にリツ子を誘い出して、無理やりホテルに連れ込んだんですよ。あとでリツ子が涙ながらにみんなに打ち明けたそうです。彼女はそれが初体験だったらしくて、仕方なく東京へ行ったんです。幸せにすると言ったのを信じて」

本人から聞いた話と大分ようすがちがうようだ。一良は訝《いぶか》りながら話の続きを待った。育夫は怒りのテンションを上げながら言った。

「ところが東京へ行ってみると、冨久山はロクに大学にも行かず、詩作か何か知りませんが、自堕落な生活ぶりで、リツ子にホステスのアルバイトをさせて生活費を稼がせたそうです。完全なヒモですよ」

「でも、冨久山さんはリツ子さんを心から愛していたと言ってましたけど」

「冗談じゃない。まあ、本人の口からは言えないでしょうな。あいつはリツ子がいながら、バーかどこかで知り合った女と付き合い、相手を妊娠させたんですよ。リツ子が気づいて責めると、中絶するカネがないから、何とか都合してもらえないかと言ったんです。そのどこを押したら、心から愛していたなんて言葉が出るんです」

あきれた。なんという不誠実な男だろう。冨久山の話を真に受けて、しんみりした自分がバカに思える。

「リツ子が別れる決心をしたとき、冨久山は沖縄に帰ったらみんなによろしく伝えてくれと言ったそうです。仲間を裏切り、リツ子を傷つけ、さんざん悲しませておいて、よくそんなことが言えたものです。それで、彼女を幸せにできなかったのを今も悔いてるですって？　まったく、ふざけるのもいい加減にしろって感じですよ」

「たしかに」

一良がきまり悪そうに笑うと、育夫もつい興奮したことを恥じながら、それでも冨久山を許せないという表情は変えなかった。

*

翌週、杖を頼りに立ち上がった大平寿美代が、よろけたはずみに転倒して、右の大腿《だいたい》骨《こつ》を骨折した。栄子がわずかに目を離した隙だった。

岡品記念病院でレントゲンを撮ると、複雑骨折だったので、鹿児島の病院に緊急移送をする手配をした。その二時間後、寿美代は亡くなった。脂肪塞栓《しぼうそくせん》で、呼吸不全に陥ったのだ。

「いったい、どういうことです」

芳久が一良に詰め寄った。

脂肪塞栓は、骨折面から遊離した脂肪組織が血管内に入り、肺動脈を詰まらせて急激な呼吸不全を起こす病態である。発症率はさほどでもないが、死亡率は高く、寿美代は高齢だったこともあり、救命することはできなかった。

「つまり、歩けるようになったことが、仇《あだ》になったというわけですか」

説明を聞いたあと、芳久は苦々しく吐き捨てた。自身も治療に積極的だったことを自覚し、一良を理不尽に責めなかったのは、芳久の見識である。

仲里夫婦は幸い、薬なしで容態は落ち着いている。陽平は相変わらず息を切らしていたが、余計な治療をしないことで、夫婦とも精神面では安定していた。

問題は冨久山だった。彼は毎朝、空腹時血糖を測っていたにもかかわらず、続けて二度も低血糖発作を起こした。ダイヤルをまちがえたようだった。インスリンの針の付け方がわからなくて三太を呼んだり、ヘルパーに「あんたはだれだ」と聞いたりした。おかしいと思い、一良が認知症の簡易テストをやると、三〇点満点のうち九点（正常は二一点以上）で、立派な認知症だった。インスリンで血糖値が変動して、急激に症状が進んだようだった。

そうとわかれば、インスリンの自己注射など危なくてさせられない。谷口ケアマネージャーに相談すると、熊本にいる姉に連絡するとのことだった。

姉の佐紀子《さきこ》に一良が状況を説明すると、すぐに迎えに行くとの返事が来た。取りあえず熊本の自宅に引き取り、できるだけ早く施設をさがすという。これまでほぼ音信不通だったが、姉は弟を見捨てたわけではなかったようだ。

冨久山がどう反応を示すか危ぶまれたが、佐紀子の意向を伝えると、彼は意外に素直に申し出を受け入れた。

最後の診察に向かうと、冨久山の家の手前に三太がいた。ガジュマルの根本に膝《ひざ》を抱えて座っている。彼にも事情を話しておかなければならない。

近づくと、半分泣きそうな顔で一良を見上げた。冨久山が熊本に行くことは、すでに知っているようだった。

「正男先生さ、もうもどって来んの？」

「たぶんね」

「学力判定テストの順位は、見てくれっかな」

何のことかと聞くと、冨久山は三太の勉強を見てやっていたとのことだった。認知症でどこまで指導できたのかは疑問だが、三太が全国テストで五百番以内に入ったら、沖縄の中学に行かせてもらうよう両親を説得してくれていたらしい。

「冨久山さんは、君に何か言ってたかい」

「二つのこと、守れち言ってたさー」

「何だい」

「大学は、きちんと卒業しろ。うりから《それから》、詩人にだけはなるなっち」

冨久山は案外、まともな指導をしていたのかもしれない。

熊本から佐紀子が迎えに来て、翌日に沖縄経由で帰ることになった。一良は空港まで見送りに行った。

姉に荷物を任せ、ふらつきながら待合室から出る途中、冨久山は立ち止まって一良に言った。

「貧乏暮らしを選ぶのも自由、認知症になるのも自由、施設に入るのも自由。すべて俺の自由だよ。先生から見たら、どこが自由だと思うかもしれないが、これでいいんだ。俺は自由に生きることからも、自由でいたいからな」

頼りなげにバスでタラップに向かう姿を見送りながら、一良はほろ苦い気持で思った。

冨久山はどこまで自由だったのか――。

Episode 4　検診

大平寿美代が亡くなって一週間後、新実一良は寿美代の霊前にお参りをするために大平家を訪ねた。

寿美代の死は急だったし、その場で説明はしたが、遺族がどれくらい理解してくれているか心許《こころもと》なかったので、改めて話したいと思ったのだ。

大平家では息子の芳久と、嫁の栄子が出迎えてくれた。仏間に通されると、立派な仏壇が据えられていた。一良は線香を灯《とも》し、鈴《りん》を鳴らして型通りに手を合わせたあと、向き直って芳久夫妻に正対した。

「この度は、誠に残念な結果になってしまい、心よりお悔やみ申し上げます」

医療ミスを疑われていないかと緊張したが、それは杞憂《きゆう》のようだった。

「どうぞ頭を上げてください。私どもは先生の治療に感謝こそすれ、恨みがましい気持などいっさい抱いておりませんから」

芳久は眉《まゆ》と口髭《くちひげ》の濃い強面《こわもて》の表情で、穏やかに言った。問わず語りに続ける。

「心不全で車椅子生活だった母が、あそこまで回復したのは、ひとえに新実先生のおかげです。歩けるようになれば、当然、転倒の危険が生じます。本人も私どもも、重々注意はしておりましたが、母が転倒したのは何の引っかかりもない絨毯《じゅうたん》の上でした。これはもう不運としか言いようがない。ぜったいに転倒させまいとするなら、歩かせない以外にないのですから」

「はあ……」

極端な物言いに、逆に恐縮してしまう。

「脂肪塞栓《しぼうそくせん》についても、私なりに調べました。これも防ぎようがないようですな。滅多にないとはいえ、いったん起これば死亡率が高いのも致し方ない。母は高齢に加えて心臓も弱かったですからな。命を救えなかったことは残念ですが、不可抗力とあきらめております」

さすがにこの島の最大企業である沖平製糖の専務だけあって、芳久の状況認識には一分の隙もなかった。

「そうおっしゃっていただければ、これ以上申し上げることはございません。医学的な内容を含め、ご理解の深さに感服いたします」

畏《かしこ》まって頭を下げると、その態度が気に入ったのか、芳久は一良を慰労するように言った。

「高齢だからといってあきらめるのではなく、きちんと治療をして、見事に改善させたのは先生のお手柄ですよ。やはりやるべき治療は、しっかりしていただかないと」

何か含みがありそうだったので、ようすを見ていると、芳久はひとつ咳払《せきばら》いをして続けた。

「こう言っては何ですが、岡品院長にも母のことは相談していたのです。しかし、馬耳東風で、本人が希望しないからと、積極的な治療をしてくれなかったのです。改善の可能性があったことは、新実先生の治療で明々白々。骨折と脂肪塞栓は運が悪かったのです。私は現代医療を信じていますが、不運まで防げとは申しません。しかし、はじめから試みもせずに、本人が望まないから治療をしないなどというのは言語道断。敗北主義ではありませんか」

「あなた」

言いすぎだと思ったのか、栄子が小声でたしなめた。芳久は声の調子を変えて続けた。

「新実先生が母を鹿児島に送ると判断されたことも、正しいと思っとります。私も鹿児島の病院には毎年行っとりますが、離島とは医療のレベルがちがいますからな」

「立ち入ったことをうかがうようですが、鹿児島の病院へはなぜ？」

「人間ドックですよ。この島では受けられませんからな」

岡品記念病院には人間ドックができるだけの検査機器はあるが、いかんせんその部門がない。

「貴院はがん検診もやっておらんでしょう。健康診断はやってくれますが、最低限の検査しかしてくれない。診察もおざなりですよ。いったいどういうわけなんでしょうな」

「たしかに検査機器は揃っているのに、もったいない気はしますね」

一良が同調すると、芳久は我が意を得たりとばかりに言葉を連ねた。

「岡品記念病院ができたときは、大いに期待したものです。熱心な医師ばかりでしたからな。ところが、今の院長が来てからダメになった。先生を前にして申し上げるのは気が引けますが、岡品院長はからきし医療をやる気がない。診察で異常を訴えても、ようすを見ていればいい、そんなに心配するなと、無責任なことしか言わない。せっかく早めに受診しているのに、手遅れになったらどうするつもりなんだと言いたい」

「あなた」

ふたたび栄子がブレーキをかける。芳久がムッとした顔になったので、一良はなだめるように言った。

「実はここだけの話、僕も疑問を感じることがあるんです。こちらへ来る前は東京の白塔病院で研修を受けていたんですが、岡品記念病院はすべてがちがいすぎていて、これで研修になっているのかと不安に思うことがあるんです」

「ほう。白塔病院で研修されていたのなら、こんな辺鄙《へんぴ》な島の病院で学ぶことなどないでしょう。むしろ、都会の先進医療をこちらにもたらしていただきたいですな」

「できることなら何でもやります。寿美代さんの在宅医療も、僕が院長に直訴してはじめたものですから」

「すばらしい。それなら手はじめに、がん検診をやってもらえるとありがたいですな。離島だからといって、医療格差を放置していいわけがない。これからは日本のどこに暮らしていても、最高レベルの医療が受けられるようにすべきでしょう」

芳久はすっかり一良に気を許したようすで、熱く語った。一良も愛想よく同意する。

「おっしゃる通りです。では、さっそく医局会でがん検診の実施を提案してみます」

「いやあ、思いがけずいい話になりましたな。島でがん検診が受けられるようになれば、家内にも受けさせてやれます。いっしょに鹿児島に行こうと言っても、わざわざ行くのは大層だとか言って、これまで一度も受けとらんのです。しかし、島でやっていただけるのなら、受けない理由もなくなるわけだ。ハッハッハ」

「実現するよう、頑張ります」

一良は熱意を込めて請け合ったが、栄子は芳久の横で困惑の苦笑を浮かべていた。

＊

医局会は毎週木曜日の午後四時に、三階の会議室で開かれる。

出席者は院長の岡品と各科の医師十四名。ロの字形に並べたテーブルに着席し、司会は副院長の安部が担当する。時間通りにはじめられたことはなく、適当に集まって、いつの間にかはじまるというのが通例だった。

この日も院長がボヤくように安部に話しかけた。

「久高島《くだかじま》の患者さんがイラブーを持ってきてくれてね。燻製《くんせい》にしたカチカチのやつ」

「珍味ですな」

「そうなんだが自分じゃどうにもできんから、珊瑚屋《さんごや》へ持って行って料理してもらったんだ。イラブー汁。なかなかうまかったよ」

珊瑚屋は一良の歓迎会が開かれた居酒屋だ。

「新実君はイラブー、知ってるかな」

「いえ」

「ウミヘビだよ。ハブより強い毒を持っていてね。久高島では神の使いと言われてるから、特別な資格のある女性しか獲《と》れないらしい。しかも、素手で捕まえるそうだ」

恐ろしいことをするなと思いつつ、一良はスマートフォンでイラブーを調べてみる。正式名はエラブウミヘビといい、コブラ科に分類されているらしい。画像を見ると、青黒いヘビが燻製にされて渦巻き状に固まり、虚《うつ》ろに口を開いている。

「イラブー汁はヤギ汁よりは食べやすいかもしれんな。新実君にもご馳走《ちそう》してあげようか」

「けっこうです」

「琉球王朝では国賓をもてなすときに供されたらしいぞ。イラブーはむかしからご馳走だったんだ。食べてみんかね」

「いえ、けっこうです」

同じことを言わせないでほしいと、一良は顔を伏せる。

そのうち参加者が揃って、安部が入院患者の検討をはじめた。経過の思わしくない患者の治療方針を話し合うのだが、たいていは経過観察、すなわち、ようすを見ようということになるので議論にならない。新しいアイデアが出るわけでもなく、ほとんど研修の参考にならない。

検討が終わり、ふたたび雑談に移りかけたとき、一良が発言を求めた。

「先日亡くなった大平寿美代さんですが、息子の芳久氏からこの病院でがん検診をしてほしいとのご依頼がありました。当院には検査機器が揃っていますから、十分可能だと思うんですが」

医師たちの間に形容しがたい沈黙が漂った。それを破ったのは、せっかちな内科医長の速石だった。

「必要ないだろ。岡品記念病院は余計な医療はしないのが基本方針だから」

続いてネクラな外科医長の黒須が口を開いた。

「がん検診にかぎらず、人間ドックや健康診断は、金儲《かねもう》け医療と見られる恐れがある。痛くもない腹を探られるようなことはしたくないな」

「どうして金儲けなんですか。れっきとした予防医療じゃないですか」

一良が反論すると、黒須は気怠《けだる》そうに説明した。

「君は健診の実態を知らんのか。健診や人間ドックは、世間の健康欲求につけこんで、健康な人間を医療に囲い込み、患者に仕立てるビジネスなんだ。血圧だって、元々の基準は一六〇の九〇以上だったのが、いつの間にか一四〇以上だと薬をのますようになっただろ。コレステロールも二五〇以下が正常だったのが、今は二二〇以上で治療が必要となる。腹部エコーも肝血管腫《かんけつかんしゅ》とか腎《じん》のう胞《ほう》とか、症状も治療の必要もない異常を見つけて、やれ精密検査だ、定期検査だと素人を医療機関に誘い込む。悪徳商法もいいところだ」

「ちょっと待ってくださいよ。今は生活習慣病が注目されて、全国民が健康増進に取り組んでいるんですよ。検査を受けて異常なしだと、みんな安心するじゃないですか」

一良が反論すると、速石が速攻で言い返した。

「本来、人間は症状がなければ安心なんだ。それを病気は早期発見にかぎるだの、症状が出てからでは手遅れになるだのと脅して、世間を〝確認強迫神経症〟に仕立てているのが今の健診業界だ。たとえて言えば、火事の心配を煽《あお》って、燃えてもいない家を毎年、消防士にチェックさせるようなもんだ」

そんな言い方をされて、一良は気分を害した。速石たちを無視して、岡品に直接訴える。

「芳久氏が言ってましたが、この病院で健康診断を受けたら、診察がおざなりだったそうです。受診者からそんな不満が出るのは問題じゃないですか」

岡品が答える前に、速石が話を横取りするように答えた。

「その診察をしたのは俺だ。おざなりと言うが、健康に決まってるやつの診察なんか、真剣にできるかって言うんだ。そもそも健診の診察で何がわかる」

挑発するように聞かれて、一良は模範解答を並べた。

「眼球結膜では黄疸《おうだん》が診断できますし、眼瞼《がんけん》結膜では貧血や結膜炎がわかります。舌苔《ぜったい》の状態からは胃腸の働きが推測できますし、聴診では呼吸音で喘息《ぜんそく》や肺炎、心音で不整脈、心雑音で弁膜症や中隔欠損症《ちゅうかくけっそんしょう》が診断できます。腹部の触診では、肝腫大と脾《ひ》腫大、腸閉塞、がんを含む腫瘍《しゅよう》を見つける可能性もあります」

「おまえは十九世紀の医者か」

速石があきれ、そこここで失笑が洩《も》れた。たしかに、視診や聴診より、血液検査やX線検査のほうが正確にわかる。腹部の診察も超音波診断が有効だし、触診で見つかるくらいのがんがあれば、とっくに手遅れだ。

「健診の診察は患者を納得させるためのオマケなんだよ。それをさも真剣にやるのは、占い師のパフォーマンスと同じだ」

一良は反論できない。安部が「じゃあ、このへんで」と話を打ち切ろうとしたとき、岡品がおもむろに口を開いた。

「患者サイドから要望があったのなら、一考に値するかもしれんな。新実君が中心になって動いてくれるなら、がん検診をはじめることにはやぶさかでない」

思いがけない援軍に、一良は息を吹き返す思いだった。

「ただし、はじめる前に看護師や技師の了解を取り付ける必要があるぞ。彼らの協力なしにはできんだろ」

「もちろんです」

一良はほかの医師たちを無視して、岡品に熱い視線を向けた。

「では、さっそく準備にかかってくれ」

「ありがとうございます」

立ち上がって頭を下げると、岡品は思い出したようにつけ加えた。

「今回は一応、お試しコースということでやってくれよ。定期的にやるかどうかは、今回の結果を見て決めるように」

「了解です」

一良は元気のいい返事で、ふたたび頭を下げた。

＊

足取りも軽く会議室を出ようとしたとき、岡品が一良を呼び止めた。

「ちょっと院長室まで来てくれるか」

岡品について行くと、応接用のソファを勧められた。

「君のチャレンジ精神には、いつも感心するよ。やらずに後悔するより、やって後悔するほうがいいからな」

はじめから後悔が前提なのか。不審な表情を浮かべると、岡品は声の調子を改めて聞いた。

「それで、検診の費用はどう考えているのかね」

一良は意表を衝《つ》かれ、すぐに返答できなかった。がん検診には医療保険は使えない。全額自己負担だとそうとうな額になる。なんとか負担を軽減できないものか。

「厚労省が指定している五項目については、自治体から補助が出ると思いますが」

苦し紛れに答えると、岡品は想定ずみというようにうなずいた。

「すぐには出してくれんぞ。まず、県庁の保健医療部に申請して、この病院を『がん検診協力医療機関』として認定してもらわなければならん。手続きは簡単じゃない」

「はあ」

「前にも言っただろう、〝経済なき道徳は寝言〟だとね。君がどこまで経費のことを考えてがん検診を言いだしたのかと思ったが、やはり抜けていたようだな」

返す言葉もない。恐縮してうなだれると、岡品は別に怒ったようすも見せず、ゆったり脚を組んだ。

「さっきも言ったが、お試しコースでやるのなら、特例として自治体の補助分を病院で負担しよう。そうすれば受診者も増えるだろう。今回が順調にいくようなら、次回までには補助をもらえるように手続きをすればいい」

「ありがとうございます。病院にご迷惑をおかけすることになって、申し訳ありません。でも、きっと島の人々にも喜んでもらえると思います」

一良は立ち上がって、額が膝《ひざ》につきそうなくらいのお辞儀をした。

「まあ、頑張りたまえ」

院長室を出たあと、一良はさっそく各方面に根まわしをはじめた。

胃がんと肺がん、大腸がんは、一良が自分で診断できる。乳がんもなんとかなるだろう。問題は子宮頸《けい》がんだ。一良は医局にもどり、産婦人科医長の島袋鞍山《しまぶくろあんざん》の席に行った。

「島袋先生。実はお願いがあるのですが」

沖縄出身の島袋は温厚な性格で、速石や黒須のように一良の足を引っ張るようなことは言わないはずだ。ただ、いつも白衣の下はアロハシャツで、足元はサンダルというのが変わっていると言えば変わっている。

「がん検診のことだろ。子宮頸がんの検診くらいお安い御用さ」

「ありがとうございます」

思いがけずスムーズな滑り出しに、一良は気をよくして看護師への協力要請に向かった。看護部長の福本をさがすと、二階のナースステーションに背中が見えた。

「福本さん。ちょっと頼みたいことがあるんですが」

中に入って声をかけると、でっぷりした白衣姿がゆっくりと振り返り、威圧するような視線を向けた。一良は臆《おく》せず、がん検診に看護師の協力をお願いしたいと頼んだ。

福本は縁なし眼鏡をキラリと光らせ、念を押すように訊《たず》ねた。

「新実先生は、がん検診のデメリットよりメリットのほうが大きいと思ってるのね」

デメリット？　何ですかそれはと聞きかけたが、そんなことも知らないのかと突っ込まれそうだったので、胸を張って答えた。

「も、もちろんです」

ほんとうにわかっているのかと疑いの目で見られたが、一良は強気を装って見返した。

「岡品院長も了承してくれていますので」

「院長先生が認めてるなら、協力しないわけにはいかないわね」

福本が態度を和らげると、横で聞いていた宇勝が、「えーっ」と露骨に不満の声を上げた。

「がん検診なんて面倒だな。余計なことをして、寝た子を起こすようなことにならないですか。イヤな予感がするな。特に新実先生のやることだから」

「どういう意味だよ」

一良がにらみつけると、宇勝は首をすくめて福本の背中に隠れた。

次は放射線検査部だ。岡品記念病院には、放射線科医がいない代わりに、放射線技師の鳥井《とりい》公造《こうぞう》がX線検査を担当していた。年齢は一良のちょうど倍の五十四歳。この道三十二年のベテランである。

「鳥井さん。いつもお世話になっています」

一良は年長者に対する敬意を表しながら、がん検診をはじめたいという意向を伝えた。

「鳥井さんには胸のX線検査と胃のバリウム検査、それにマンモグラフィをお願いしたいんです。ベテランの鳥井さんなら、初期のがんでも見逃さない鮮明な画像を出していただけるでしょう」

「新実先生も大変だねぇ。俺はX線写真ばかり見てるから、外見だけで骨が見えちゃうんだよね。女の人でも、美人かどうかより頭蓋骨の形がきれいかどうかのほうが気になるんだ」

「そうなんですか」

「ま、がんがあるかどうかまではわからんから、検診をやるのもいいかもな」

「ありがとうございます」

頭を下げて、最後は検査部への根まわしに行く。臨床検査技師の成田守《なりたまもる》は三十歳で、一良と年齢も近いので気心が知れている。がん検診の話をすると、「ぜひ、やりましょう」と即答してくれた。成田に頼むのは、血液検査とがんの細胞診である。

「僕は細胞検査士の資格もありますから、きっとお役に立てると思います」

「頼もしいです。よろしくお願いします」

これで院内の協力は一通り取り付けた。院長室に行って結果を報告すると、岡品は「それはよかった」とうなずいた。

「受診者はどうやって集めるつもりだ」

また、うっと答えに詰まる。その場の思いつきで、「病院のホームページで告知するのはどうでしょう」と言ってみる。

「島民はホームページなんか見とらんぞ」

「じゃあ、ポスターを貼るとか、チラシを配るとかはどうでしょう。あるいはダイレクトメールとか」

我ながらアナログだなと思うが、ほかに有効な手段が浮かばない。

「説明会を開いたらどうだ。直接話せば理解してもらいやすいし、質問にもその場で答えられるだろう」

「ありがとうございます。では、さっそく手配いたします」

またも岡品の助力を得ることになった。不甲斐《ふがい》ないが仕方がない。検診の本番で成果を出せばいいと、一良は気持を前に向けた。

＊

がん検診の説明会は、村役場の集会場で土曜日の午後に開かれた。

病院からは岡品院長と福本看護部長も出席してくれた。一良は不入りを心配したが、説明会の開催を知った大平芳久が、会社で動員をかけてくれたらしく、百人以上の島民が集まった。芳久は最前列の中央に陣取り、周囲には沖平製糖の役員、社員らしい面々が集まっている。後ろ半分は会社に関係のない人たちのようだ。

まず最初に岡品が挨拶《あいさつ》をし、続いて一良ががん検診の内容について説明した。

「今回、実施を考えていますのは、厚労省が指定している五項目、肺がん、胃がん、大腸がん、乳がん、子宮頸がんの検診です」

前半分の参加者は、芳久の手前か熱心に耳を傾けている。

「現在、日本は二人に一人ががんになり、三人に一人ががんで亡くなると言われています。がんは長らく日本の死因のトップを占めています。なぜなのか。それは発見が遅れるからです。がんは早期に見つければ治る病気です。その意味でも、がん検診には大きな意義があります。検診でがんが見つからなければ、みなさんも安心できるでしょう。ぜひこの機会に受診されることをお勧めします」

一良が締めくくると、芳久が盛大な拍手を送った。それに誘われるように周囲の面々も手を叩《たた》く。

続いて、質疑応答に移った。

芳久が先頭を切って手を挙げる。

「まず、この島でがん検診が受けられるようになることは、誠に喜ばしいと申し上げたい。私見ですが、この島の人々は概して健康に無頓着《むとんちゃく》なように見受けられる。もっと意識を高め、健康増進に努めるべきだと考えますが、新実先生はどうお考えでしょうか」

質問というより、半ば自己主張のような発言だった。一良も「おっしゃる通りです」と、芳久の言い分をなぞるように賛意を示した。

後列に座った素朴な感じの男性が、おもむろに手を挙げた。

「都会の病院では、どのようにがん検診をやっておるのですか」

「いいご質問です。都市部ではがんに関する情報が行き渡っていますから、大勢の人が検診でがんのないことを確認した上で、安心して暮らしています。がんが発見された場合でも、早期治療で多くの患者さんが助かっています」

続いてややインテリっぽい男性が訊《たず》ねた。

「がん検診でがんが発見される人は、どれくらいおるんですか」

一良は用意した資料から数字を読み上げる。

「ここに厚労省が公表しているデータがあります。検診でがんが発見されるのは、受診者一万人あたり、肺がんと子宮頸がんは四人、胃がんは九人、大腸がんは十九人、乳がんは多いですよ、三十三人です」

会場には微妙な空気が広がる。同じ質問者が地元の言葉で言う。

「それはつまり、肺がんと子宮頸がんは、発見率が〇・〇四パーセント、胃がんは〇・〇九パーセントということっちな。そんなに少ないのに、検診をする必要があるわけな」

一良は焦って別の数字を読み上げる。

「要精密検査と判断された人はもっと多いです。胃がんだと一万人中七百二十五人、乳がんは七百九十九人ですから」

「けんど、それは無駄に精密検査を受けさせられた人が多かったっちゅうことやないのかね」

「まあ、そうとも言えますが……」

一良は困惑しつつ、曖昧《あいまい》な笑いでごまかした。

別の質問者が手を挙げる。

「先生はさっき、がんは早期発見すれば治るち言いなさったけんど、がん検診ば受けとったら、がんで死ぬ心配はせんでええっちゅうことかね」

「いえ、まったくゼロになるわけじゃありません」

「んじゃ、検診を受けんと、具合が悪うなってから病院に行ったら、全部手遅れっちゅうことね」

「いいえ。症状が出てからでも助かるケースはあります」

「んなら、千人に一人も見つからん胃がんを調べるために、検診を受けたほうがええっちゅう理由はどこにあるわけな」

一良は即答できず、その場で足踏みをする。二人に一人ががんになるわりに発見率は低いようだが、それは生涯にという意味だから、検診で見つかる数はこの程度で妥当である。しかし、そう説明しても納得はしてくれないだろう。

「具合の悪うない者《もん》を検査して、そうそうがんが見つかるわけはなかんば」

質問者のとなりの男性が言い、周囲に笑いが起こる。

「一万人のうち、胃がんでない九千九百九十一人の検査もただじゃないんだろ。こりゃ日本の医療費がウナギ上りになるのも当然さー」

「がん検診をやる病院は大儲けだねー」

「そんな無駄な検査はいらないさー」

会場がざわつきだしたので、状況を挽回《ばんかい》するために一良は声を高めた。

「たしかに、検診でがんが見つかる率は高くありません。でも、統計は個人には当てはまらないんです。個人にとっては、結果は常にゼロか百です。運悪くがんが見つかるのは、あなたかもしれないんですよ。そうなればいくら千人に一人でも、あなたにとっては命に関わることになるんです」

この説明は少々ずるいが、インパクトはあったようだ。がんになる可能性を、みんな自分のこととしてイメージしたのだろう。それならやっぱり検診を受けたほうが安心だという空気が広がった。

中ほどに座っている女性がおずおずと手を挙げた。

「わん《わたし》の知り合いはこの前、卵巣がんで亡くなったちょや。卵巣がんの検診はやってくれんわけな」

「卵巣がんは検査で見つけにくいので、検診に向かないんです」

別の漁師風の男性が座ったまま質問する。

「膵臓《すいぞう》がんは治りにくいち聞いたけんど、膵臓がんは調べてくれんとや」

「膵臓がんも簡単に検査できなくて、CTスキャンかMRIが必要なので、受診者全員にするわけにいかないんです」

ね」

「喉頭《こうとう》がんはどうね。うちのオジィは喉頭がんで死んださ。喉頭がんも調べにくいのか

別の男性が手も挙げずに聞くと、そこここで私語が交わされた。

「食道がんも怖いらしかんば。肝臓がんや胆のうがんもあるし、脳腫瘍やら骨肉腫やら白血病やらもあるっちば」

「皮膚がんと腎臓がんと膀胱《ぼうこう》がんもあるさー」

「子宮がんは頸がんだけやのうて、体《たい》がんちゅうのもあるっちよ」

「男には前立腺《ぜんりつせん》がんもあるんじゃがな」

「胃がんやら五つだけ調べて、それで安心せえちゅうてもできないさー」

「そだな。どうせなら身体全部のがん検診ば、やってくれんば」

「だからよー《そうだよね》」

「やさー、やさー《そうだ》」

会場が騒然となる。がんの発見率が低いと聞けば検診はいらない、命に関わると聞けば全身を調べろ。この島の人たちにはホドホドという発想はないのか。

一良が立ち往生していると、岡品が代わりに説明した。

「お静かに願います。みなさんのご心配はもっともですが、そもそもがん検診は完璧《かんぺき》なものではないのです。仮に毎年、全身のがんを調べていたとしても、がんで死ぬ確率はゼロにはなりません。ですががん検診を受けたおかげで、命拾いする人がいるのも事実

です。今回はまあ、新実先生が熱心に取り組もうとしていますので、みなさん、どうか協力してやっていただけませんでしょうか」

岡品が頭を下げたので、一良も慌ててお辞儀をした。島民のためにやっているのに、なぜお願いモードになるのか。

福本も立ち上がって、よく通る声で聴衆に言った。

「がん検診にはいろいろ問題もありますが、わたしがみなさんのご迷惑にならないように注意していますから、どうかよろしくお願いします」

一良はさらに深く頭を下げる。なんだか監視つきでやらされているみたいだ。院長も看護部長も支援はしてくれているが、どこか申し訳なさそうだ。

一良ははじめの意気込みも失《う》せ、釈然としないまま説明会を終えた。

＊

がん検診の初日、トップバッターは芳久だった。率先垂範ということだろう。芳久の部下や関連会社の社員たちも続いてやってくる。

問診は一良が担当した。芳久は開口一番、一良の実行力をほめた。

「口先だけの者が多いなかで、先生はまさに有言実行。これほど早くがん検診をはじめてもらえるとは思ってもみませんでしたよ」

「そう言っていただけると、僕もやる気が出ます」

問診票を見ると、芳久は岡品と同い年の六十七歳だった。

「がん検診の実施には、病院内でも抵抗があったのではないですかな。説明会のときも、院長はまったく積極的でなかったですからな。どうもあの人は医療に対する熱意に乏しい。私は仕事には全身全霊で打ち込んできたつもりです。今の地位に就くにも、若いころから刻苦勉励、努力に努力を重ねてきました。常に不測の事態に備え、前向きに新たな展開を目指す。これですよ、人生成功の秘訣《ひけつ》は」

芳久は、競争を勝ち抜いてきた人らしい自信にあふれる口調で語った。同じ世代でも岡品とは正反対の性格のようだ。一良は「参考になります」とお愛想を言ってから、検査に移った。胸部のX線撮影、バリウムによる胃透視、大腸がんは便潜血《べんせんけつ》の検査でスクリーニングをするので、専用の容器を渡してあとで郵送か持参してもらう。男性は乳がんと子宮頸がんの検診はないので、以上で終了となる。

この日、検診に訪れたのは男性が二十二人、女性が四人の計二十六人だった。

検診の結果は一週間で出揃う。初日の受診者には、幸い、異常のある者はなかった。

報告書を送ると、さっそく翌日の朝、芳久から喜びの電話がかかってきた。

「検診の報告書をいただきました。いずれも異常なしで安心しましたよ。一応は、要精密検査となっても慌てないよう心の準備はしていたのですがね。労務管理上、会社の関係者には結果を報告させたら、全員、異常なしだというじゃありませんか。みんな喜んでおりましたよ」

　他人の結果を報告させるのは問題だが、ここはスルーして調子を合わせる。

「みなさんに喜んでもらえたのなら僕も嬉《うれ》しいです」

　ところが、芳久の話は徐々におかしな方向にズレだした。

「実は検診を怖がっていた者もおりましてね。私が尻《しり》を叩いて受診させたんです。異常なしの判定が返ってきたら、たいへんな喜びようで、専務のおかげでがんの心配がなくなりましたと、大いに感謝された次第です」

「はあ……」

「どこかにがんがあるかもしれんと思うのは不安ですからな。検診さえ受けておれば、その心配なしに暮らせる。これからもみんなに積極的に受診を勧めますよ」

　今回の検診で調べたのは、男性は肺と胃と大腸の三つだけだ。それでほかの臓器も正常だと思われては困る。調べた三つでも、検診でわかるのは見える大きさのがんだけで、X線検査で識別できないがんは見つけられない。大腸がんも、出血していないときに検査をすれば、スクリーニングにはひっかからない。検診の結果を過信して、症状が出ても検査を受けずにいると、そのために手遅れになってしまう危険もある。

　しかし、検診で異常なしでも不安は残るなどと説明したら、何のための検診だとまた島民から突っ込まれそうだ。受診者は安心のために検診を受けているのだから、それを否定するようなことは言えない。

「いやあ、やはり検査で安全を確かめる。健康に関しても先手必勝ということですな。ハッハッハ」

芳久は快活に笑ったが、一良の胸には憂うつなモヤモヤが残された。

それからしばらくして、最初の要精密検査の患者が現れた。おそらくは古い結核の痕《あと》だろうが、肺がんの可能性も否定できないので、喀痰《かくたん》検査とCTスキャンを受けるよう書いて送った。するとその四十代後半の男性が、真っ青な顔で飛んできた。

「先生。こ、こ、これは、肺がんちことな。わんはまだ死ぬわけにはいかんちよ。まだし残したことがてーげ《たくさん》あるっちょや」

「落ち着いてください。大丈夫ですから」

なだめたつもりが、よけいに相手を混乱させたようだった。

「大丈夫ちどういうことな。検査もせんでぬが《どうして》わかるっちよ。ああ、わかった。もう手遅れっちことね。そんでわんを安心させよう思うて言うてるわけね」

「ちがいますよ。肺の影は古い結核の瘢痕《はんこん》だと思います。たぶん大丈夫と思ったんですが、万一、見落としたらいけないので、念のために精密検査を受けてもらおうと思ったんです」

「はあ？　今、なんち言いよった。たぶん大丈夫やってか。はげー。がんの検診を受けて、病院から精密検査ば受けろっち言われたら、もうおしまいち思うのは当然じゃなかんば。念のためなら、ぬがそう書かんとや。こっちがどれだけ心配するかわからんわけな」

「すみません。そんなに驚かれると思わなかったものですから」

一良は取りあえず謝罪した。そうしなければ、とても怒りを抑えられそうになかった。がん検診は安心のためにするものだから、異常なしで当然と思っている人が多いのだろう。それを要精密検査と言われると、青くなるのもうなずける。報告書には「要精密検査」としか書かないから、どれだけ深刻なのかは伝わらない。しかし、「たぶん大丈夫ですが」などと書いたら、精密検査をパスする人も出てくるだろう。それでがんが見落とされたら、何のために検診しているのかわからない。

「まあ、それほど心配ないち言うならよかやけど、あんまり脅かさんでくれんね」

「申し訳ありません」

悩みながらも謝罪すると、相手はなんとか納得してくれた。

次に精密検査が必要と出たのは、便潜血がプラスの五十代の女性だった。バリウムで注腸造影《ちゅうちょうぞうえい》をすると、下行結腸《かこうけっちょう》にポリープが三つ見つかった。がんでなくてやれやれと思ったが、患者は簡単には安心しなかった。

「先生。ポリープは良性だから心配ないと言うたのに、何で取らないかんのです」

「まれにがん化することもありますからね」

「それなら心配さー。内視鏡で取ると言うたけど、その手術は安全かね」

「ご心配なく。まれに出血とか、穿孔《せんこう》といって腸に穴が開くことや、感染が起こったり、腸閉塞になることもありますが、まず大丈夫です。ただ、術後は出血を起こさないよう、一週間は禁酒が必要です。あと、力仕事や長時間の運転、入浴も控えてください。飛行機に乗るのも危険です」

「あげー、どこが大丈夫なのかね」

「だいたいは安全なんですよ。でも、今は副作用や合併症はすべて説明しなければならないので、お話ししているだけです」

言いながら、一良は自分でも矛盾を感じる。安心させるための検査なのに、不安ばかり煽っている。患者はひとこと、「大丈夫」とだけ言ってほしいのだ。しかし、万一のことを考えると安易に請け合うわけにはいかない。

女性は治療の危険性をさんざん聞かされ、放置した場合の最悪の事態も説明され、進退窮まって泣きそうになりながらこう言った。

「こんなことなら、検診なんか受けなかったらよかったさ。何も知らないでいるほうが、よっぽど安心さー」

検診結果が異常なしの患者なら、喜んでいるだろうと思ったら、それも必ずしもそうではなかった。

高血圧で診ている沖平製糖の社員が異常なしだったので、外来で「よかったですね」と笑顔を向けると、相手はムッとした顔でこう言い返した。

「あのね、俺はもともと血圧以外どこも悪くなかったわけ。なのに大平専務に無理やり検診を受けさせられたっちよ。バリウムは飲みにくいし、腹は張るし、便潜血とやらで自分の糞《くそ》を歯間ブラシみたいなので撫《な》でまわすのもいやだった。悪いところがないのに異常なしと言われたって、そりゃ当たり前やち。時間とお金の無駄って感じよ」

「でも、がんが隠れていたら困るんですから」

「がんができるのは肺と胃と大腸だけじゃないっちょや。ほかは調べなくてもいいわけな」

そう言われると、返答しにくい。いったい、がん検診で喜んでいる人はどれだけいるのかと、一良は徒労感の滲《にじ》むため息を洩らした。

病院の廊下で産婦人科の島袋に会ったので、検診の進み具合を聞くと、ここしばらく受診者はゼロとのことだった。まさか、島民女性のほとんどが検診をすませたのか。いや、そんなことがあるわけはない。

島袋はアロハシャツの胸元に風を入れながら、はじめから予測していたというように説明した。

「子宮がん検診を受けにくるのはたいていオバアで、頸がんより体がんが心配な年代だよ。頸がんが見つかることは滅多にないが、これで安心したらいかんよ、心配なのは体がんなんだからとみんなに説明してる。なら、体がんの検診をしてくれと言うから、それは簡単にはできないんだと答えると、噂が広がったんだろうな。あっという間にだれも検診を受けに来なくなったよ」

「そうですか……」

ふたたび一良は落ち込む。

続いて放射線技師の鳥井が来て、マンモグラフィのフィルムを十枚ほど見せた。そこにはほとんど真っ白な乳房ばかりが写っていた。

「この島の女性は高濃度乳腺が多いんだ。これじゃあ乳がんの判定はできないよ」

高濃度乳腺は、日本人に比較的多いとされる乳房で、乳腺の密度が高いため、全体が白く写り、同じく白く写るがんが見つけにくい。これまでは「異常なし」と判定されることが多かったが、それは「正常」ということではなく、「異常があっても見えない」という意味だった。正しくは「判定不能」とすべきだが、そんな結果を出せば、検診の意義が揺らぐので、多くの医療機関が「異常なし」という不誠実ともいえる判定を下していた。

もちろん、一良はそんなことをするつもりはない。だが、「わかりません」と言うのも医師の沽券《こけん》に関わる気がする。不誠実な判定で信頼を保つべきか、正直に伝えて信用失墜に甘んじるべきか。ここにも悩みのタネが潜んでいた。

「高濃度乳腺の患者さんには、その旨を説明して、心配な人には乳腺エコーを受けてもらいます」

「俺もオッパイを見ただけで、乳がんが言い当てられるといいんだがな」

鳥井は本気か冗談かわからない言い方で、放射線検査室にもどって行った。

＊

「新実先生。ちょっと透視室まで来てもらえるかい」

翌日、内線電話で一良を呼んだのは鳥井だった。胃透視の検査を受けているのは大平栄子のはずだ。

「診てほしい所見があるんだ。大平さんの奥さんだから、早いほうがいいと思ってね」

栄子が神経質な芳久の夫人であることを意識して、連絡してくれたのだろう。

栄子ががん検診を受けに来たのは、芳久が受けてから二週間以上もたってからだ。

「わたしは別に受けなくてもいいんですが、主人がうるさく言いますもので、仕方なく参りましたの」

問診のとき、栄子はため息まじりに苦笑した。

まず胸部のX線写真を撮って、次に胃透視を受けてもらった。通常はフィルムができあがってから診断するが、検査の途中で呼ばれたということは、異常が見つかったということか。

暗い操作室に入ると、鳥井がモニターに画像を映し出した。

「幽門前庭部《ゆうもんぜんていぶ》だよ。粘膜の引きつれがあるだろ」

たしかに胃の出口付近に不自然な皺襞《すうへき》が浮き出ている。

「でも、まだこれだけでは、がんと断定できませんよね」

一良は現実から目を背けるように希望的観測にすがった。いずれにせよ、胃カメラは必須《ひっす》だ。

検査がすべて終わってから、栄子にもう一度、診察室に入ってもらった。

「実は、胃透視でちょっと気になるところがあるんです。念のために、胃カメラで詳しい検査をされたほうがいいと思うのですが」

一良は深刻な印象を与えないように、かと言ってあまり楽観的にもならないように、声の調子を工夫した。芳久なら顔色が変わるところだろうが、栄子は「そうですか」とごく平静に受け止めた。胃カメラの検査は毎週水曜日なので、来週の予約を取って帰ってもらった。

やれやれと思っていると、夕方、芳久から電話がかかってきた。

「今、妻から聞きましたが、栄子は胃がんの心配があるのですか」

「まだそうと決まったわけではありません」

「でも、可能性はあるのでしょう。だったら、どうしてすぐに胃カメラをやってくれないんです。来週の水曜日だなんて、その間に転移したらどうするんです。いや、今すぐに転移しなくても、この胃カメラの遅れが診断の遅れにつながり、入院、手術の遅れにつながって、手遅れになる危険性もあるじゃないですか」

理屈ではそうだが、そんな狙いすましたようなタイミングで手遅れになることはまずない。とは言うものの、患者の側に立てば、居ても立ってもいられない心境もわからないではない。

「わかりました。では明日、臨時で午前中に奥さまの胃カメラをさせていただきます」

明日は土曜日だが仕方がない。本来なら検診の翌週に結果が届くところを、検査当日に結果を伝えただけでも特別扱いなのに、さらに胃カメラまで臨時でするのはサービスのしすぎではないか。そう思ったが、芳久の剣幕はとても収まりそうになかった。

翌日、一良は栄子の胃カメラを行った。画像はモニターに映し出されるので、栄子だけでなく、付き添ってきた芳久も見ることができる。栄子は見ても見なくても同じとばかりに目を閉じていたが、芳久は食い入るようにモニターを見つめた。

「食道から調べていきます。特に異常はありません」

一良は芳久のために解説しながら胃カメラを奥へ進めた。

「噴門《ふんもん》部です。続いて胃底《いてい》部を診て、胃体部に進みます。大彎《だいわん》、小彎ともに正常です。胃角《いかく》も異常ありません。ここが幽門前庭部です」

問題の箇所が映し出されると、芳久は拳《こぶし》を握り、首をぐいと突き出した。胃の粘膜など見たことはないだろうから、正常と異常の区別がつくはずもないが、わずかな変化も見落とすまいと画像をにらみつけている。

「どうです。やっぱりがんですか」

「いや、胃カメラで見ただけでは何とも言えません」

芳久に答えてから、一良は手元から生検用の鉗子《かんし》を挿入した。先端が出ると、怪しい場所に押しつけて組織を採取する。四カ所から組織を採って、検査は二十分ほどで終わった。

「今採った組織を顕微鏡で調べます。確定診断はその結果を待っていただかなければなりません」

「いつわかるんですか」

「通常は一週間後です。ホルマリン固定をして、パラフィンを浸透させた上で染色をしますから。だけど、早いほうがいいでしょうから検査部に急がせます。それでも四日前後は見ていただかないと」

「そんなに……」

芳久は焦《じ》れったそうに顔を歪《ゆが》める。

「新実先生の診立てはいかがです。ある程度は判断がつくでしょう。がんの覚悟をしておいたほうがいいんでしょうか」

「いや、明らかにがんという感じではなさそうですが」

「じゃあ、心配ないんですね」

「いえ、こればかりは病理検査の結果を待っていただかなくては」

性急な芳久に難渋していると、栄子があきれたように言った。

「あなた。先生を困らせたらだめでしょう」

「しかし、おまえ」

反論しかけたが、芳久はなんとか言葉をのみ込んだ。

二人が帰ったあと、成田を呼び出して標本の固定をやってもらった。特別扱いは本意ではないが、栄子の検査結果は一良も気になる。

翌週の火曜日、成田が処理を終えた標本を顕微鏡にセットした。一良が見ている横で、慎重にプレパラートを移動させる。

しばらく観察したあと、接眼レンズから顔を上げて言った。

「判定はグループ3に近い4だと思います」

「そうか。うーん」

一良がうなり声を洩らす。いちばんまずい結果だ。

胃がんや大腸がんは、白か黒ではなく、五段階の判定になっている。グループ1は正常および非腫瘍性病変。グループ2は腫瘍か非腫瘍性か判断の困難な病変。グループ3は腺腫（良性腫瘍）。グループ4はがんが疑われる病変。グループ5はがんという判定である。グループ3に近い4というのは、もっとも微妙な結果と言える。

案の定、結果を電話で伝えると、芳久は会社からすぐ病院に飛んできた。栄子も同行している。

「そのグループというのはどういうことです。なぜ白黒はっきりできないんです」

「顕微鏡での検査は、いわば人相判断と同じなのです。がんとは断定できないけれど、正常あるいは良性とも言いにくい。そういう細胞がグループ4です。より正確な診断を下してもらえるよう、標本を鹿児島の大学病院に送りますから、少しお待ちいただけますか」

「また待つんですか。病理検査さえすめばはっきりすると思っていたのに」

「申し訳ありません」

なんで自分が謝らなければならないのかと思いつつ、一良は頭を下げた。

「ところで、もうひとつお伝えしなければならないことがあります」

二人が揃っているときにと思い、一良は栄子のマンモグラフィをシャウカステン（読影器）に掛けた。

「奥さまの乳房は全体が白く写るタイプなので、乳がんの判定がむずかしいんです。奥さまはご自分で、胸にしこりのようなものにお気づきではありませんか」

「それでしたら、左の胸に小指の先ほどのしこりが」

「ええっ、おまえ、なぜだ。いつからそんな、聞いてないぞ。なぜ黙ってた。俺は、そんな、気づかんかった。俺としたことが、いや、しかし、どうして……」

芳久は取り乱し、怒っているのか悔やんでいるのかわからない調子で言った。

栄子の胸を触診すると、たしかに左の外側下部にしこりがある。しかし、乳房全体が固いので、触診では良性か悪性か判断がつかない。

芳久に説明する。

「たしかにしこりは触れますが、正常乳腺が触れる場合もありますし、良性の乳腺腫の可能性もあります」

「しかし、がんかもしれないんでしょう」

これ以上は一良では対応できないので、外科の黒須を呼んできて、乳腺エコーをしてもらった。

「これはむずかしいな。取りあえずは経過観察ということでいいだろ」

黒須はそれだけ言って、さっさと医局にもどってしまった。

「判定がむずかしいので、しばらくようすを見るということになりました」

外科医長の診断だと言い添えても、芳久は納得しなかった。

「もしかしたらがんかもしれんのに、そんな悠長なことを言っていて、手遅れになったらどうするんです。今すぐ手術してください。そのほうがよっぽど安心だ」

「落ち着いてください。良性の可能性もあるのに、今の段階での手術は奥さまに負担が大きすぎます」

「そうよ。わたしは手術なんかお断りですからね。胃のほうだって、食欲はあるし、体重もぜんぜん減らないし、まだ美味《おい》しいものも食べたいんですから、胃を切るなんてごめんだわ」

「しかし、おまえ、命の危険があるんだぞ。美味しいものを食べるったって、命あってのことだろ。死んで花実が咲くものか。転ばぬ先の杖《つえ》。備えあれば患《うれ》いなし。後悔先に立たずというじゃないか」

芳久は混乱して、思い浮かぶ慣用句を連発する。

「でも、急がばまわれ、果報は寝て待て、待てば海路の日和あり、触らぬ神に祟《たた》り無しという言葉もありますよ」

栄子も負けずに言い返す。

「とにかく、僕のほうでも厳重にフォローするようにしますから、焦らないでようすを見てください」

そうなだめたが、芳久はとてもこの事態を放置することはできなかったようだ。

＊

数日後、芳久は栄子を連れて鹿児島へ行ってしまった。自分が人間ドックを受けている総合病院に栄子を入院させ、胃がんと乳がんの明確な診断を得ようとした。しかし、胃がんについては胃カメラを繰り返した結果、判定はやはりグループ４で経過観察ということになった。乳房のしこりも、おそらく良性腫瘍だろうという診断だったが、こちらも経過観察を言い渡された。

栄子にとって不運だったのは、芳久がさらに腫瘍マーカーを調べるよう求めたことだった。いくつかあるうち、CEAとCA19-9が正常値よりやや高めに出た。CEAは大腸がん、肺がん、胃がん、肝臓がん、乳がん、子宮がんなどで上昇し、CA19-9は膵臓がん、胆のうがん、胆管がん、乳がん、肺がんなどで高くなる。芳久は青くなり、徹底的な検査を依頼した。しかし、六十五歳の栄子を徹底的に調べれば、さまざまな異常が見つかるのは当然である。

まず、大腸透視でポリープが数個見つかり、大腸内視鏡で切除しなければならなかった。ヘリカルCTで肺に小さな陰影が見つかり、喀痰検査と気管支鏡が繰り返された。肝臓にも血管腫と肝のう胞があり、それぞれ肝臓がんでないことを証明するために、腹部エコー、CTスキャン、MRI、SPIO造影などが行われた。芳久は早く結果を知りたくて、毎日でも検査してほしいようだったが、病院の都合もあって続けてはできず、また、検査すれば次の検査の必要性が見つかるということが繰り返され、とうとう二カ月がたってしまった。

芳久自身も不安になって、栄子とほぼ同じ検査を受けた。幸い、がんの徴候は見つからなかったが、血圧、血糖、コレステロール、中性脂肪、尿酸、尿素窒素の値が正常値を超え、何種類かの薬を処方された。

芳久は禁煙はもちろん、食事のバランスにも気を遣い、節酒に努め、日々の運動も怠らず、十分な休養と睡眠を心がけ、これ以上ないほど健康的な生活を送っていたので、血圧や血液検査の数値の上昇は、ストレスによるものと考えられた。心配のしすぎが、健康を害したのである。

　島に帰ったあと、芳久は栄子とともに一良に結果を報告しにきた。

「栄子も私もあらゆる臓器を隈《くま》なく調べてもらい、少なくとも今は明らかながんはないということが証明されました」

　誇らしげに言う芳久の目は血走り、頰はこけ、体重も五キロばかり減ったようだった。それでも余裕のあるそぶりを見せて言う。

「これで安心です。やはり健康に関しても、攻撃は最大の防御、積極策が安心立命につながりますな。ハッハッハ」

　無理に自己肯定しているのが丸わかりの引きつった笑い声だ。

　一方、栄子はやせてはいないものの、明らかに疲れたという表情で肩を落としていた。一良がねぎらいの言葉をかける。

「検査はたいへんでしたね。気管支鏡とか大腸内視鏡はつらかったでしょう。でも、一応、全身を調べてもらったのなら安心ですね」

「はあ……」

　栄子に喜びの表情はなかった。代わりに、チラリと芳久を横目でうかがう。その目には、もう二度とがん検診など受けたくないという嫌悪感が滲んでいた。

一良は気まずい思いで話を変えた。

「大平さんの健康に対する熱意には、まったく頭が下がります。島民のみなさんにも見習ってほしいです」

「ほらな。先生も評価してくれてるだろ」

芳久は一良のお愛想を真に受けて、栄子に胸を張った。

二人が帰ったあと、一良は憂うつな気分で診察室の椅子に座り込んだ。

あれだけ検査を受ければ、大平夫妻はそうとう放射線を浴びたはずだ。いくら頼まれたからといって、そのままやる病院も病院だ。きっと、検査被曝《ひばく》による発がんの危険性は説明しなかったのだろう。知れば芳久は激しく悩んだにちがいない。

ほかにも、細胞レベルで考えると、検査で見つからなくても、がんがないとは言い切れない。さらに今がん細胞がゼロだとしても、明日にはどうなるかわからないし、一カ月後、一年後は言わずもがなだ。

そんなことを知れば、芳久はまた心配し、悩み、不安を増大させるだろう。医学知識や情報は、豊富であればあるほど安心のようにも思えるが、知らないほうがいいことも少なくないのだ。

徒労感に打ちひしがれていると、岡品が診察室にようすを見にきた。

「大平さんの夫婦が来てたそうだな」

「はい……」

一良は芳久から聞いた経過を報告した。

「そりゃたいへんだったな。早めに鹿児島へ行ってもらって、こっちは助かったというわけだ。ハハハッ」

乾いた笑いを洩らしたが、一良が反応しないのを見て、岡品は診療台に腰を下ろした。

「で、がん検診をやってみてどうだった」

「僕は意味がわからなくなってしまいました」

消沈する一良に、岡品は諭すように言った。

「がん検診には膨大な無駄が含まれる。検査の無駄、時間の無駄、医療費の無駄、体力の無駄、精神的な無駄もある。それでも、わずかなリスクを避けるために、受けるというのもひとつの選択肢だ。検診を受けずに、無駄を省いてのんびり生きるのも同じくだ。二人に一人ががんになるということは、二人に一人はがんにならないということだから、その人にとっては検診はすべて無駄ということになる」

「ですが、検診で早期のがんが見つかり、命拾いする人もいるでしょう」

「たしかにな。しかし、その人は検診を受けなければ助からなかったとも言い切れない。症状が出てから治療しても助かる人はいくらでもいるからな。逆に、検診で見つけても命を落とす人もいる。そういうがんは、遅く見つけたほうが悩む期間が短くてすむという見方もできる」

「でも、検診を受けずに手遅れになったら、後悔する人も多いんじゃないですか」

「そういう人には、無駄を承知で検診を受けてもらうしかないな。無駄もいや、後悔もいやというのは通らんからな」

多くの人は無駄もいや、後悔もいや、悩むのもいやと思っているのだろう。

「がん検診にはいろいろ問題があるのに、勧める医療機関が多いですよね。そこに携わる医師たちは、疑問に思わないのでしょうか」

「さあな。無視しているのか、こんなものとあきらめているのか。医師はみんなわかってやってるんだ。その証拠に、がん検診を受けている医師はごく少数だろ」

そう言えば、白塔病院の先輩医師たちからも、がん検診を受けているという話はほとんど聞かなかった。

「それは世間には伝わっていないですよね」

「そりゃそうさ。ほんとうのことを言ったら、だれもがん検診など受けなくなるからな。ハハハッ」

岡品はふたたび乾いた笑いを洩らした。

「さて、来年のがん検診はどうする？　お試しコースを定期コースにするか」

岡品に聞かれて、一良は疲れた声で答えた。

「取りあえず、今年のようながん検診はやめにしたいと思います」

「まあ、検診を希望する者には、いつでも検査をすればいいんだからな。ただし、病院からの補助は出んぞ。全額自己負担で受けてもらうか、鹿児島か沖縄へ行って受けるかだな。がん検診はぜいたくな医療だから、高くつくんだ」

——これからは日本のどこに暮らしていても、最高レベルの医療が受けられるようにすべきでしょう。

芳久の熱い言葉がよみがえる。そんなものは絵空事だと一良は深く嘆息した。

「どうした」と聞かれ、芳久の言葉を繰り返した。

「それは絵空事なんかじゃないぞ」

どういうことか。一良が顔を上げると、さらに思わせぶりな言葉が返ってきた。

「わが岡品記念病院は、辺鄙な離島にあるが、患者にとって常に最高の医療を提供してるじゃないか。君にはまだ理解できないようだが」

岡品は腰を上げ、一良を斜めに見てニヤリと笑った。

Episode 5　青　年

四階の元病室だった宿舎から出て、二階の医局に下りる。

土曜日の午後三時。

ロッカーから白衣を出して羽織り、袖《そで》まくりをして病棟に向かう。病院が自分の家のようでもあり、毎日、当直しているようでもある。

一通り、受け持ち患者の顔を見たあと、新実一良はナースステーションに入った。

「新実先生。これ、食べます？」

一良と同い年で遠慮のない宇勝なるみが、手作りらしいサーターアンダギーを差し出した。二年後輩の保田奈保子が、ひとつ頬張りながら横から口をはさむ。

「今回のはちゃんとふくれてますから、柔らかいですよ」

前回、宇勝はベーキングパウダーを入れ忘れて、木片のようなサーターアンダギーを作ったのだった。

週末は看護師も二人態勢でのんびりしている。一良が空いている椅子に座ると、保田が冷蔵庫から麦茶を出してくれた。

「宇勝先輩と話してたんですけど、先生、昨夜《ゆうべ》の『孤島のカルテ』見ました？」

金曜日の夜にやっているドラマで、医師のいない離島に、単身で赴任した外科医が、孤軍奮闘しながら島民の信頼を勝ち得るハートウォーミングなストーリーだ。一良は毎週欠かさず見ている。

「あの主人公、ちょっと新実先生と似てるんじゃないですか」

「いやぁ、僕はあんなイケメンじゃないよ」

嬉《うれ》しそうに謙遜《けんそん》すると、保田は一瞬、啞然《あぜん》とし、微笑みながら訂正した。

「顔じゃなくて、内面のことですが」

「ああね。ハハハ」

一良は恥ずかしい勘ちがいを笑いでごまかす。

「孤島のカルテ」の主人公は、患者のために献身的に尽くし、危機的な状態の島民を見事な手術で救う。たしかに一良が目指す理想の医師に近いかもしれない。

「似てるかどうかわからないけど、僕もあんなドクターになれればと思ってるよ」

「マジですか」

保田が驚いたように首を突き出し、逆に宇勝は上体をのけぞらせて言う。

「あんなのあり得ないでしょう。昨夜は硬膜外血腫《こうまくがいけっしゅ》のオペをひとりでやってましたよ。獣医じゃあるまいし、いくら腕がよくても、ひとりで手術なんかできるわけないじゃないですか」

「それはそうだけど、最後まで患者を見捨てずに、回復を信じて全力を尽くすところなんか、見習うべきじゃないか」

「世間はそう期待してるんでしょうけど、現実は簡単じゃありませんよね」

宇勝に保田が続く。

「あたしもこの病院に来て少しほっとしてますけど、大阪の病院にいたときは医療現場の悲惨と理不尽に、毎日ブルーになってましたもん」

保田は療養型の病院勤務に疲れて、去年、この岡品記念病院に転職してきた。かつて福岡の病院にいた宇勝も大袈裟《おおげさ》にうなずく。

「ドクターも人間だから、集中力とか忍耐にも限界があるわよ。逆に、患者や家族は無制限に理想を求めてくるし」

「それは当然だろ。患者側は命がかかってるんだから」

一良が反論すると、宇勝は珍獣でも見るような顔になり、試すような上目遣いで訊《たず》ねた。

「先生。もしかして、この前テレビでやってた『ドクター・神《ゴッド》』の大神大輔《おおがみだいすけ》みたいな外科医にも憧《あこが》れたりします?」

保田も好奇心を隠さず、大神の決めゼリフを真似る。

「『オレの辞書に失敗の文字はない』ってヤツですね」

「僕は外科に進むつもりはないけど、内科医でもあれくらい腕の立つ医者にはなりたいよ」

一良が頬を赤らめて答えると、宇勝が思わず身悶《みもだ》えした。

「先生、チョーカワイイんですけど」

保田も首振り人形のようにうなずく。

そのとき、一良の白衣のポケットでスマートフォンが振動した。

「はい、新実です。……ええ……、今からですか。空いてますけど。……わかりました。すぐにうかがいます」

「患者さんですか」

「大平さんのご主人だよ。僕に会わせたい人がいるんだって。だれかな」

大平芳久は、母親の寿美代が亡くなってから、夫人の栄子と二人暮らしのはずだ。心当たりのないまま、一良は訪問診療用の車で大平家に向かった。

＊

大平家に着いて敷地内に車を入れると、栄子が出迎えてくれた。そのまま応接間に通される。

豪華なソファに着物姿の芳久と、ポロシャツを着た細面の青年が座っていた。

「新実先生。お呼びだてして申し訳ない。実は、昨日から孫の洋一《よういち》が遊びに来ていてね。ぜひとも、先生の話を聞かせてやりたいと思った次第なんです」

孫と言われた青年は、色白だが南島の系統らしい濃い目鼻立ちで、なかなかのイケメンだ。

「洋一は阪都《はんと》大学の医学部五年生なんだ。夏休みに大阪の病院に実習に行ったそうで、後期の授業がはじまる前に、私の顔を見に来てくれてね。自慢の初孫で、名前も私が考えたんだ。日本でもアメリカでも活躍できるようにという思いを込めてね」

大平洋一、つまり太平洋、一という意味だろうか。当の洋一を見ると、背筋を伸ばしたまま硬い目線を動かさずにいる。なんとなくコミュニケーションが取りにくい感じだった。

「こちらは岡品記念病院の新実先生だ。寿美代曾祖母《おばあ》ちゃまを看取《みと》ってくれた立派な内科医でいらっしゃる。しかも、白塔大学のご出身だ」

白塔大学の名前を聞いて、洋一の目がわずかに反応した。芳久が続ける。

「新実先生は東京の最先端の医療を学んで来られたから、きっとおまえの将来にも有意義なアドバイスをしてくれるだろう。年も近いから、私よりも考えが近いんじゃないか」

洋一は睫《まつげ》の濃い目で機械仕掛けのような瞬きを繰り返した。一良はできるだけ親しみを込めて話しかけた。

「僕はまだ卒後三年目で、こちらの病院には後期研修で来ているんです。有意義なアドバイスができるかどうか心許《こころもと》ないけど、洋一君は将来何科に進むか、もう決めてるの？」

「僕は研究医になりたいと思っています」

胸を張って答えた。芳久が複雑な苦笑いを浮かべる。

「卒業までまだ一年以上あるんだから、慌てて決めることもないだろう。一通りの研修を受けてから考えても遅くないんじゃないか」

「いえ、臨床研修は二年かかります。研究医になるには無駄な時間です」

「だけど、おまえ、実際に患者の治療をすれば、やり甲斐《がい》を感じるかもしれんじゃないか」

どうやら芳久は、孫が研究医になることが不満のようだった。洋一が祖父に反論する。

「臨床医になって治療しても、一生の間に救える患者はせいぜい千人単位でしょう。研究医が新しい治療法を発見したら、世界中の何億という患者を救うことができるんです。医学史に名前を刻むこともできますし、ノーベル賞だって夢ではないですから」

これはまた大きく出たなと、一良は微苦笑した。祖父が大風呂敷《おおぶろしき》を広げた名前をつけたせいで、誇大妄想的になったのではないか。

「まあ、目標を高くするのは悪くないが、患者の治療をしながら研究することもできるのじゃないか。阪都大は臨床研究も盛んだろう」

芳久は医学界の情報にかなり詳しいようだ。感心していると、「新実先生はどう思います」と、話を振られた。

「そうですね。臨床医と研究医は医療の両輪みたいなものですから、どちらがいいとは言えませんが」

「しかし、研究医は患者から直接尊敬されることも少ないし、収入だって厳しいものがあるだろう。開業医になって儲《もう》けろとまでは言わんが、せめて市民病院とか、できれば大学病院で活躍する医師になってくれると嬉しいんだがな。新実先生だってこの島で研修を終えたら、大学病院にもどられるんでしょう?」

「いや、それはまだ何とも」

勝手に進路に言及され、一良は困惑する。

「洋一さん。ちょっと」

応接間の扉が開き、栄子が孫を呼んだ。洋一が出て行くと、扉が閉まるのを待ちかねたように、芳久が声をひそめた。

「新実先生。実はお願いがあるんです。今もお聞きの通り、洋一はだれの影響か、将来を研究医に限定しているようなんだ。せっかく名門の医学部に入ったのに、もったいない気がしてね。いや、研究医も大事なのは承知しています。しかし、医師ならやはり医療の最前線に立ち、一流の臨床医になって、名誉と富を手にしてもらいたいじゃないですか、新実先生のように」

「はあ……」

芳久の医師像はそうとう偏っているようだ。一良の困惑も無視して、さらに声を強める。

「だから、それとなく洋一を説得してほしいんですよ。研究医もいいけれど、内科とか外科で患者を救う仕事こそ医者の王道だと」

妙な役目を頼まれたものだ。それにしても、芳久はなぜそこまで臨床医にこだわるのか。聞こうかと思ったとき、洋一がもどってきた。

「祖母《ばあ》ちゃまは何だって」

「今晩、新実先生をお招きして、いっしょに食事をしたらどうかって」

「それはいい。どうです、先生。今晩のご都合は」

「ありがとうございます。特に予定はありません」

夕食の招待くらい直接言えばいいのに、わざわざ洋一を呼んだのは、席を外させるためだろう。芳久は壁の時計を見上げて、演技っぽい調子で言った。

「食事まではまだ大分時間があるな。洋一、新実先生に病院を見せてもらったらどうだ。先生、お願いできますか」

「僕はいいですけど、洋一君は？」

「お願いします」

意外に素直に頭を下げた。

＊

大平家を出てしばらくしてから一良が訊ねた。

「洋一君はどうして研究医を目指そうと思ったの。何かきっかけみたいなことはあった?」

「きっかけは特にありません。消去法です」

「消去法?」

「ええ。臨床医は患者さんや家族の相手をしなければいけないので、厄介なことが多いと思うんです。進行がんの治療で、治療法がなくなった患者さんが、さらなる治療を求めてきたらどうするのかとか、尊厳死や安楽死を求められたらどうするのかなど、現場は対応に苦慮しますよね。産科でも出産は無事で当たり前と思っている人が多いし、小児科はヒステリックな母親や、過度に心配性な父親の相手もしなければならない。内科も、今は高齢者の誤嚥性《ごえんせい》肺炎や、心不全は治療しないというガイドラインが出てますが、それをどう納得してもらうかという問題もある。僕には耐えられないと思うんです。研究医になればそういう苦労をせずにすむので、目指そうと決めました」

「たしかに、それはそうだけど……」

相槌《あいづち》を打ちながら、一良はそこまで考えなかった自分が心許なくなる。

「ほかにも、今は医療が進んだせいで、よけいな問題も出てきてますよね。遺伝性乳がん・卵巣がん症候群の検査なんか、変異が陽性でも、発がんの可能性は一〇〇パーセントではないので、乳房や卵巣を予防的に切除するかどうか悩まなければなりません。しかも、その手術は医療保険が利かないから、患者さんに経済的な負担もかけます。そんな相談を受けたとき、どう答えたらいいのか僕にはわかりません。新しい出生前診断も、胎児にダウン症の疑いがあるとき、そのまま出産するのか、中絶するのか。この検査も確率は少ないけれど擬陽性もあるから、中絶したら健常児だったということもあるわけで、そんなとき患者さんにどう対応すればいいのか。他人事としてドライに割り切れればいいですが、僕はたぶん深刻に受け止めるでしょうから、精神が持たないと思うんです」

ドライに割り切るのがいい医師とは思えないが、深刻に受け止めすぎると自分を追い詰めてしまうのも事実だ。それにしても、洋一は臨床医の悪い情報を集めすぎではないか。

「君の言うこともわかるけど、現場はそんな悩ましい場面ばかりではないよ。病気が治って喜ばれることもあるし、ときには命の恩人だと感謝されることもある。それは医師としては大きな喜びじゃないか」

「だけど、死ぬ患者もいるでしょう。場合によっては自分の判断ミスで、患者が死ぬこともあると聞いています」

それはある。一良は研修医だからまだ患者の治療に全責任を負うわけではないが、いずれ独り立ちすれば、重大な局面に向き合うだろう。そのとき、自分の選んだ治療法が百発百中であることはまず望めない。一人の患者に二通りの治療は試せないから、あとで選択の誤りに気づいても取り返しはつかない。

「僕はそんな状況には耐えられないと思うんです」

そう言われて、一良も不安になってきた。

「今の医学生は、みんなそんなふうに考えてるの？」

頼りなげに訊ねると、洋一はシートベルトをしっかりと締め直し、正面を見つめたまま答えた。

「僕なんかより、もっと現実的に考えてますよ。患者が死ぬ科はだいたいNGですね。夜中や休日に呼ばれるのはいやですから。みんな、人間らしい生活がしたいんですよ。夜はしっかり眠れて、休日はくつろいだり、家族サービスをしたりして、ある程度プライベートな時間が保てる人生を送りたいってね。だから、激務で過労死の危険のある科や、医療訴訟のリスクのある科なんかはお断りです」

つまり、内科、外科、小児科、産婦人科、麻酔科、脳外科、心臓外科などに行く者は少ないということか。

一良はハンドルを握りながら、目の前の地面が波打つような混乱を感じた。

人間らしい生活がしたい……。

たしかにいつ緊急で呼び出されるか知れず、病院に泊まり込む日が続き、どれだけ疲れていても、患者の容態次第では徹夜も当然で、午前の外来が夕方までかかって昼食も摂《と》れず、手術や緊急入院で夕食は日付が変わってからなどという生活は、とても人間らしいとは言えない。一良が初期研修を受けた白塔病院の医師たちがそういう生活だった。

「じゃあ、洋一君の同級生は何科を志望するのが多いんだい」

「眼科とか耳鼻科とか皮膚科ですね。緊急の呼び出しとかほとんどありませんからね。それに超高齢社会ですから、眼科は白内障、緑内障、網膜剥離《もうまくはくり》に加齢黄斑変性《かれいおうはんへんせい》など、患者には不自由しないでしょう。耳鼻科は難聴、耳鳴り、めまいですね。副鼻腔炎《ふくびくうえん》や後鼻《こうび》漏《ろう》もあります。皮膚科はアトピーのほか、イボ、タコ、ウオノメ、乾癬《かんせん》、白癬、帯状疱《たいじょうほう》疹《しん》などですね。ほかに、整形外科も高齢者の大腿骨頸部《だいたいこつけいぶ》骨折、変形性関節症、腰痛、頸《けい》椎症《ついしょう》、リウマチなんかで人気です。精神科も心療内科の看板を掲げれば、今はうつ病もいろんなタイプがあるし、適応障害とか強迫神経症など、平和で豊かな日本ならではの病気も多いので、患者に不自由はしません。ただし、鬱陶《うっとう》しい話を聞く忍耐力は必要ですけど」

　話を聞きながら、一良はげんなりする思いだった。そんなことを考える医学生は、いったいどんなつもりで医学部に入ったのか。立派な医師になって、少しでも多くの患者を救いたいという志を持つ学生はいないのか。それに眼科や耳鼻科、皮膚科にしたって、決して楽な科ではない。それぞれに苦労や悩みはあるのに、安楽な状況ばかり追い求めてまともな医師になれるのか。

「もしかして、洋一君も同級生たちの考えに賛成なのかい」

「現実的であることは否めないですね」

　洋一を臨床医の道に引きもどすことができたとしても、眼科や耳鼻科や皮膚科では、芳久は満足しないだろう。彼にとって〝医者の王道〟とは、内科医や外科医のことだろうから。

＊

岡品記念病院は、離島の病院にしては検査機器や手術設備が整っている。

院内を案内しながら、一良は歯がゆい思いに囚《とら》われた。見る者が見れば、ほとんど活用されていないのが丸わかりだからだ。洋一は病院実習にも行ったというから、雰囲気はある程度、感じているだろう。

「ここがX線透視検査室。心カテ（心臓カテーテル検査）もできるし、PTCA（経皮的冠動脈形成術）も可能だ。今は循環器内科の専門医がいないから、やってないけど」

我ながら弁解がましい説明でいやになる。

二階のナースステーションに行くと、準夜勤との引継ぎを終えた宇勝と保田がナーステーブルでくつろいでいた。

「紹介するよ。大平洋一君。芳久さんのお孫さんだ。阪都大学の有望な医者のタマゴだよ」

洋一は緊張した面持ちで一礼した。宇勝が歓迎とからかいを混ぜたような笑顔で言う。

「新実先生に輪をかけてまじめそうですね。大阪のご出身ですか」

「いえ。両親は鹿児島にいます。阪都大に行ったのは、偏差値からの判断です」

二人の看護師が顔を見合わせて、プッと噴き出す。

「大平さんは背が高いから、白衣が似合いそうですね。将来は何科の先生になるんですか」

保田が聞くと、洋一はきっぱりと答えた。

「将来は研究医になるつもりです」

「すごーい。研究医って、なんか新鮮」

「カッコイイです」

看護師たちが華やいだ声を出したので一良は慌てて抑えた。

「あんまりおだてるなよ。洋一君はまだ前途洋々なんだから」

「まだって言い方、おかしくないですか」

宇勝が鋭く突っ込む。

「可能性が開けてるっていう意味だよ。研究もいいけど、患者さんの病気を治す臨床医も医師としてやり甲斐があるだろう」

一良が芳久の意を汲《く》んで言うと、保田が即座に反論した。

「研究医のほうが夢がありますよ。iPS細胞の山中伸弥《やまなかしんや》先生みたいに、ノーベル賞をもらえるかもしれないし」

洋一がうなずく。ここにいては分が悪いと、一良は洋一をせき立てるようにして自分の宿舎に促した。エレベーターを待つ間ももどかしく、階段で四階に向かう。

「散らかってるけど、どうぞ」

応接椅子を勧め、一良はコーヒーを淹《い》れた。

「洋一君は病院実習にも行ったと言ってたけど、どんなことをしてきたの」

「外科で手術の助手をさせてもらいました」

「すごいじゃない。で、どうだった」

「腕がだるくて最悪でした。鉤《こう》引きをさせられたので」

鉤引きとは、術野《じゅつや》を確保するために、腹壁や臓器にかけた鉤（鉤《かぎ》状に曲がったステンレスの器具）を引っ張る役目だ。

「最初はそれからはじめるんだよ。でも、執刀医になれば手術もおもしろいんじゃないか」

「いえ。僕はひどい場面を見たんです。女性の胃がんの手術だったんですが、大動脈の横のリンパ節に転移があるのに、執刀医はこれは無理だなと、早々に切除をあきらめたんです。転移したリンパ節を残したら、患者は確実に死ぬじゃないですか」

洋一はそのときのことを思い出してか、興奮した口調になった。

「手術が終わったあと、僕は執刀医に聞いたんです。どうして転移したリンパ節を残したんですかって。そしたら執刀医は、あれを取ろうと思ったら、大動脈を起こさんといかんからなと答えたんです。大動脈ぐらい起こせばいいじゃないですか。患者は生きるか死ぬかの思いで手術を受けてるんですよ、それなのに簡単にあきらめて。僕は心の中で思いました。これがあんたの奥さんや母親でも、同じようにあきらめるのかってね」

「それは、ちょっとひどいね」

「おまけに、手術室から出て行くとき、執刀医と第一助手は笑いながらゴルフの話をしてたんです。患者の命をいい加減に扱って、無神経に笑う医者たちを見て、僕は思いました。あの人たちは病気や死に慣れすぎて、大事なものを失っている。医師として、いや人間として許しがたい。だから、僕は臨床医にはなりたくないと決めたんです」

「いや、まあ、そんなひどい臨床医ばかりじゃないと思うけど……」

一良は強く言い返せなかった。白塔病院の指導医たちも、患者や家族の前では深刻な表情を作っているが、医局にもどったとたん、ゴルフや財テク、グルメや酒、果てはもっと低俗な話題に興じていたからだ。

苦い思いでコーヒーを啜《すす》っていると、逆に洋一が一良に訊ねてきた。

「新実先生は、ここではどんな勤務をされてるんですか」

「所属は内科だけど、研修中だからいろんな科の患者さんを診させてもらってる。手術の助手に入ることもあるし」

「一日のスケジュールはどうなってますか」

なんだか就活のOB訪問に来ている学生のようだ。

「朝は八時半から看護師の申し送りがあるから、病棟に下りるのは九時前だね。週二回の外来の日は九時に一階の診察室に下りていく」

「患者さんは多いですか」

「いや、けっこうヒマだね。たいていは十一時半の受付終了と同時に終わる」

「じゃあ、昼食はゆっくり摂れるんですね。午後はどうされてるんですか」

「入院患者の検査とか治療とか、週に一回は医局会で症例カンファレンスをやってる」

「仕事が終わるのは何時ですか」

「特に決まってないけど、だいたい五時には終わるかな。あとはここで勉強したり、論文を読んだりしてる」

赴任当初は熱心に勉強していたが、最近はかなりペースが落ちている。それでもまったくやっていないわけではない。

「夜中や休日に緊急で呼ばれることは？」

「まずないね」

「でも、入院患者が亡くなることもあるでしょう」

「それはあるけど、院長の方針で、延命治療はしないから、ほとんど自然死みたいな形だね。君のお祖父《じい》さんは別だけど、この島の人はどういうわけか、死を受け入れている人が多いから、本人も家族もあまり大騒ぎしないんだ。もめたり、苦情を言われたりすることも滅多にない」

洋一は一良の顔をじっと見つめて五秒ほど黙り込み、感動したような声を上げた。

「すっごく人間らしい生活じゃないですか」

そんなことは考えたこともなかったので、思わず返答に戸惑った。

「こういう病院でなら、僕も研修を受けられるかな」

「いや、それは……」

まずい展開だ。芳久は岡品院長をまったく評価していないから、こんなところで初期研修を受けるのはもってのほかと猛反対するにちがいない。

洋一のまっすぐな視線に戸惑いながらも、一良はふと思う。赴任してしばらくは、自分もこの病院での研修には疑問ばかり抱いていた。しかし、今は徐々に雰囲気に慣れかけている。もしかしたら、ここは人間らしい病院なのだろうか。

いや、と一良はきっぱりと首を振る。自分は白塔病院のような第一線の医療機関で、一人でも多くの患者を救う医者になりたいのだ。今は単に医師としての幅を広げるために、この緩い医療をごく短期間、体験しているだけだ。

「この病院はちょっと特殊だから、研修はお祖父さんの意見も聞いて、じっくり考えたほうがいいよ。おっと、そろそろ夕食の時間じゃないか。遅れるとよくないから、大平さんのお宅にもどろうか」

一良は洋一といっしょにそそくさと宿舎を後にした。

＊

大平家に着いたのは、午後六時すぎだった。

「お待ちしていました。どうぞこちらへ」

栄子が笑顔で出迎え、中庭に面した八畳ほどの座敷に案内してくれた。中央に黒檀《こくたん》の座卓が据えられ、床の間には由緒ありそうな軸がかけてある。

洋一と並んで分厚い座布団《ざぶとん》に正座すると、着物姿の芳久が待ちかねたように入ってきた。床の間を背にしてどっかと座り、洋一に聞く。

「どうだった、新実先生の話は」

「いろいろ参考になりました。岡品記念病院は設備が充実していますね。驚きました」

返事を聞くや、顔をしかめる。

「たしかに設備はそろってるが、十分に活用されとらんだろ。私に言わせれば、あの病院は仏造って魂入れずだ」

芳久が岡品記念病院によい印象を持っていないことは、こちらへ向かう途中で洋一に伝え、研修の話もしないほうがいいと釘《くぎ》を刺しておいた。

芳久が期待に口髭《くちひげ》をうごめかして訊ねる。

「それより、白塔病院の話は聞かせてもらったか。阪都病院も立派だが、やっぱり東京の最先端の病院はすごいだろう」

その話をすればよかったのか。「聞いてません」と言われたらどうしようと一良は焦ったが、洋一はうまく受け流してくれた。

「白塔病院はすばらしいけど、激務っぽいですね」

「それは仕方ない。医師たるもの、患者の生命を預かる重大な責務を負っているのだからな。しかし、人の命を救うほど尊い仕事はないだろう。私はおまえが立派な医師になって、偉くなってくれるのが何よりも楽しみなんだ」

「偉くなるって、どういうことですか」

「そりゃおまえ、大学病院で教授になるとか、国立や県立の病院の院長になるとかだよ」

「教授なら研究医でもなれますよ」

「だけど、基礎医学の分野だろう。医師はやっぱり、患者の病気を治すのが本分じゃないか」

「僕が研究テーマに考えているのは、がんの遺伝子治療なんです。実用化されれば、転移したがんでも治せます。そうなれば、手術も抗がん剤も放射線治療も必要なくなるんです。うまくいけば、がんの発症そのものを抑えることもできます。世界からがんという病気をなくすことだって夢じゃないんです」

またまた洋一は大きく出た。それが実現できればノーベル賞は確実だろう。

芳久は腕組みの姿勢で聞いていたが、やがて感心と危惧《きぐ》の入り交じった表情で問うた。

「しかし、おまえ、それは研究がうまくいってのことだろう。可能性がないとは言わんが、宝くじに当たるようなものじゃないのか」

「祖父《じい》ちゃまは、僕の才能を信じてくれないのですか」

幼児のような呼びかけに、一良は尻《しり》がこそばゆくなった。芳久はいささかうろたえつつ答える。

「もちろん信じているよ。だが、医学の研究はそう簡単なものではないだろう」

洋一は答えない。芳久がわずかに落ち着きを取りもどして続けた。

「それに、聞いた話だが、大学で研究するにしても、若い研究医は任期付のポストしか与えられず、高学歴ワーキングプアと呼ばれたり、無給でアルバイト生活を強いられたりするそうじゃないか」

「お金がすべてではありません」

「若いうちはみんなそう言うんだ。一時的には耐えられても、長期の耐乏生活は苦しいぞ。そうなってから挽回《ばんかい》しようとしても、大きなハンディを背負うことになるのじゃないか」

芳久が心配するのも当然だ。洋一はと見ると、唇をへの字に曲げて不機嫌を隠そうともしない。

「新実先生はどう思われます」

「はあ。大平さんのおっしゃることはごもっともですし、洋一君が大志を抱いていることも捨てがたい気がします。臨床医と研究医のどちらがいいか、決めるのはむずかしいのではないでしょうか」

中途半端な答えに、芳久が不満げに口を開きかけたとき、栄子が料理を運んできた。

「お待たせしました。お腹が空《す》いたでしょう。洋一さんは大阪で美味《おい》しいものを食べてるだろうから、今夜はわたしが手を加えたオリジナルの沖縄料理よ」

芳久を無視して明るく言ったので、刺々《とげとげ》しい空気がなんとか和んだ。

テーブルに並べられたのは、ミミガーの吸い物、麩《ふ》のチャンプル、ラフテーにグルクンの唐揚げなど、豪勢な料理だった。カラカラに入った泡盛も供される。

「帰りは代行を呼べばいい。まあ、どうぞ」

芳久が一良の猪口《ちょこ》に注ぐ。洋一にも注《つ》ぎ、自分の猪口も満たして、「乾杯」と掲げた。

栄子が洋一をのぞき込むように聞いた。

「洋一さんは、大阪でひとりで寂しくない？」

「大丈夫です」

「五年生ならそろそろ進路も考えなくちゃいけないわね。祖父ちゃまはいろいろ言うだろうけど、気にしなくていいからね」

「気にしなくていいとは何だ。俺は洋一のためを思って言ってるんじゃないか」

芳久がムッとするのを無視して、栄子が言う。

「祖父ちゃまは、洋一さんに外科医になってほしいのよ。ほんとうは自分がなりたかったけど、曾祖父《ひいおじい》ちゃまに無理やり経済学部に行かされたからね。同じ会社に入れるように」

芳久の父親も沖平製糖に勤めていたようだ。

「俺が外科医になってたら、どんながんでも手術で治してみせるぞ。一刀のもとにバッサリだ」

芳久は酒に弱いのか、早くも頬を赤く染め、言葉遣いもぞんざいになった。逆に洋一は白い顔のまま言う。

「外科医と言えば、僕らのクラスでは形成外科が人気です。中でも美容整形ですね。最近は二重まぶたや隆鼻矯正だけでなく、タトゥーの除去や脂肪吸引、小顔矯正、高齢者の皺《しわ》取りなんかもありますからね」

「美容整形だと？」

芳久が充血した目を光らせた。それまでの鬱憤を吐き出すように声を荒らげる。

「けしからん。美容整形などは医者の風上にもおけん商売じゃないか。病気を治すでもなく、ましてや命を救うこともない。見てくれをいじるだけの、欲望まみれの金儲け主義者だ」

「そんなことはありませんよ。美容整形だって立派な医療です。今は外見で悩んで、自殺する人もいるんです。うつ状態になったり、引きこもりになったりする人も少なくありません。そういう人の悩みを解消する意義があるんです」

「おまえ、まさか美容整形なんぞに進むつもりじゃないだろうな。許さんぞ。わしはぜったいに認めんからな」

荒っぽい言い方で迫る。洋一はシラケた表情で押し黙っている。やめろと言われればよけいにやりたくなるのが人情だ。このままでは洋一はほんとうに美容整形に気持を向けかねない。もちろん悪いわけではないが、祖父と孫が険悪になるのはまずいだろう。

一良がハラハラしていると、栄子があっけらかんと言った。

「祖父ちゃまは手先が不器用で、外科医なんかとても務まらなかったと思うわ。ほら、そのお皿を見ればわかるでしょう」

グルクンの唐揚げを取った皿には、まだ身がいっぱいついたままの骨が、原形をとどめない姿で散乱していた。

＊

大平家の夕食は、芳久がさらに飲んでダウンし、午後九時すぎにお開きになった。一良もアルコールは強いほうではないので、かなり酔い、栄子に代行を呼んでもらって病院に帰ると、そのまま風呂にも入らず寝てしまった。

翌朝、食事のあと、心地よい排便をすませてぼんやりとしているとノックが聞こえた。

「昨日はありがとうございました。祖母が昨夜の残りで、弁当を作ってくれましたので」

洋一が折を包んだ風呂敷を掲げて見せた。看護師にもおすそ分けを持って行ったという。

「昨夜はたいへんだったね。大平さんは今朝、何か言ってた?」

「別に何も。話したことを忘れてるんじゃないですか」

「大平さんは君の将来を心配してのことだろうけど、先走りすぎだよな。それにしても、医学界の事情に詳しいのには感心したよ。だれから聞いたんだろう」

「聞いたんじゃないです。読んだんです、週刊誌で」

芳久は那覇から週刊誌を定期購読していて、そこから情報を得ているらしかった。

「祖母が教えてくれたんですが、祖父は医師の進路ランキングみたいな特集を読んで、研究医は負け組コースと書いてあったことにショックを受けたらしいです。単純ですよね」

本人が聞いたら激怒しそうなことをさらりと言う。

しばらくすると、せわしないノックが聞こえ、医長の速石覚が入ってきた。

「いたいた。君か、大平さんの孫は」

「速石先生。日曜日なのに、どうしたんですか」

「俺は今日、当直なんだよ。ナースステーションに行ったら、大平さんのおもしろい孫が来てるって聞いたから見に来たんだ」

おもしろいと言われて、洋一はムッとして目を逸《そ》らした。速石はお構いなしに話しかける。

「君は研究医を目指してるんだって。今どき珍しいな。ノーベル賞でも狙ってるのか」

図星を指され、洋一は顔を赤らめる。

「日本人も生理学医学賞をもらうようになったからな。しかし、研究の道に進むのは考えものだぞ。だれも見向きもしない石ころを磨き上げて、ダイヤモンドに仕上げるとかいう話もあるが、だれも見向きもしない石ころは、たいていただの石ころだからな。第一、過去に比べると研究の状況が圧倒的にちがってるのをわかっているのか」

洋一は速石に向き直り、背筋を伸ばして答えた。

「実験のノウハウが、過去とは比べものにならないほど進化してるということでしょう」

「おわぁ」

速石は大声を出し、天井を仰いだ。

「あのな、過去に比べると圧倒的に発見の余地が減ってるってことだ。十九世紀や二十世紀は未発見のものが山ほどあった。だから血液型を見つけただけでもノーベル賞がもらえたんだ。しかし、今はどれだけ残ってる？　世界中のチョー頭のいい連中が、死に物狂いで調べまくってるのに、ほとんど見つからないのが現代だ。千載一遇の幸運で見つかったとしても、再現性を確かめているうちに、だれかに論文で先を越されたらアウトだ。iPS細胞とか免疫チェックポイント阻害剤とかは、幸運中の幸運で、同じ道で不遇のまま消えて行った研究医は、まさに死屍《しし》累々《るいるい》だぜ。そんな道に進もうとするヤツの気が知れんね」

速石は揶揄《やゆ》と説諭、半々でまくしたてた。洋一は横を向いたまま、チラリとも視線を動かさない。

反応がないことに焦《じ》れたのか、速石はさらに悲観的な話を繰り出した。

「老婆心ながら忠告しておくが、臨床医の道だって楽じゃないぞ。名医になって患者から感謝されたり、命の恩人だと喜ばれたりしようなんて思ってると、えらい目に遭うからな。患者や家族はふだんは常識人でも、深刻な病気になったとたん、身勝手、自己チュー、無遠慮のかたまりになる。こちらがいくら一生懸命やっても、結果が悪けりゃ恨まれ、医療ミスを疑われ、腕が悪いのではと勘ぐられる。もっといい病院へ行けばよかったとか、ほかの医者はもっと親身になってくれたとか、はじめから頼りないと思ってたとか、失礼なことも平気で言われる。薬をまちがえていないか、手術はうまくいくんだろうな、助けてもらわないと困るなどと、無茶《むちゃ》な要求、意味不明の苦情、度を越した厚かましさのオンパレードで、まわりが見えないエゴイズムの権化となるんだ。しかし、それは当然だろう。患者は生きるか死ぬかの当事者なんだから」

「わかってますよ。今の医学生は現実を見てますから。だから患者が死ぬ科は人気がないんです」

「ほう。だったら何科が人気なんだ。楽で安全で患者に不自由しないマイナーの科か。けどな、言っとくがマイナーの科もたいへんだぞ。毎日毎日、似たり寄ったりの病気を診させられて、たいていは老化現象で、治りもしない症状を治してくれ、なんとかしてくれとせっつかれ、クドクドと愚痴を聞かされる憂うつで面倒で退屈な毎日を、何年も続けなけりゃいけないんだからな」

「じゃあ、いったいどの道に進めばいいんです」

洋一が半ばふて腐れて訊ねた。

「そうだな。たとえば、この岡品記念病院みたいなところに勤めるのがいいんじゃないか。ヒマだし、楽だし、余計な医療はしないから、患者が死んでも家族は文句を言わないし」

「たしかに。昨日も新実先生から話を聞いて、僕もいいなと思ってたんです。でも、この病院は、どうしてそんな医療ができるんです」

「院長が賢いからだよ。頭がいいというんじゃないぜ。賢明なんだ。医療の本質をわきまえているからな」

「医療の本質？」

洋一がオウム返しに聞いたが、それは一良も知りたいことだ。

「現実を受け入れるということさ。まずは余計なことはしないということだ」

「しかし、それは手抜きと紙一重のようにも思いますが」

一良が口をはさむと、速石は嘆かわしいというように眉根《まゆね》を寄せた。

「わかってないな。岡品先生は若いころ、白塔病院で一、二を争う優秀な内科医だったんだ。積極治療で有名な医師だったが、あらゆる医療をやりつくして、最終的に今の方針にたどり着いたんだ。まあ、いずれおまえにもわかるだろう」

横で洋一が徐々に興味を惹《ひ》かれだしている。まずい。一良は慌てて話題を変えた。

「洋一君は病院実習でひどい外科医を見て、ショックを受けてるんです。僕はそんな医者ばかりじゃないと言ったんですが」

昨日、洋一から聞いた執刀医の話を持ち出した。

「その話は内科の俺にはわからん。外科の安部先生に聞いてみたらどうだ。さっき、副院長室に入っていくのを見たから」

そう言って、速石はさっさと一良の宿舎を出て行った。

＊

副院長の安部和彦は、独り身のせいか、休みの日でもよく病院に来る。洋一を連れて三階の副院長室の扉をノックすると、中から「どうぞ」と穏やかな声が聞こえた。

「失礼します」

一良は一礼して入室し、洋一を紹介した。

「へえ。大平さんところのね。阪都大に行ってるんですか。まあ、どうぞそちらへ」

安部は面相筆で描いたような細い目で微笑み、応接椅子を勧めてくれた。一良が洋一に代わって、実習病院でのエピソードを話した。執刀医が早々に転移したリンパ節の切除をあきらめたことを話すと、安部は教誨師《きょうかいし》のような表情でうなずき、静かに応《こた》えた。

「私はその執刀医の判断も、あながちまちがいではないと思いますね」

洋一が怪訝《けげん》な表情で安部を見つめる。

「胃がんの取扱い規約では、大動脈周囲のリンパ節は第3群に分類され、ここに転移がある場合はステージⅣとなります。そのリンパ節を廓清《かくせい》すると、出血量も増えるし手術時間も長引きます。ステージⅣなら細胞レベルでの転移もあるから、目に見えるリンパ節だけ切除しても意味はありません。それより手術侵襲《しんしゅう》を少なくして、術後の抗がん剤に期待するほうが、患者の寿命を延ばす可能性が高くなるのです」

「でも、白塔病院の消化器外科では、第3群のリンパ節まで廓清する拡大廓清術が行われていましたよ」

一良が初期研修での経験を述べると、安部は軽く嘆息した。

「まだそんなことをやる外科医がいるんですか。ステージⅣの拡大手術は、効果的な場合もありますが、たいていは患者の体力を損ねて寿命を縮めます。新実君は白塔大学外科の江木《えぎ》教授を知りませんか」

「名前は聞いたことがありますが」

「私が外科に入局したときの主任教授です。アグレッシブな性格で、がんの手術では、転移の疑いがある臓器はすべて切除する主義でした。膵臓《すいぞう》がんでは上腹部の臓器がなくなるのではと危ぶむほど切除していたし、乳がんの手術で胃の大網まで切除したり、甲《こう》状腺《じょうせん》がんでは胸骨縦割り鎖骨切除までやっていました。がん細胞を少しでも残せば、患者は死ぬ、だから、がんを完全に取り除くのが外科医の使命だとかおっしゃってね」

それはまちがってはいない。患者からすれば頼もしい外科医だろう。一良はそう思ったが、安部は洋一に暗い目を向けて言った。

「そうやって過激な手術を受けた患者は、二人に一人が手術後一ヵ月以内に亡くなりました。がんは取れたけれど、患者は死んだというパターンです。生き延びた患者も、臓器を取りすぎてまともに食事が摂れなくなったり、呼吸困難で歩けなくなったり、ひどい場合は寝たきりになりました。私も教授の弟子だから、同じようにアグレッシブな手術をやりました。まだ若かったし、がんを完全に取ることを最優先にしていましたからね。しかし、多くの患者が同じように不幸な転帰をたどりました。悩んでいたときに、院内の会議で岡品先生に出会ったのです。話してみると、先生も同じ悩みを抱えていました。もちろん、患者を救うために懸命な努力を重ねているのだけれど、結果は惨憺《さんたん》たるものになる。自分ががんになったら、こんな手術や抗がん剤治療はぜったいに受けたくない。それを患者に行うのは、恥ずべき欺瞞《ぎまん》じゃないか。その考えを話すと、岡品先生も同意見でした。それで、先生がこの病院に赴任するとき、私も誘われて副院長になったというわけなのです」

最後は一良に向き直って言った。洋一は茫然《ぼうぜん》とした表情で目を泳がせている。安部がつけ加えるように言った。

「手術のあとに執刀医がゴルフの話をしていたという件ですが、それだって悪くないと思いますよ。手術はたしかに患者の命を扱う神聖な仕事ですが、医者も人間だから、息抜きが必要です。手術が終わったあともずっと深刻な表情をしてろと言われたって、息が詰まりますよ。そうでしょう」

たしかに、白塔病院で俗っぽい話題や下品な笑いに興じていた指導医たちも、現場では最高レベルの治療を行い、高度な医療を成功させていた。自分は患者目線に偏って、医師に理想像を求めすぎていたのか。

「わかりました。ありがとうございます」

一良は安部に礼を言い、洋一を連れて副院長室を後にした。

速石に研究医の夢に水を差され、安部にがん治療のむずかしさを教えられて、洋一は医師になる気力をなくしてしまうのではないか。そうなったら自分の責任だ。一良は悄《しょう》然《ぜん》としながら四階の宿舎にもどった。

＊

栄子の作ってくれた弁当を食べたあと、一良は腹ごなしを兼ねて洋一を散歩に誘った。病院を出てしばらく歩くと、古波真《こはま》ビーチと呼ばれる海岸に出る。九月半ばのこの季節でも、海水浴客がそこここにパラソルを立て、シュノーケリングやボディボードを楽しんでいる。砂はあくまで白く、奥の岩場では熱帯魚を見ることもできる。

しかし、今日は空がどんより曇り、なんとなく重苦しい雰囲気が漂っていた。これも洋一の行く末を案じる一良の気持がそう感じさせるのか。

堤防から砂浜に下り、岩場に向かって歩きはじめたとき、少し離れたところで男たちが騒ぎだした。数人が波打ち際からしぶきを上げて海へ走り込む。海の中で呼ぶ男に近づき、全員で何かを引き上げてきた。あっと言う間に人だかりができる。

「ちょっと行ってみよう」

一良は洋一を促して小走りに人だかりに近づいた。砂の上に、身体中にコールタールのスプレーでも吹きつけられたのかと思うような男性が寝かされている。重症のチアノーゼで全身が黒ずんでいるのだ。

一良は人垣の前に出て、男性の脈を取った。ピクリとも触れない。

「この人、どうしたんです」

「姿が見えないと思ったら、海に沈んでたんだ」

引き上げた若い男が答える。

「沈んでた時間はどれくらいです」

「十分ほど前は頭が見えてたけど」

十分以内の溺水《できすい》。五、六分までなら蘇生《そせい》は可能だが、それ以上だとむずかしい。一良はとっさに溺《おぼ》れた男性の横に屈《かが》み込み、マウス・ツー・マウスを試みた。二回空気を送り込み、すぐさま身体の横に膝《ひざ》立ちになって心臓マッサージを行う。両手を組み合わせ、弾みをつけて胸骨を押す。五回押して、すぐまたマウス・ツー・マウス。男性の唇は冷え切ったゴムのように硬い。二回吹き込み、ふたたび心臓マッサージにもどる。ふと洋一のいることに気づいて訊ねた。

「洋一君。心臓マッサージはできるか」

「……はい」

声が震えている。

「よし。じゃあ替わってくれ」

溺れたのは三十歳くらいの男性だが、洋一にマウス・ツー・マウスをさせるのはかわいそうだと判断し、心臓マッサージを任せた。

「声を出して一定のリズムで押すんだ。真上から垂直に、胸骨と脊椎《せきつい》で心臓をはさむ感じで」

マウス・ツー・マウスの合間に指示を出す。一良の歯が男性の歯に当たる。無精髭がチクチク痛いが、そんなことには構っていられない。

洋一は口でリズムを取ってはいるが、効果的なマッサージになっていない。これではいくら人工呼吸しても血液が循環しない。

「洋一君。マウス・ツー・マウスを替わってくれ。気持悪かったら、ハンカチを当ててやればいいから」

洋一は一良と場所を替わり、ポケットからハンカチを取り出して男性の顔に被《かぶ》せた。

「空気が洩《も》れないように鼻をしっかりつまんで。首を後屈させて、ハンカチの上から口を密着させるんだ」

一良は洋一とは比べものにならないキレのよさで、男性の胸骨を押した。洋一のマウス・ツー・マウスは多少空気が洩れるものの、辛うじて人工呼吸の役割は果たしている。しかし、焦って回数が多くなりすぎている。

「ペースが速い。一分間に十五回、四秒に一回くらいの割合だ。胃に空気を入れるなよ。飲んだ海水が噴き出すから」

うまく胸が上下しているのを確認して、一良は心臓マッサージに専念する。

「一、二、三、四、五、六、七、八……」

五分もしないうちに、一良の全身に汗が噴き出し、こめかみから雫《しずく》になって滴下した。前腕の筋肉が痺《しび》れたようにだるくなる。運動不足のせいか、息が上がりそうになる。しかし、ここであきらめるわけにはいかない。

「ちょっと待って」

洋一にストップをかけ、拍動の再開を確認する。男の胸に耳を当て、神経を集中するが、鼓動は聞こえない。

「だめだ。心拍がもどらない。もう一度、空気を送り込んで」

三分ほど続けてふたたび確認するが、拍動は再開しない。しかし、ハンカチをどけてみると、黒紫色だった唇にうっすら赤みが差している。顔色にも生気がもどりつつある。

「助かる見込みはある。あきらめるな」

洋一は血の気が引いて、もともとの色白が蒼白《そうはく》になっている。それでも頑張って人工呼吸を続けている。一良はスマートフォンを取り出し、まわりを取り巻く男たちに言った。

「病院に連絡して、人が溺れたと言ってください。今、蘇生処置中だと」

病院の番号に発信して、近くの男に渡す。男がしどろもどろになりながら、溺水者が出たことを伝えている。

「すぐ、お医者さんが来るそうです」

「よし。それまで頑張ろう」

懸命に蘇生処置を続ける。汗が滝のように流れ、腕はパンパンになり、一良自身が気を失いそうになる。心臓マッサージをやめて鼓動を確かめるが反応はない。ダメなのか。

そう思いかけたとき、堤防の向こうに砂利をはね飛ばして車の停まる気配がした。速石が救急セットを持って、看護師とともに白衣をなびかせて駆け寄ってきた。到着すると、気管チューブを取り出して封を切る。

「ノーベル賞候補。悪いがちょっとどいてくれ」

洋一をどかすと、男の口に喉頭鏡《こうとうきょう》を差し込み、一発で気管内挿管を成功させる。素早くカフを膨らませ、テープで固定して、呼吸をアシストするアンビューバッグを看護師に渡した。

「心肺停止の時間はどれくらいだ」

「十分弱のようです。蘇生処置の前は全身にチアノーゼが出てました」

一良の答えを聞くが早いか、速石はAEDのケースを開け、患者の胸に電極パッドを貼りつけた。液晶モニターの心電図が不定形の波を描く。

「カウンターショックをするから離れろ」

速石が充電を確認し、本体のスイッチを押した。

バンッ。

患者の身体が弓なりに反り、わずかにバウンドする。

「どうだ」

速石が心電図に見入る。不定形の波は大きなうねりに変わるが、洞調律《どうちょうりつ》(正常な拍動)にはほど遠い。だめだとわかると、速石が心臓マッサージをはじめる。ふだん滅多に見せない真剣な顔だ。

AEDから充電完了のアナウンスが流れ、速石はもう一度、カウンターショックのスイッチを押す。さっきよりやや弱めの衝撃で、患者の身体が反り返る。モニターを見るが、やはり拍動はもどらない。速石が舌打ちをし、心臓マッサージを再開する。

三度目の充電を開始する。診断パネルに出ているバッテリーの残量が二五パーセントを切る。おそらく四度目は無理だ。

「ラストだな」

速石が充電完了のアナウンスを待ちながら洩らす。まわりに離れるよう指示して、気合を込めるようにスイッチを押す。

ブンッ。

鈍い音がして、ピー音が鳴る。心電図が平坦《へいたん》になった合図だ。

やはりだめか。心肺停止の時間が長すぎたのだ……。

一良がうなだれたとき、ふいにAEDから甲高い音が鳴り響いた。

ピピピ、ピー、ピッ、ピッ、ピッ。

液晶モニターに正常波形が出ている。

「もどったぞ」

速石の言葉に、一良は自分がカウンターショックを受けたような衝撃を感じた。

「洋一君。もどった。心臓が動きだした」

洋一に声をかけると、周囲から歓声が上がった。洋一は何が起こったかわからないかのように、虚《うつ》ろな目で患者を見ている。

「やったぞ。患者が助かったんだ。洋一君、よく頑張った」

洋一の両腕を揺さぶるように祝福の言葉を述べると、ようやく「はい」と、はにかむように笑った。

「よし。じゃあ、あとは病院で治療しよう」

速石は看護師が持参した折り畳みの布担架を広げ、周囲の男たちに手伝わせて患者を車まで運ばせた。

「おまえたちも手伝いに来てくれ」

一良たちにそう言い残して、速石は看護師の運転で病院にもどって行った。

「洋一君。僕らは人の命を救ったんだ」

一良は感極まったように声を震わせた。

＊

病院へもどる道すがら、一良はほとんど口が利けなかった。

彼自身、救急蘇生を行ったのははじめてで、当然、それに成功したのもはじめてだった。洋一も同じだろう。この手で人の命を救う経験をすれば、研究室に籠もる研究医ではなく、臨床医の魅力を感じてくれたのではないか。

そう思いながら病院にもどると、雰囲気がおかしかった。

患者は点滴と導尿カテーテルをつけられ、人工呼吸器につながれている。心電図には順調な拍動を示す波形が流れている。しかし、速石は眉間《みけん》に皺を寄せて腕組みをしていた。看護師もただ茫然と立っている。

「どうかしたんですか」

一良が聞くと、速石が投げ遣りに答えた。

「脳死だよ。今、脳死判定をやったら、六項目のうち五項目とも基準を満たした」

脳死の判定は、平坦な脳波、自発呼吸の停止、脳幹反射の消失など、五項目をチェックして、六時間後に同じ項目をチェックするのが六項目めである。それは念のための確認で、六時間後に脳死判定が覆ることはほとんどない。

「……ということは、この人は助からないんですか」

速石がうなずく。

「あんなに頑張ったのに？」

意味はないとわかりながら、聞かずにはいられなかった。後ろを見ると、洋一も茫然として立ち尽くしている。

「今、駐在さんに連絡してる。いっしょに泳ぎに来てた連中にはこれから説明するよ」

「脳死なら臓器移植のドナーになれるんじゃないですか」

ふいに洋一が言い、一良は驚いて振り返った。この状況で臓器移植を言い出すか。なんという教科書的発想だろう。

速石がため息をついて答えた。

「この人がドナーの意思表示カードを持ってるかどうかわからんし、家族が了承するかどうかもわからん。これからレシピエントをさがして、移送するまで心臓が動いているかどうかもわからんし、その間の医療費の負担もどうなるかわからん状態で、今、臓器移植ネットワークに連絡するのは現実的ではないな」

「そうですか」

洋一はあっさりと引き下がった。

現実にはドラマのような展開は起こらない。ただ、味気ない事実があるだけだ。

一良は落胆しつつも、気を取り直して洋一を大平家まで送り届けた。

＊

「昨日は残念だったらしいな」

翌日の朝、廊下ですれちがった岡品院長が、一良をねぎらうように言った。速石から報告を受けたのだろう。

「溺水はけっこう脳死になるからな。うちの病院でも臓器移植ネットワークからコーディネーターを派遣してもらえる体制を整えたほうがいいかもしれんな」

あまり気乗りしないようすで言い残し、院長室に入って行った。

その翌日の火曜日の午後、洋一が一良を訪ねてきた。荷物を持って帰り仕度をしている。これから鹿児島に飛んで、二泊して大阪に帰るという。

「いろいろお世話になりました。ありがとうございます」

「何もできなかったけど元気でな。空港までは送れないけど」

「大丈夫です。祖母が車で送ってくれますから」

一良は躊躇《ちゅうちょ》しつつも、洋一に訊ねた。

「将来のことで、何か参考になることはあったかい」

「そうですね。研究医の道も捨てがたいですが、臨床医になることも考えてもいいかなと」

「え……」

「救命救急医とか、内科や外科の道も考えてみようかと思うんです」

思いがけない返答に、一良は目の前がほんのり明るくなったように感じた。

「それはよかった」

不成功体験で医師になるのをやめるとか言いだしたら、どうしようかと思っていたが、実際に救急蘇生に携わって、人の命を救うことの尊さを感じてくれたのかもしれない。

「じゃあ、気をつけて。またどこかで会えることを楽しみにしてるよ」

こんな晴れ晴れとした気持は、この島に来てからはじめてではないか。

いや、患者が脳死になったとわかるや否や、臓器移植を言い出す彼に、患者の気持が思いやれるだろうか。人間らしい生活がしたいと言いながら、目鼻立ちの濃い顔には、あまり人間らしい表情が感じられなかった。しかし、それは自分も同じかもしれない。

一抹の不安を抱きながら、一良は若い医学生を送り出した。

Episode 6　嫌煙

叔母《おば》の新実美貴《みき》が、一週間の予定で南沖平島に遊びに来ることになった。

美貴は若いころから市民運動に参加していて、十年前、三十二歳のときに自費出版したエッセイ、『ありのままで行こう!』がベストセラーになり、その後、テレビのコメンテーターやラジオのDJなどもやりながら、現在はNPO法人「ホリゾンタル・ネット」の理事長として活躍している。ベリーショートの黒髪に、真っ赤なフレームの眼鏡がトレードマークの美人である。

「一良君、久しぶり。元気にしてた?」

空港に迎えに行くと、美貴は到着ロビーに出てくるなり、よく通る声で手を振った。同じ便で到着した島民の中にも、コメンテーターの美貴を知っている人がいるのか、何人かがそれとなく視線を向ける。

「美貴さん、相変わらず元気そうですね。鞄《かばん》を持ちますよ」

美貴とは子どものころから何度か会っているが、彼女は「叔母さん」と呼ばれるのを嫌い、一良に名前で呼ぶよう求めていた。

「あー、いいところね。空の青さが東京とぜんぜんちがうわ」

空港を出ると、美貴は両手を思い切り広げて深呼吸をした。

島に一軒だけあるホテルにチェックインしたあと、美貴は一良の勤務している病院を見せてほしいと頼んできた。

病院に向かう途中、運転している一良にクイズを出すように聞く。

「今日、十一月二十二日は何の日か知ってる？」

「さあ、わかりませんけど」

何気なく答えると、美貴は唇をギュッと引き締めて言った。

「〝いい夫婦の日〟よ。これって、どう思う？」

下手に答えるのは危険なので、一良は首を傾げるだけにとどめた。

「こういうのって、ほんとに無神経よね。世の中には結婚していない人も多いし、離婚した人だっているでしょ。結婚してても問題を抱えている夫婦も多いわ。それなのに、何が〝いい夫婦の日〟よ。独身のわたしにすれば、よけいなお世話よって感じよ」

美貴は戸籍上は独身だが、これまで内縁関係になった相手は何人かいたはずだ。いずれも破綻《はたん》したらしく、今はフリーということのようだ。

美貴は景色もそっちのけで続ける。

「そりゃ家族は大事だけど、いろいろな事情で家庭を維持できない人も少なくないでしょ。それを〝いい夫婦の日〟だなんて、嬉《うれ》しそうにSNSに写真なんかアップするのはデリカシーがなさすぎよ。うまくいってる夫婦は、もっと慎《つつ》ましやかにすべきじゃない？」

「たしかに」

一良は素直に相槌を打つ。そして叔母の機嫌をうかがうように訊《たず》ねる。

「美貴さんたちのホリゾンタル・ネットも、そういう意見を発信してるんですか」

「わたしたちがやってるのは、もっと世の中のためになることよ。たとえば、この前テレビで紹介されたけど、東京の有名なカツ丼の店が、車椅子の客を入店不可にしていたのを撤回させたりとかね」

美貴によると、その店は観光地にある老舗《しにせ》で、店の構造上、安全が確保できないとして、『車椅子の方は入店をご遠慮願います』という貼り紙をしていたらしい。

「店の構造上、安全が確保できないのなら、車椅子の客を断るんじゃなくて、店の構造を安全にすべきでしょう。ホリゾンタル・ネットのメンバーで押しかけて、障害者を差別するのかって詰め寄ったら、店主も納得して、店をバリアフリーに改築してくれたわ。それで車椅子の客が入れるようになって、めでたしめでたしよ。新聞にも紹介されたから、画像もあるはずよ」

美貴がスマートフォンを取り出して検索する。

差し出された画像を横目で見ると、笑顔でカツ丼を食べる車椅子の客が並んだ写真が表示されていた。カウンターの向こうで、店主らしい禿《は》げ頭の男性も笑っているが、どことなく顔が引きつっている。

「ほかにも、〝大人のいじめ一一〇番〟という活動もしてるのよ。職場とか地域でいじめに遭っている人を助ける活動よ。大人のいじめは、子どものいじめよりずっと陰湿で強圧的だからね。数を恃《たの》んで、強引なやり方で、立場の弱い者を追い詰め、自分たちの言い分を押し通そうとするでしょう。わたしはそういうのが生理的に許せないのよ」

「そういう活動って大事ですよね」

「世間には他人に無関心な人とか、自分に関係ないことには見て見ぬふりをする人が多いでしょう。世の中をよくするためには、一人ひとりが当事者意識を持って、おかしいと思うことには声をあげていかなければいけないのよ」

美貴はテレビに出ているときと同じ歯切れのいい口調で言い、トレードマークの眼鏡を指で持ち上げた。

病院に着いて正面の駐車場に車を停めると、美貴は建物を見上げながら、感心するように言った。

「なかなか立派な病院じゃない」

＊

正面玄関から入り、まずは薄暗い外来診察室に案内する。

「外来の受付は午前中ですから、今はだれもいませんよ」

病院内に入った瞬間、美貴は、えっというように息を詰まらせた。待合室のベンチを見て眉《まゆ》をひそめる。

「あ、このベンチは大分くたびれてますけど、病院は築三十年なんで仕方ないんです」

一良は照れ隠しのように言ったが、美貴は病院が古びていることを問題にしているのではなさそうだった。

階段で二階の内科病棟に上がり、ナースステーションに入る。数人の看護師が手を止めて一良を見た。

「ちょっと紹介するよ。叔母の新実美貴」

美貴が会釈をすると、手前にいた宇勝なるみが声を上げた。

「えーっ、新実美貴って、もしかして、『プロジェクト23』でコメンテーターやってるあの新実美貴さん？」

「はい。わたしが出てるのは『プレミアム23』ですけど」

「ああ、それそれ。すごーい。あたし、欠かさず見てますよ」

欠かさず見ている割に番組名をまちがえたが、宇勝は興奮した面持ちで美貴に握手を求めた。保田奈保子もナースステーブルから立ち上がって顔を上気させる。

「あたし、芸能界の人をナマで見るのはじめて。新実先生の親戚《しんせき》なんですか。あり得なーい」

「叔母は芸能人じゃないよ。エッセイスト兼NPO法人の理事長。島には休暇で遊びに来たんだ」

説明してから、一良は奥の席に座っている看護師長兼看護部長の福本光恵に訊ねた。

「叔母が病棟を見学したいと言ってるので、案内してもいいですか」

福本は老眼鏡をずらして美貴を一瞥《いちべつ》し、少し間を置いてから、低い声で「どうぞ」と答えた。なぜかあまり歓迎していないようすだ。

一良はかまわず美貴を病室の廊下へと促した。

「大部屋は六人部屋ですけど、たいてい三、四人で使ってます。この島の人はあまり入院したがりませんから」

説明しながら進むと、美貴が談話スペースで突然、立ち止まった。二人の入院患者が灰皿スタンドの前でタバコを吸っていた。美貴の目が赤いフレームの眼鏡の奥で大きく見開かれている。

「一良君。これはいったいどういうことなの」

「どういうことって、ここは喫煙コーナーなんです」

「病院に喫煙コーナー？　冗談でしょう。東京じゃ条例で院内どころか病院の敷地全体が禁煙と決められてるのよ。待合室でも見たけど、ベンチの横にあったのはやっぱり灰皿だったのね。わたし、入った瞬間におかしいと思ったのよ。タバコのにおいがしたから。でも、まさか病院でタバコを吸う人はいないだろうと思ってたら、喫煙コーナーがあるですって？　おかしい。あり得ない。まったくどうかしてるわよ」

美貴は早口にまくしたてた。たしかに病院に喫煙コーナーがあるのはおかしい。一良もはじめはそう思ったが、離島の病院だから仕方がないのかと、敢《あ》えて問題視していなかったのだ。

「さっき、奥に座ってた人が看護師長さんね。事情を聞いてくるわ」

美貴はまわれ右をすると、止める間もなくナースステーションに取って返した。

「看護師長さん。今、そこの談話スペースで患者さんがタバコを吸っていましたが、この病院は禁煙ではないのですか」

いきなり問い詰めるように聞かれ、福本はムッとした顔で美貴を見上げた。

「禁煙ではありません。決められた場所以外で吸っていたら注意しますが、談話スペースでは問題ありません」

「本気でおっしゃってるんですか」

美貴は苦笑いさえ洩《も》らしながら言った。

「いやしくもここは病院でしょう。タバコが健康に及ぼす害をどうお考えなのですか」

「喫煙コーナーは、患者さんのニーズに応《こた》えて設置しているのです」

「冗談でしょう。看護師長さんの言葉とも思えない」

美貴があり得ないとばかり首を振ると、福本は分厚い胸を反らして言い返した。

「当院では患者さんの希望を最大限、優先しているのです。それが院長の方針です」

「あきれた。この病院は院長も喫煙を容認してるんですか。話にならない。一良君、この看護師長さんの言ってることはほんとうなの？」

美貴は、まるで自分がからかわれているのかと訝《いぶか》るような顔で、一良を振り向いた。

「ほんとうですよ。美貴さんの感覚だと、おかしいと思われるかもしれませんが……」

「信じられない」

美貴は一良を遮り、大袈裟《おおげさ》に天井を仰いで見せた。そしてことさら慇懃《いんぎん》に言った。

「急で申し訳ないけれど、院長先生にお目にかかれないかしら」

*

三階の院長室に行くと、岡品は通販で取り寄せたらしい雑誌を読んでいた。

「失礼します」

一良が美貴を伴って入ると、岡品は顔を上げて二人を見た。

「叔母が岡品先生に挨拶《あいさつ》をさせてほしいと申しますので、お忙しいところ恐縮ですが連れてきました」

「見ての通り忙しくはないよ。まあ、そちらへどうぞ」

岡品は机の向こうから出てきて、一良たちに応接用のソファを勧めた。

美貴は戦闘モードの張りつめた表情だったが、ロマンスグレーで物腰も紳士然としている岡品を見て、やや態度を和らげたようだった。笑顔で名刺を差し出し、自己紹介をする。

「新実美貴と申します。甥《おい》の一良がたいへんお世話になっております」

「このお名前、どこかで見たような気がしますが」

「たまにテレビに出たりしておりますので。オホホホ」

美貴はトレードマークの眼鏡を持ち上げ、照れたように笑った。

「新実君にそんな有名な身内がいるとは知らなかったな。で、こちらへは休暇で？　ようこそいらっしゃいました。そうだ、新実君。せっかくだから、今夜は叔母上の歓迎会をしようじゃないか。別に予定はないんだろ」

「そんな、歓迎会だなんて恐縮ですわ」

口では遠慮しながら、明らかに顔が喜んでいる。

「あとで珊瑚屋に予約をいれといてくれ。この島自慢のヤギ料理を満喫してもらおう」

一良は歓迎会のときに出た強烈なにおいのフルコースを思い出して、思わず口元を歪《ゆが》めた。戸惑いながら美貴に訊ねる。

「ヤギ料理はかなり独特のにおいですけど大丈夫ですか」

「もちろんよ。わたしはありきたりな料理より、珍しいものが好きなの。ヤギでもヘビでもOKよ」

「そりゃ頼もしい。珊瑚屋に電話したら、イラブー汁もあるかどうか聞いておいてくれ」

一良は前にスマートフォンの画像で見た青いウミヘビの干物を思い出して、胸が詰まる思いだった。

挨拶が一段落すると、美貴は表情を引き締めて岡品に言った。

「先ほど病院内を案内してもらったら、談話スペースでタバコを吸っている患者さんがいたんです。外部の者が口を挟むのはおこがましいのかもしれませんが、病院が喫煙を容認するというのはどうなのでしょう」

「どう、と言われますと」

「先生に申し上げるのは釈迦《しゃか》に説法ですが、喫煙が健康に及ぼす害については、厚労省をはじめ、さまざまな学会でも自明のこととされています。当人だけでなく、受動喫煙の害も明らかです。今、二階の看護師長さんにうかがいますと、喫煙の容認は院長先生の方針とのことですが、事実なのでしょうか」

「まあ、そうですね」

岡品は穏やかな声で応じた。別段、気分を害したようすもない。

美貴はやや硬い調子で訊ねた。

「いったいどのような理由で？」

「患者さんの中にはタバコが好きな人がいますのでね。私は吸わないのでわかりませんが、どうもタバコ喫《の》みは入院中でも吸わずにおれないようですな」

人を食ったような口調に、美貴がひとつ咳払《せきばら》いをして姿勢を正した。

「いくら患者さんの希望でも、医療者が喫煙を容認するのは、治療より嗜《し》好品《こうひん》を優先されているとしか思えません。少々大袈裟な言い方になるかもしれませんが、それは医療の自己否定にもつながるのではありませんか」

美貴はテレビでときおり見せる歯に衣着《きぬ》せぬ物言いで質《ただ》した。

「医療の自己否定ね。たしかにそうかもしれない」

岡品の反応は美貴にも意外なようだった。わずかに反応が遅れたが、すぐに気を取り直して言葉を継ぐ。

「でしたら、早急に対策を講じられるべきではありませんか」

「対策ね。つまり、病院を全面禁煙にしろと」

「そうです」

一良は緊張した。相手の言い分を受け入れるように見せかけて、一気に状況を逆転させるのが岡品の十八番《おはこ》だ。

ところが、岡品が口にしたのは、またも意外な言葉だった。

「わかりました。いや、私も院内の喫煙は問題だと思っていたのですよ。さっそく、明日から試しに院内を全面禁煙にしてみましょう」

「素早いご対応、ありがとうございます」

美貴は眼鏡を持ち上げて満足そうにうなずいた。一良は岡品の微妙な物言いに引っかかるものを感じたが、敢えてスルーした。

「それじゃ、今夜の歓迎会、楽しみにしていますよ」

「恐れ入ります」

美貴が恐縮すると、岡品はさりげなく自分の机にもどった。

＊

美貴の歓迎会は午後六時半から開かれた。

参加者は岡品のほか、内科医長の速石、外科医長の黒須、宇勝と保田ら看護師が数人と一良だった。料理は一良には幸いなことにヤギ肉が品薄だったため、通常の沖縄料理のコースに変更された。ウミヘビも品切れで、今夜は楽にすごせそうだと一良は秘《ひそ》かに喜んだ。

ビールで乾杯したあと、速石がさっそく調子よく話しだす。

「この島にも有名人が来るようになったかと思うと、嬉しいですよ。しかも、こんな美人に来てもらえるなんて光栄至極です。南沖平島はまだ観光客に知られていないから、手つかずの自然が残ってるんです。マングローブの自生地とか、ガジュマルの巨木とか、野生のパパイヤとかね。オオコウモリ・ウォッチングや、ヤシガニ狩りも楽しめます。何なら、明日にでも僕が案内しますよ」

「ありがとうございます」

美貴はさりげなく受け流す。宇勝は緊張をほぐそうとして、ビールを一気飲みしてむせてしまう。代わりに保田が聞く。

「テレビに出るってどんな感じですか。タレントさんとか芸能人は、すごいオーラがあるんでしょうね」

「みんな普通の人よ。特別な人なんていない。それがわたしたちのやってるNPOのモットーでもあるの」

美貴は話をホリゾンタル・ネットの活動に移し、自分たちの実績をあれこれ披露した。

「わたしたちは、東京で嫌煙権運動もしています。望まない受動喫煙を防ぐための活動です。今日、院長先生にお話ししたら、さっそくご理解をいただき、明日から院内を全面禁煙にするという迅速な対応をしていただけることになりました」

美貴は晴れ晴れとした表情で言った。公言してしまえば、後もどりもしにくかろうという思惑のようだ。参加者の視線が岡品に集まる。岡品はビールから泡盛に替えた杯を口に運びながら、鷹揚《おうよう》にうなずいている。

「明日から病院は全面禁煙になるって、ほんとうですか」

喫煙者の速石が大きな声を上げ、反対するのかと思いきや、「それはいい」と、いち早く賛意を表明した。

「いや、さすがは美人コメンテーターだけのことはある」

すっかり美貴に入れ込んでいるようすで膝《ひざ》を打つと、宇勝に、「先生はタバコを吸うじゃないですか」と突っ込まれた。

「そうなんだ。だが俺はずっと禁煙したいと思っていたんだ。院内が禁煙になれば、自《おの》ずとタバコもやめられるだろう」

　美貴がすかさず応じる。

「ぜひ、そうなさってくださいませ。お医者さまが喫煙者では、患者さんに示しがつきません」

　黒須が自分の杯に泡盛のカラカラを傾けながら、頰杖《ほおづえ》をついて言う。

「東京では中学校も禁煙になって、教師がトイレに隠れて吸ってるらしいな。この前、どこかの大学病院で、敷地内で職員がくわえタバコをしているところを患者に見つかって、病院長が記者会見を開いて謝罪していた。滑稽《こっけい》な時代が来たもんだよ。嫌煙権があるなら、喫煙権もあると思うがね」

　黒須はシニカルな調子で軽く嗤《わら》った。宇勝が黒須に訊ねる。

「黒須先生は喫煙者じゃないのに、院内の喫煙に賛成なんですか」

「吸いたい者には吸わせてやりゃいいんだよ。それで病気が悪化しようが早死にしようが、本人の自由だろ」

　この発言に美貴が嚙《か》みついた。

「たしかに喫煙は本人の自由かもしれません。でも、受動喫煙についてはどうお考えですか」

「受動喫煙がいやならそう言えばいいだろ。いやなことをいやと言えない連中が、規則に頼ろうとしてるだけだ」

「だれもがいやなことをいやと言えるほど強くはないんです。弱い立場の人を守る必要がありますでしょう」

「今は喫煙者こそ弱い立場だと思うがね。分煙というのか、吸いたい人と吸いたくない人を分ければいいんだろ。要はマナーの問題じゃないの」

「そのマナーを守れない人が多いから、非喫煙者が害を被っているんです。受動喫煙をゼロにするには、全面禁煙がもっとも確実な方法です」

美貴の口調が完全に戦闘モードになっている。黒須は美貴から目を背け、杯を口に運びながら、揶揄《やゆ》するようにつぶやいた。

「タバコがそんなに身体に悪いかねぇ。そこまでタバコを敵視するのは、何か心に屈折したものを抱えているんじゃないか」

「何ですって」

美貴が飲みかけていたグラスをドンッとテーブルに置いた。険悪な雰囲気になりかけたとき、岡品が割って入った。

「タバコを吸わない黒須君が、喫煙者の肩を持つのも妙だね。しかし、まあ世間にはタバコに関する誤解もあるからな」

「どういうことです」

美貴が口調を改めて聞く。

「たとえば、肺がんの原因はタバコだと思っている人が多いようだが、実際はそうとはかぎらん。肺がんには四つのタイプがあって、喫煙との関係が深いのは、小細胞がんと扁平《へんぺい》上皮がん、大細胞がんまでだ。腺《せん》がんはほとんど関係がない。腺がんが肺がん全体に占める割合は五〇から六〇パーセント。すなわち、肺がんの半分以上はタバコとは無関係ということだ」

　美貴はその事実を知ってか知らずか、不審そうに眉をひそめている。さらに岡品が続ける。

「女性の非喫煙者の肺がんは、ほとんどがこの腺がんだ。ところが今言ったことを知らないから、タバコを吸ってないのになぜ肺がんになるのかと嘆いたりする。困るのは夫が喫煙者で妻が非喫煙者の場合だな。妻はあなたのせいでわたしが肺がんになったと、無実の夫を恨むことになる。正しい知識を持たないと、夫は濡《ぬ》れ衣を着せられたまま、妻は無実の夫を恨みながら死ぬことになる。悲劇だよねぇ」

「そのことは改めてテレビで公表します。もうタバコがらみで不幸な人が出るのは我慢できませんから」

　美貴が宣言するように言うと、岡品も「頼みますよ」と、笑顔で杯を挙げた。

　一良は美貴の論点がズレているのを感じたが、せっかく和やかになった空気を敢えて壊すことはしなかった。

＊

翌日から、岡品記念病院は全面禁煙となった。

あちこちに『禁煙』と書かれた紙が貼られ、院内に設置されていた灰皿はすべて撤去された。

入院患者には担当の看護師から個別に説明が行われた。当然、患者からは不平の声が上がる。

「あぎじゃびよー《なんてこった》。今まで自由に吸えたのに、なんで急に禁止するかね」

「タバコが吸えなくなると、イライラが止まらないさー」

宇勝が微笑みながら説明する。

「院長先生が、みなさんの身体のことを思って禁煙に踏み切られたんです。タバコが好きな人もいるけど、いやがる人もいるんです。受動喫煙てご存じですか。自分は吸わないのに、喫煙者の煙を吸って健康を害する人がいるんです」

それでもあちこちから反論が出る。

「わんきゃ《わしら》、決められた場所で吸ってるだろ。喫煙コーナーはそのためにあるのとちがうのかね」

「煙がいやなら、窓を開ければいいさー」

宇勝が懸命に対応する。

「喫煙コーナーは廃止なんです。窓を開けても煙は建物の中を流れるからだめなんです」

「なら、屋上で吸えばいいさー」

「やさやさ《そうそう》。屋上で吸おうねー」

「いえ、屋上も禁煙なんです。副流煙がありますから」

「だれもおらなければいいね」

「だれもいなくても禁煙です」

「いやがる人がおるから言うたやないね。だれもおらんときに、だれがいやがるわけね」

「とにかく、今日からこの病院はいっさいタバコ禁止なんです」

それだけ言い残して、宇勝は逃げるように病室を出て行く。

ほかの看護師たちも説明には苦労しているようだった。患者の中には、説明に納得しながらも、習慣のように談話スペースで喫煙しようとする者もいる。そのたびに看護師に注意される。そのまま部屋にもどる者は少なく、たいていはトイレの個室で一服ということになる。

院長命令に忠実な宇勝は、容疑者を見つけてはトイレの扉を激しくノックする。

「トイレも禁煙ですよ」

「なーんも。タバコなんか吸っとらんちょよ」

「煙が出てます。早く消して出てきてください」

「ウンコくらいゆっくりさせてくれないかね」

しばらく待つと、ジャーと水洗の音がして患者が素知らぬ顔で出てくる。個室には紫煙の名残はあっても、吸い殻は跡形もない。

翌日の午後、一良が内科病棟に行くと、心不全で大部屋に入院していた金城《かねしろ》老人が、外出着に着替え、ヨタヨタとナースステーションに歩いてきた。両手に私物を入れた紙袋を提げている。

「金城さん、どうしたんですか。まだ外出なんか無理ですよ」

「新実先生。外出ではありません。長らくお世話になりました。今日で退院させていただきます」

「何言ってるんですか。まだ治療は終わってないですよ」

「病院が禁煙になっては、わんは入院を続けられんです。わんはほかに何も楽しみのない人間ですちよ。タバコを吸えんようになったら、生きていても仕方ないです。どうぞ帰らせてくんされ」

半分泣きそうな声で言う。これまで金城は談話スペースでうまそうにタバコをくゆらせていた。もちろんタバコは心不全にもよくないが、一良は岡品の方針に従い、黙認していた。

福本が気配を察知して、ナースステーションから出てきた。

「新実先生。どうしたんです」

「金城さんが病院が禁煙になったから、退院するって言ってるんです」

福本はきっぱりと首を振って金城老人を説得した。

「退院はまだ無理ですよ。足元だってふらついているじゃないですか」

「だけんど、看護師長さん。わんはタバコなしでは居ても立ってもおれんようになるちよ。だから、家に帰らせてほしいわけさ」

「つらいかもしれないけど、そのうち慣れますよ。もう息切れしかけてるじゃないですか。これを機会にタバコをやめられたら、もっと楽になりますよ」

福本は看護師を呼び出して、金城を車椅子で部屋にもどすよう指示した。そのあとで一良に言う。

「新実先生。タバコはたしかに健康を害する側面もあるけど、まだまだ愛煙家も多いし、病院だからといってまったく自由を認めないのもどうかと思うんですけどね」

「すみません。叔母が妙なことを言い出して、現場を混乱させてしまって」

一良は素直に頭を下げた。福本は腕組みしてため息をつき、不安そうに洩らした。

「これ以上、問題が起こらなければいいけどね」

＊

その夜の十一時過ぎ、一良が寝る仕度をしていると、内線電話がけたたましく鳴った。

「先生。金城さんがたいへんです」

「どうした」

「寝タバコをしていたらしく、ボヤになって、スプリンクラーが作動しました」

一良はパジャマ代わりのジャージのまま、四階から二階の病棟に駆け下りた。金城のいる大部屋の前に人だかりができている。それをかき分けて部屋に入ると、頭からバスタオルを掛けられた金城が、車椅子に悄然《しょうぜん》と座っていた。ベッドの片側が黒く焦げ、あたりが水浸しになっている。

夜勤の看護師が一良に説明した。

「タバコの灰をゴミ箱に落としたらしく、ティッシュか何かに引火したみたいなんです。ベッドの敷布が燃えだして、スプリンクラーが作動したときには、かなり煙が充満していました」

近くのベッドもびしょ濡れになったが、ほかの患者は素早く逃げ出して、さほど濡れずにすんだようだった。金城は少しでも鎮火させようと、スプリンクラーの水を浴びながら枕で火を叩《たた》いたので、濡れネズミになったらしい。

「バイタルは大丈夫？」

「はい。血圧は一四八の九二、脈拍《プルス》九〇。酸素飽和度《サチュレーション》は九四パーセントです」

一良は蒼《あお》ざめている金城に近づいて言った。

「驚いたでしょう。もう大丈夫ですよ。胸は苦しくないですか」

「先生……。すんません。わんがズボラをしたばっかりにこんなことになって、ほんとうに申し訳ありまっせん」

震えながら謝る金城をなだめて、一良は患者を空いているベッドに移す算段を看護師に頼んだ。

そこへ連絡を受けたらしい福本が私服のまま入ってきた。金城のそばへ駆け寄り、屈《かが》み込んで背中をさする。

「金城さん、火傷《やけど》はしてませんか。身体が冷たいわ。風邪をひくといけないから乾いた服と毛布を持ってきてあげて」

看護師に指示してから、立ち上がって一良に言った。

「こんなことは病院はじまって以来の騒ぎですよ。やっぱり喫煙コーナーは復活したほうがいいんじゃないの？　明日、わたしから院長に進言しますからね。いいですね」

一良の返事など聞くまでもないというように、福本は金城の介抱に取りかかった。

喫煙コーナーを再開するとなったら、美貴がどう反応するか。それを思うと一良は憂うつになったが、福本を止めることもできそうになかった。

＊

翌朝、福本は朝いちばんに院長室に行き、昨夜のボヤ騒ぎを岡品に報告した。金城のほかにも自己退院しかけた患者がいることや、トイレで隠れて喫煙する患者があとを絶たないことも伝えた。岡品は、うーんとうなり、それなら致し方ないなと、あっさり喫煙コーナーの復活を認めたようだった。

ナースステーションにもどった福本は上機嫌だったが、一良は気が重かった。美貴の滞在予定は、今日を入れてまだ四日残っている。その間、美貴が気づかなければいいが、バレたらただではすまないだろう。それなら隠し立てはしないほうがいい。

一良は覚悟を決めて、美貴がいるホテルのビーチに行った。だれもいない浜辺にパラソルを立て、トレードマークの眼鏡をサングラスに替えて読書をしていた美貴は、一良の話を聞くなり、怒りに顔を膨らませて荒い鼻息を吐いた。

「喫煙コーナーを復活させるですって。その原因が寝タバコでボヤ騒ぎ？　まったく、どうしようもないわね」

「騒ぎを起こした患者さんは、タバコだけが楽しみで、病院が禁煙になったら生きていても仕方ないとまで言ったんです。ほかにもトイレで隠れてタバコを吸う患者さんとか、屋上で吸おうとする人もいて、病院を禁煙にすると不満を持つ患者が多いんです」

「まるで不良中学生の集まりね。わかりました。喫煙コーナーの復活はよしとしましょう」

意外にすんなり受け入れたので、ほっとしたのもつかの間、美貴は一良に鋭い目を向けた。

「ただし、お願いがあるの。この島の人がそれほど喫煙にこだわるのは、タバコの害を十分に認識していないからでしょう。わたしが喫煙の害についての講習会を開いてあげます。一良君は院内の適当な場所を確保して、人集めをしてちょうだい。入院患者はもちろん、島の人にもできるだけたくさん聴いてもらいたいわ。いいわね。大至急お願いよ」

またよけいなことをと、一良は頭を抱えたが、今は美貴の言う通りにするより仕方がない。すぐさま病院に取って返し、岡品に相談すると、「それはいい。私もぜひ聴かせてもらおう」と、思いがけず前向きに応じた。

「テレビで顔の知れた美貴さんの講習会なら、みんなも喜ぶだろう。集客には村役場の島内アナウンスを使うといい」

福本に報告すると、「院長先生がOKなさったんなら、どうぞご自由に。わたしは聴きに行きませんけど」と、相変わらず冷ややかな対応だった。宇勝をはじめとする若い看護師たちは、「新実美貴さんの話をナマで聴けるなんて」と舞い上がり、患者の付き添いを理由に、講習会への参加を福本に認めさせた。

講習会はその日の午後四時から、病院の集会室で開かれることになった。会場には患者ばかりか、島民たちも続々と集まってきた。テレビに出ているコメンテーターの話が聴けると口コミで広がったせいだろう。

会場に現れた美貴は、部屋からあふれんばかりになった八十人ほどの聴衆を見て、満足げにうなずいた。

「みなさん、意識の高そうな方ばかりね。わたしも話のし甲斐《がい》があるわ」

客席は前方に患者と付き添いの看護師、中ほどに一般の島民、後方に病院職員が詰めかけ、職員の半分ほどは立ち見だった。患者や島民たちは、前で岡品と談笑している美貴を見て、「きょらむん《美人》やねぇ」「でーじ《すごく》顔がぐなぁ《小さい》ね」「さすがだね。オーラがあるっちょ」などとささやき合っている。

時間になると美貴は中央に進み出て、ホワイトボードの前に立ち、マイクを片手にしゃべりだした。

「みなさんこんにちは。東京から参りました新実美貴でございます。本日は急な催しにもかかわりませず、たくさんの方にお集まりいただき、ほんとうに嬉しく存じます」

よく通る声、華やかな笑顔で親しげに語りかける。トレードマークの眼鏡を持ち上げる仕草も忘れない。講習が喫煙の有害性についてであることは事前に知れ渡っているはずなのに、金城を含む喫煙する患者も興味津々のようすで美貴に注目している。

「みなさんもタバコの害については重々ご承知でしょうが、具体的なデータをご存じでしょうか。タバコは肺がんだけでなく、口唇《こうしん》がん、舌がん、喉頭《こうとう》がん、食道がん、膵臓《すいぞう》がん、膀胱《ぼうこう》がん、子宮頸《けい》がんにも影響があり、がん以外にも、心筋梗塞《こうそく》、脳梗塞、胃潰《かい》瘍《よう》、皮膚炎、腰痛、痔《じ》、骨粗鬆症《こっそしょうしょう》、肺気腫《はいきしゅ》、慢性気管支炎の原因にもなるのです。糖尿病や高脂血症も悪化させますし、認知症の原因にもなって、およそタバコに関係のない病気を見つけるほうがむずかしいくらいなんです」

多くの病名を羅列することで、まずは聴衆の眉をひそめさせる。

「タバコの煙にはさまざまな物質が含まれています。その数、約五千三百種。中でも三大有害物質と言われるものの一番目がニコチンです。ニコチンは依存性の高い物質で、血管を収縮させて血液の流れを悪くします。喫煙するとニコチンは約八秒で脳に達します。血圧を高くし、脈拍を速めて心臓に負担を与え、心筋梗塞、狭心症の危険性を高めるんです」

美貴は振り向いて、ホワイトボードに『ニコチン↓心筋梗塞・狭心症』と大書する。

「二番目はタールです。言わずと知れた発がん物質。タバコを一日に二十本吸うと、一年でコップ一杯ほどのタールを肺に入れることになります。いったんこびりついたタールは簡単には取れません。毎年、それだけのタールを肺にぶちまければ、どれだけ肺が汚れるか。タバコにはタール以外にも、ニトロソアミン類など、約七十種類もの発がん物質が含まれています」

そう言いながら、美貴はホワイトボードに『タール↓発がん物質』と書きつける。

「三番目は一酸化炭素です。タバコの煙に含まれる一酸化炭素は、環境衛生基準許容量の二千倍にも達します。一酸化炭素は赤血球の酸素運搬機能を阻害し、組織の酸素不足を招きます。それは心筋梗塞や脳梗塞に直結します」

美貴は『一酸化炭素↓酸素不足』と書き、三つを括弧《かっこ》でくくり、『肺胞破壊↓肺気腫

→呼吸困難』と大書する。
「これらの有害物質は、いずれも肺の細胞を傷つけ、重症の呼吸困難を引き起こします。肺気腫というのは、肺胞の壁が破れて、空気は入るけれど出ていかなくなって、肺がパンパンに腫《は》れる病気です。精いっぱい空気を吸って、それが吐き出せない状況です。一度、体験してみましょうか。はい、みなさん、大きく息を吸って」

聴衆が息を吸ったところを見計らい、「はい、そのまま吐かずに吸う」と声をかける。

「その状態がずっと続くんですよ。息を吸いたくてもそれ以上吸えないんです。タバコによって肺気腫になったら、もう治療法はありません。酸素不足なら酸素マスクをすればいいですが、二酸化炭素が出て行かない状況ですから、打つ手がないんです」

美貴は言葉巧みに聴衆の恐怖心を煽《あお》り立てる。

「さて、みなさん。今までお話ししたのは、タバコを吸う人の健康被害です。それはある意味、自業自得とも言えます。しかし、タバコの害はそれだけでは終わりません。副流煙による受動喫煙の危険があるのです」

美貴はこれからが本番とばかり、ホワイトボードの書き付けを素早く消すと、黒のマーカーをどぎつい赤色に替えて、『副流煙→受動喫煙』と大書した。

「これは周囲の人々が、副流煙によって受ける健康被害です。信じられないかもしれませんが、副流煙には喫煙者の煙の二倍から四倍の有害物質が含まれます。副流煙を吸うことで、喫煙者以上の病気のリスクが生じるのです。喫煙者は周囲の人から離れて吸えばいいと言うかもしれませんが、まったく無風の状態でも、タバコの有害物質は最低七メートル先まで届くという実験結果が出ています。すなわち、一人の喫煙者のまわりにはバレーボールのコートくらいの空間がなければ、副流煙の被害は防げないということです。タバコの煙のうち、目に見えるのは一〇パーセントほどで、残りのガスの部分は目に見えません。喫煙者はタバコを一本吸うだけで、ドラム缶五十本分の空気を汚していることになります。さらに喫煙者の吐く息には、吸い終わってからも八時間、一酸化炭素が含まれます。喫煙者はタバコを吸っていないときでも、有害物質をまき散らしているのです。アメリカのモンタナ州で行われた調査では、受動喫煙防止条例が施行された後、たった六カ月で、心筋梗塞で入院する患者が四〇パーセント減ったという結果が出ています」

聴衆は感心の吐息を洩らし、互いの顔を見合わせる。美貴はテレビで鍛えた話術で、巧みに聴衆を惹《ひ》きつけ最後の仕上げにかかる。

「タバコに含まれる有害物質は、体内でダイオキシンと似た作用を発揮し、タバコ一本分の煙に含まれる有害物質は、ダイオキシンの一日の摂取許容量の二百倍を上まわります。二十歳までに喫煙を開始した人は、男性で八年、女性で十年寿命が縮まります。女性の喫煙者の三分の一は不妊症になり、妊娠中の喫煙は先天性異常の発生率を高め、出産後の喫煙は乳幼児突然死症候群の危険性を高めます。喫煙者の発がん率は、喉頭がんや肺がんでは非喫煙者の約五倍に達し、子どもが受動喫煙にさらされると、喘息《ぜんそく》を誘発され、知能指数が低下します。これらはすべて医学的なデータに基づいた情報です。喫煙は当人だけでなく、周囲の人間の健康をも脅かすのです。自分が吸いたいから吸うという身勝手は許されません。タバコは百害あって一利なし。そのことをみなさんに少しでもご理解いただければと存じます。ご清聴、ありがとうございました」

美貴が弾んだ息で頭を下げると、会場から盛大な拍手が沸き起こった。喫煙する患者たちも、美貴の弁舌に洗脳されたように手を叩いている。

「わんきゃ、もうタバコはやめる」「吸わなくても平気さー」「人に迷惑かけるわけにはいかないさー」などと、口々にうなずき合っている。

続いて美貴は質疑応答に移った。ある患者が、どうしてもタバコを吸いたくなったらどうすればいいのかと訊ねた。

「そのときは、ニコチンガムがあります。入れ歯でガムがダメという人には、ニコチンパッチもあります。それで徐々に量を減らしていけばいいんです」

別の参加者は、もう何十年も吸っているから、今から禁煙しても手遅れではないかと聞いた。

「今からやめても十分効果はあります。それにあなたがタバコをやめれば、あなただけでなく周囲の人の健康も守れるのです」

その言葉に共感の声があがった。

「そうだな。自分が吸いたいからち言うて、人に迷惑ばかけたらいかんな」

「自分さえよければいいというのは、恥ずかしいことさー」

夫婦で参加していた中年の夫が、「おれ、おまえのためにも禁煙するわ。長生きしてほしいもん」と言うと、妻が「うれしい」と声をあげ、周囲から「ラブラブやないね」と囃《はや》された。

美貴が講習会の手応えを感じつつ会場を見渡していると、中ほどに座っていた若い男性が立ち上がった。髪を短く刈り、頰はこけているが知的な風貌《ふうぼう》の青年だ。

「今日の講演で、僕は目からウロコが落ちました。僕はタバコは吸わんけど、自分が吸わんだけじゃいかんことがようわかりました。みんなの健康を守るためには、住民すべてが禁煙しなければいかんのです。すぐには無理でも、みんなでタバコをやめる運動を展開しようではありませんか」

「すばらしい」

美貴が笑顔で拍手を送った。青年が会場を見まわして呼びかける。

「みんな、この島からタバコの害をなくすための活動グループを作ろうやないか。名づけて『嫌煙隊』はどうだ」

「おう、それはいい」「やろうやろう」

青年の周囲から声があがり、拍手する者もいた。

「ぜひ、頑張って下さい。わたしも応援しますよ」

美貴が言うと、青年の周囲の拍手はさらに広がった。美貴は満足そうだったが、一良は不安だった。この島の人々はのんびりしているように見えて、ときに過激な行動に出るからだ。

＊

美貴の講習会で「嫌煙隊」を言い出したのは、南沖平小中学校の教論で、小学二年生の担任をしている坂友健馬《さかともたけま》という青年だった。年齢は一良より少し上の三十歳。一良は知らなかったが、宇勝によると、坂友は正義感の強い熱血タイプで、校長や教頭には煙たがられているが、保護者の評判はよいとのことだった。

坂友はさっそく教員仲間や児童の保護者、ほかに禁煙運動に賛同してくれる仲間を二十人ほど集め、夜に決起集会をすると報《しら》せてきた。

宇勝が一良に言った。

「今夜、八時から青年団の集会所にみんな集まりますから、新実先生と美貴さんにもぜひ出席してほしいんです」

「るみちゃんも嫌煙隊に入ったの？」

「もちろんですよ。あたしもタバコは大嫌いですから」

一良は迂闊《うかつ》な行動の多い彼女を見て、また不安を募らせた。

その夜、美貴とともに集会所に行くと、二人は盛大な拍手で迎えられた。

「新実美貴先生、一良先生。お二人はどうぞこちらへ」

坂友に促され、来賓席のような椅子に座らされる。ほかのメンバーたちは畳の上に胡座《あぐら》だ。

「今夜の集まりは決起集会で、明日、正式な結成式をやります。お二方にはオブザーバーとして参加をお願いします」

いきなり言われて一良は戸惑ったが、美貴は「わかりました」と即答した。

続いて各自の決意表明がはじまった。次々に熱い思いが語られる中で、一同に強い印象を与えたのは、島のコンビニ的な役割を果たしている「仲岡《なかおか》商店」の若主人、仲岡健《けん》太郎《たろう》だった。

「僕は自分の店がこれまで何の反省もなく、漫然とタバコを売り続けてきたことを自己批判します。僕は親父に掛け合って、金輪際、うちの店ではタバコを売らないことを誓います」

メンバーから拍手が起こる。坂友も拍手するが、ふと心配そうな顔で聞く。

「店の収入は大丈夫か。無理はせんでもええんがやぜ」

「なーん。タバコを売らんでも、代わりにニコチンガムを売るちよ。うちは薬局も兼ねとるから」

「それがいいわ」と、美貴が即座に賛同した。「タバコを売る店が減れば、必然的に吸う人も減るでしょう。タバコの代わりにニコチンガムとニコチンパッチを売れば、楽にタバコもやめられるし。ほかにも嫌煙飴《あめ》というのもあるのよ。松葉エキスと松脂末《まつやに》を配合した飴で、これをなめるとタバコがまずく感じられるようになるの」

「それもうちの店で扱います」

ふたたび拍手が起こり、集会はさらなる盛り上がりを見せた。

美貴と一良は途中で退出したが、その後も熱い議論が繰り広げられ、やがて酒盛りがはじまって、あとはどんちゃん騒ぎになったようだ。

翌日、さっそく嫌煙隊のメンバーが病院に来て、宇勝の案内で各病棟の喫煙コーナーに二人一組で張りついた。腕組みをして脚を踏ん張り、タバコを吸いに来る患者を待ち受ける。前日の美貴の講演を聴きながらも、一夜明けるとまたニコチンが恋しくなる患者がいるらしく、何人かがタバコとライターを片手にやってきた。するとメンバーは患者を両側から挟むように立って、タバコの害を繰り返し説明する。

「無理にとは言いません。しかし、できればこの機会に禁煙してみませんか。もしタバコをやめてもらえるなら、代わりにこのガムを差し上げます」

タバコと引き替えに、仲岡商店から提供されたシュガーレスのガムを無料で差し出す。やがて喫煙コーナーに患者が来なくなると、メンバーは各病室を訪れ、ガムと交換でタバコを放棄するよう説いてまわった。もちろん任意だが、説得には強い圧力が感じられた。

見かねた福本が苦言を呈すると、メンバーたちはあらかじめ用意していたように反論した。

「どこがやりすぎなんですか。禁煙は治療上もよい効果があるじゃないですか。我々はよいことをしてるんですよ。患者さんの中には、タバコをやめたくてもやめられない人もいるでしょう。我々はそういう人たちのお役に立ちたいんです。何かまちがったことをしていますか」

理論武装で反撃されると、福本も対抗するのはむずかしいようだった。

夕方になると、病院前の駐車場に、嫌煙隊のメンバーが垂れ幕や横断幕を持って集まった。昨夜より人数は増えて、三十人くらいになっている。廃材らしい薪をキャンプファイヤーのように井桁《いげた》に積み上げはじめる。掲げられた垂れ幕には、タバコを咥《くわ》える巨大なドクロ、タバコをばらまく死神、タバコで少年少女を誘惑する悪魔、タバコの煙がナイフになったイラスト、タバコが銃弾のように弾倉に詰められた拳銃《けんじゅう》などが描かれている。横断幕には書きなぐったような文字で、『NO MORE SMOKE』とある。結成式のために、メンバーが急ごしらえで作製したようだ。

日が暮れてあたりが暗くなると、積み上げられた薪に火がつけられた。炎が上がりだすと見る見る勢いを増し、火炎は夜空を舐《な》めるように巻き上がった。

一良と美貴は特別席に座り、結成式のはじまるのを待っていた。

坂友がメンバーを前に、演説口調で嫌煙隊の結成を宣言した。

「嫌煙の志の下に集結した同志諸君！ 我々はタバコの害を啓蒙《けいもう》し、住民の健康を取りもどすべく、徹底した禁煙運動を推し進めることをここに誓う。人類の歴史において、タバコほど人々を病気の危険にさらしたものはない。喫煙は本人だけでなく、周囲の人間をも病気に陥れる凶悪な嗜好品である。我々はこの悪習を撲滅するまで、断固、闘うことをここに宣言する」

「異議なし！」

「異議なし！」

メンバーたちが声を上げて拳《こぶし》を突き上げる。

「それではただ今より、喫煙者から放棄されたタバコを炎に投じる」

坂友が言うと、メンバーがこの日集めたタバコを大きなザルに山積みにして運んできた。二人がザルを支え、ほかのメンバーが順に進み出て、タバコを焚火《たきび》に投じはじめる。タバコは数百本ほどもありそうで、次々と舞い上がる炎の中に消えていく。

一良が口元を手で覆い、小声で美貴に聞いた。

「タバコの害を訴えながら、燃やしたら有害物質がまき散らされるんじゃないの」

「有害物質は不完全燃焼で出るのよ。高温で完全燃焼させれば大丈夫よ」

ほんとうかどうかわからないが、美貴は黙って結成式を見ろとばかりに顎《あご》で焚火を指す。

ザルのタバコがすべて燃やされると、続いて新品のタバコが別のザルに盛り上げられて運ばれてきた。仲岡が進み出てメンバーに向き合う。

「これは我が仲岡商店にある在庫のタバコ全部です。親父とケンカして、僕がすべて買い取りました。今からこれを焼き払います」

高らかに言い、振り返るやザルからタバコをパッケージのまま取って、儀式ばった仕草で焚火に投げ入れた。パッケージは薪に当たって派手に火の粉を巻き上げる。そのたびにメンバーから歓声があがる。

仲岡がすべて投じ終えると、興奮したメンバーたちが死神や悪魔を描いた垂れ幕を燃やしはじめた。炎が上がり、垂れ幕が焼け落ちるにつれ、メンバーの熱狂が高まる。

「よし。嫌煙隊の示威行動だ。みんな隊列を組め」

坂友の掛け声で、横断幕の竿《さお》がはずされ、先頭の二人が掲げて行進の準備をする。坂友がホイッスルを吹き、シュプレヒコールがはじまる。

「喫煙！　反対！」「禁煙！　完遂！」「タバコはヤメロ！」「健康！　勝利！」

隊列はデモ隊のように病院の駐車場をジグザグに行進する。

横で見ていた美貴が感動したようにつぶやいた。

「すばらしいわ。こんなふうに市民が立ち上がることが大切なのよ。みんなが当事者意識を持って頑張れば、ここまで運動は盛り上がるのよ」

美貴は行進のリズムに合わせて手を打ちながら、全身を揺すっていた。

ふと見ると、病院の院長室の窓から、岡品が駐車場を見下ろしていた。距離があるのではっきりとは見えないが、炎に照らされた岡品の顔は笑っているようだった。

＊

翌日の午後、糖尿病と高脂血症で一良が診ている患者の仲間永昌《なかまえいしょう》から、取り乱した電話がかかってきた。妻の久乃《ひさの》が倒れたという。久乃は七十六歳で、これまで診察したことはなかったが、いつも永昌の診察についてくるので顔は知っていた。

「奥さんが倒れたって、どういう状況ですか」

「先生、お願いするちよ。どうか助けてくんされ。かあちゃんはもうダメかもしれん」

永昌の悲痛な声を聞いて、一良はすぐさま往診に出かけることにした。運転は宇勝が志願した。

仲間家は島の中心部から離れた久手《くて》地区にあり、一面のサトウキビ畑を抜けた集落のはずれにあった。築百年近いような古びた平屋の前に車を停め、開けっ放しの戸口から入ると、久乃は畳の上に伏せ、荒い呼吸を繰り返していた。横にいる永昌もちゃぶ台に片肘《かたひじ》をつき、絶望したように頭を抱えている。

「いったいどうしたんです」

一良が聞くと、永昌が首を振りながら悔しそうに声を震わせた。

「さっき、島の若い者《もん》がやってきて、無茶《むちゃ》を言いよるもんで、かあちゃんが興奮して倒れたちよ。わんはもうどうしたらええのかわからん」

とにかく久乃を診察すると、血圧が二三〇まで上がっていた。脈拍も一二〇を超えている。呼びかけには応じるが、呼吸も切迫していて、すぐ入院させなければならない状況だ。

永昌に入院の準備を頼むと、立ち上がったとたんに腰砕けになり、座り込んでしまった。血圧を測ると、永昌も二〇〇を超えていた。明らかに興奮が原因のようだったので、一良は二人に鎮静剤の注射を打った。宇勝に水を持ってこさせ、永昌に一口飲ませると、少し落ち着いたようだった。

「若い者って、だれが何をしに来たんです」

「坂友ちいう小学校の先生らですよ。嫌煙隊ちうのを作ったらしかんば、七、八人で押しかけてきて、わんの畑を別の作物にやり替えろち言うて、きつう迫ったわけよ」

横で宇勝が困ったように顔を伏せている。一良は永昌が何を作っているのか知らなかったが、もしやと思って訊ねると、仲間夫婦は島で唯一のタバコ農家だった。

「嫌煙隊の連中が、タバコの栽培をやめろと言ってきたんですか」

「そうちよ。東京からテレビに出とる偉い先生が来て、こん島からタバコばなくす運動をしとるやら言うて、わんにタバコは作らんて約束しろち迫ったわけさ。そんな急に転作なんかできんちば。無理やち言うたらやー、来とった連中が大きな声ば出して、タバコを作るちいうことは、他人を肺がんにするちうことやろとか、他人の健康を犠牲にして金儲《かねもう》けして、恥ずかしゅうはなかんばとか、あんたはどうしようもないエゴイストじゃとか責め立てて、わんはもうどうしたらええのか困っちょったら、かあちゃんが急に泡ふいて倒れたわけよ」

宇勝を見ると、申し訳なさそうに打ち明けた。

「昨夜《ゆうべ》の結成式のあと、またみんなで集会所に集まって酒盛りがはじまって、飲んでるうちにだれかが、仲間さんの家がタバコを栽培していることは問題だって言いだしたんです。それは許せんということになって、今日、何人かで説得に行くというふうに決まったんです。でも、こんなに過激にやるとは思ってませんでした」

「いくらなんでもやりすぎだろう。仲間さんはもうすぐ八十だし、奥さんだってもう歳なんだから、かわいそうじゃないか」

「そうですね。すみません」

肩をすぼめて謝るが、宇勝を責めても仕方がない。とにかく久乃を入院させなければならないので、一良は宇勝に手伝わせて仲間夫妻を車に乗せた。

病院に向かう途中、永昌は自分たちの苦境を語った。

「うちはかあちゃんと二人きりで、跡取りもおらんちよ。機械も一昨年《おととし》買い替えたばっかりで、今、転作やら廃業やらしたら、借金だけが残るちよ。そりゃタバコが身体にようないことはわかっとる。けんど、まだタバコ喫みもおるやろに。そん人らに、うまいなあち言うてもらおう思うて、丹精込めて作っとるがやよ。それをなんで若い者に寄ってたかって、やめろち言われないかんわけな」

永昌は深い嘆きのため息を洩らした。

＊

嫌煙隊のやり方は、明らかに問題だった。大人数で押しかけて、高齢の仲間夫婦を口々に責め立てたのだから、これは暴力的ともいえる行為だ。

一良は坂友に抗議しようと思ったが、ふと美貴が到着した日に言っていた言葉を思い出した。

――数を恃んで、強引なやり方で、立場の弱い者を追い詰め、自分たちの言い分を押し通そうとするでしょう。わたしはそういうのが生理的に許せないのよ。

まさに坂友たちがやったことではないか。一良はさっそく美貴に、仲間夫妻が受けた圧力を告げた。

「これって美貴さんがいちばん許せないことでしょう。嫌煙隊の主張は正しいとしても、やり方がまちがっているのじゃないですか」

「たしかに、そうかもしれないわね」

美貴は困惑と躊躇《ちゅうちょ》に顔を強《こわ》ばらせながらも、一良の言い分を認めた。

「わかった。わたしが嫌煙隊のメンバーに話をしてくる」

美貴は明日、東京へ帰る予定だったので、即、坂友のいる南沖平小中学校に話し合いに行った。

美貴がもどってきたのは、二時間ほどしてからだった。なんだか妙な表情で、都合の悪い状況に何とか辻褄《つじつま》合わせをしなければならないといった苦笑いを浮かべながら、眼鏡の奥でしきりに瞬きを繰り返した。

「坂友君が嫌煙隊の中心メンバーを集めてくれてね。仲間さんの件、奥さんが入院したことを話すと、彼らも驚いていた。功を焦りすぎたため、強引な説得になったことは申し訳ないと自己批判してたわ」

「じゃあ、もう仲間さんに圧力をかけるようなことはしないんですね」

「それがそうもいかないのよ」

美貴が一良から視線をはずし、弁解口調で言った。

「坂友君たちが言うには、仲間さんは葉タバコを作っているだけでなくて、以前からいろいろ問題を起こしてたらしいの。タバコは農薬の規制が緩いから、大量の農薬をまいて、周辺のサトウキビ畑に悪影響を与えたり、雑草の対策もしないから、タネが飛んできてまわりの農家が迷惑しているんだけど、ほったらかしだったりね。犬を放し飼いにして、サトウキビ畑にオシッコやウンコをさせたり、よその家の箒《ほうき》とチリトリを勝手に使ったり、自治会費を払わなかったりとか、みんなが困ってたらしいの。それで今回の説得がつい感情的になってしまったのよ」

「だけど、それは高齢という理由もあるんじゃないですか。高齢だったら何でも許されるわけじゃないけど、だからと言って、長年の生業《なりわい》であるタバコの栽培を強引にやめさせるのはどうかと思いますね」

「そうなの。強引にやめさせるのはよくないのよ。だから上手に説得して、同意を得た上で転作なり廃業なりしてもらうのがいいと思うわけ。わたしもメンバーたちに言われたわ。あれほどタバコの害をあげつらいながら、タバコ農家を擁護するのはおかしいって。たしかにそうよね。だから、わたしは彼らに約束したの。わたしが責任を持って、タバコ栽培をやめるよう仲間さんを説得するって」

思わぬ展開に一良はいやな予感を抱いた。

「でも、美貴さんは明日、東京へ帰るんじゃないですか。一日でそんな説得できますか」

「無理よね。だから、わたし、島での滞在を延長することにしたの」

えー、と一良は声をあげそうになるのを抑えた。ややこしいことになりそうな予感がありありだ。美貴が勢いを取りもどして前のめりに言った。

「仲間さんにも事情はあると思うけど、じっくり話せばわかると思うの。だって、仲間さんも自分の作物で他人の健康を害したいわけじゃないでしょう。転作は簡単にできないかもしれないけど、みんなで支援をすれば不可能ではないはずよ」

「支援てどんなことをするんですか」

「それはこれから考える。まわりの人たちも巻き込んで、みんなで考えるの。それぞれが力を合わせて、だれもが納得できる結果を出すのよ。敵対からは何も生まれない。もちろん嫌煙隊にも協力してもらうわ。そうすれば仲間さんだって受け入れてくれるでしょう。道筋がつくまでわたしはここに残る。それがわたし自身の責任を果たすことにもなるでしょう」

「そんなにうまくいくんですか」

一良が思わず不安を口にすると、美貴が表情を変えてにらんだ。

「何よ。一良君は反対なの？」

「いや、反対というわけじゃないですが」

「ならいいわ。一良君も協力してね。こういうことはみんなで力を合わせることが重要だから」

美貴はその場でホリゾンタル・ネットの本部に連絡を入れ、休暇の延長を申請した。ホリゾンタル・ネットは実質的に美貴が率いているNPOだから、申請はほぼ自動的に受理される。

翌日から、美貴は精力的にタバコ畑の転作について調査をはじめた。嫌煙隊のメンバーとの会合も繰り返し、仲間家の懐柔策を協議した。まずは久乃の快癒を待つべきだということになったが、幸い、久乃の容態は速やかに改善し、数日以内に退院できる見通しとなった。

「さあ、いよいよこれからが正念場よ」

美貴が気持を引き締めて行動に移ろうとしたとき、ホリゾンタル・ネットの本部から連絡が入った。

「もしもし。……えっ。まさか、何てことを……。嘘でしょ」

一良の前で電話を受けた美貴は明らかに動揺し、そのまま棒立ちになった。深刻な表情で相槌を打ち、最後に「わかったわ。すぐに帰る」と返事をした。

「美貴さん。すぐに帰るってどういうことです。仲間さんの説得はどうするんですか」

「ごめん。東京でたいへんなことが起こったのよ。わたしたちが以前から支援していたパワハラ被害の女性が、自殺未遂をしたらしいの」

美貴によると、会社でパワハラを受けて退職に追い込まれた三十代の女性が、ホリゾンタル・ネットに救いを求めてきたので、支援活動をしていたところ、手首を切って自殺を図ったというのだ。手首を切ったくらいでは死なないが、本人は取り乱していて、今度はマンションの屋上から飛び降りると騒いでいるという。支援の途中で美貴が休暇に出た上、帰りを延ばしたことが自殺未遂の原因らしかった。

「わかるでしょう。わたしはすぐに帰らなければならないの。仲間さんの説得は、一良君、あなたが引き継いで。もちろん、わたしも東京から全力で支援するわ」

「待ってください。僕には無理ですよ」

「何言ってるの。このまま仲間さんが無理やり転作させられてもいいの？　せっかくこの島にタバコの害が知れ渡ったのに、その火を消してしまっていいの？」

美貴は矢継ぎ早に言葉を繰り出して一良を無理やり説得した。そのあとで早口につけ加える。

「最後まで責任を果たせなくて、ほんとうに申し訳ないと思ってる。でも、事情が事情だから仕方ないでしょう。わたしが本気で取り組んでいたことはわかるわよね。嫌煙隊のメンバーにもよろしく言っといて。お願いしたわよ」

美貴はその日のフライトがぎりぎり間に合うと知るや、急いで座席を確保し、ホテルの支払いもすませて慌ただしく飛び立っていった。

久乃はまだ入院中だし、永昌をどう説得すればいいのか、一良には皆目わからなかった。嫌煙隊のメンバーも美貴の急な離脱を知らされ、唖然《あぜん》とするばかりだった。

＊

美貴がいなくなると、坂友も仲岡も独楽《こま》の芯《しん》が抜けたようになり、嫌煙隊の勢いは急速にしぼんでいった。

やがて院内の喫煙コーナーでタバコを吸う患者が出はじめ、仲岡商店の店先にもタバコが並ぶようになった。

岡品が喫煙コーナーの前を通ると、タバコを吸っていた患者が慌てて灰皿に押しつけようとする。それを制して、岡品が言う。

「いやいや、消さなくてもいいよ。タバコを吸うときは心おきなく吸えばいいんだ。身体に悪いと思いながら吸うのが、いちばん身体によくないんだからな。タバコは気分転換にもなるし、ストレスを軽減する効果も期待できるんだろう。マナーさえ守れば、遠慮することはないんだよ」

岡品と一良がナースステーションに顔を出すと、福本が美貴のことを話題にして、勝ち誇ったように言った。

「やっぱり金棒引きだったわね」

一良に反論の余地はない。福本がさらに続ける。

「だいたい仲間さんのところが、簡単にタバコの栽培をやめるわけないじゃない。作った葉タバコはできが悪くても、毎年、ＪＴが全量を買い上げてくれるんだから。法律で決まってるのよ」

「そんな法律があるんですか」

「たばこ事業法よ。その上、タネはＪＴから無償で支給されるし、出荷の際の運送費もＪＴが負担してくれるし、災害とかで損害を受けたときは、ＪＴから災害援助金も支払われるんだからね。しかも、掛け金もなしで」

「福本さん、どうしてそんなに詳しいんですか」

「岡品先生に教えてもらったのよ」

横で岡品がとぼけるように笑い、一良に言った。

「美貴さんも、まさかこの島にタバコ農家があって、排斥運動が起こるとは思ってなかったんだろうな。タバコ農家の優遇制度はもちろん知ってたろうが、それを言えばますます嫌煙隊の連中がいきり立つから、言えなかったんだろう。彼女も困ったと思うよ」

「叔母が病院を混乱させるようなことをして、すみませんでした」

一良は頭を掻《か》きながら謝った。

「いいさ。美貴さんも悪気があったわけじゃない。世の中には彼女みたいな人も必要なんだ。みんなが自分のことしか関心を持たなくなったら、知らないうちに取り返しのつかない世の中になりかねないからな」

一良はひとつ気になることを思い出して、岡品に訊ねた。

「嫌煙隊の結成式のとき、先生は院長室の窓から見下ろして笑ってましたよね。あれはどうしてですか」

「うむ。ついむかしを思い出してね。私たちもよくやったんだ。空想的な正義感、地に足のつかない高揚、甘美なきれい事。自分たちは常に正しいという妄想。懐かしくもあり、ほろ苦くもある記憶だよ」

団塊の世代に近い岡品は、学生運動が盛んなころに青春を送ったのだろう。微笑む横顔には、過去の自分を優しく嘲笑《ちょうしょう》するような、奥深い自虐が浮かんでいた。

Episode 7　縮命

「新実先生。そんなところで何してるんですか」

宇勝なるみが、ナースステーションの横の準備室に来て声をあげた。

「いや、これ、酒精の香りがするから、舐《な》めたらどんな味がするかと思ってさ」

新実一良は、消毒用エタノールのボトルを持ったまま、照れくさそうに笑った。

続いて入ってきた保田奈保子が、あきれたように首を振る。

「そんなの舐めたら、舌が焼けますよ」

「君、舐めたことあるの？」

「あるわけないでしょ。前の病院でバカな研修医が舐めて、大騒ぎしてたんですよ」

どこの病院でも研修医は看護師に醜態をさらすらしい。

一良がフタをして棚にもどすと、宇勝は同じ棚から、ヂアミトールのボトルを取って、物品消毒用の稀釈液《きしやくえき》を作りはじめた。

「鉗子《かんし》の消毒は五百倍稀釈ですね」

保田が確認して、蒸留水を用意する。宇勝は規定量の原液を注射器に取り、感慨深げにつぶやいた。

「あのナースは、これを点滴に混ぜたのね」

「その事件、知ってます。昨夜《ゆうべ》もテレビでやってました。看護師による連続患者殺害事件」

　もちろん一良も知っていた。

「看護師が入院患者の点滴に、消毒液のヂアミトールを混ぜて殺害したんだろ。あり得ないよな」

　流れに沿うつもりで言うと、看護師二人は冷ややかな沈黙で応じた。

　無言のダメ出しのあと、二人は自分たちだけで話を進める。

「あのナースの気持、わからないでもないよね」

「ほんと。ヂアミトールで苦しまずに死ねるなら、そのほうがいいって言う高齢の患者さん、少なくないですもん」

「どういうことさ」

　一良はふて腐れながらも、会話に入るべく低姿勢で聞く。

「だって、悲惨な状況で死なせてもらえない患者さん、けっこういるじゃないですか。あたし、前は大阪の療養型の病院にいましたけど、毎日、疑問の連続でしたもん。関節拘縮《こうしゅく》で股関節《こかんせつ》が開かない患者さんは、オムツ交換のたびに、痛いー、助けてーって泣くし、慢性気管支炎で痰《たん》の湧き出る人は、吸引のたびにベッドの上で飛び跳ねるように咳《せ》き込むし、褥瘡《じょくそう》のひどい人は、抉《えぐ》れた肉が腐って、血と膿《うみ》でドロドロになってましたからね。本人たちはもう死なせてくれって思っているのに、家族と病院が許さないんです。

そんな気の毒な患者さんを見てたら、かわいそうすぎて、ふと、楽にしてあげようかなって思っちゃいますよ」

「だよねぇ」

宇勝も続く。「あたしは福岡の病院だったけど、寝たきりで身動きもできないのに、頭だけしっかりしてるお婆さんは、毎日泣いてたわ。情けない、つらいって。ひとりで歩けないお爺《じい》さんは、ワシみたいな役立たず、生きていても迷惑をかけるだけだ、早く死なせてくれって、最悪の自己嫌悪に陥ってた」

「悲しいよな。だけど、死にたいと言っても、どれくらい本気なんだろ。生きてればまたいいこともあるんじゃないか」

一良が言うと、宇勝が即、否定した。

「そういう安易な慰めがいちばんよくないんです。あたしも看護師一年生のときに、同じように言ったら、死にたいと言ってたお婆さんに怒られました。生きてていいことなんか何もない。無責任なことを言うなって」

「あたしも言われました。俺は身体の自由が利かず、一日中、天井を見つめて死ぬのを待ってるんだぞ、あんたにこの苦しみがわかるのかって」

宇勝はヂアミトールを洗浄器に入れて、憤然と続ける。

「それにしてもムカつくのは、テレビや新聞できれい事を垂れ流す連中よね。現場の実態も知らずに、あるべき介護とか、だれもが安心して暮らせる老後とか、お伽噺《とぎばなし》みたいなことを言って、恥ずかしくないのかしら」

「昨夜のテレビでも、コメンテーターとMCが、容疑者の看護師は許せないとか、看護師全体の信頼を失墜させたとか言ってましたけど、高齢者の悲惨な状況をまったく無視してましたからね。死なせてあげる以外、どうしようもない高齢者は厳然としているんです。それを否定する人は、自分の手を汚したくないだけなんです」

　保田は半ば涙声になっている。

「まあ、コメンテーターも仕事だからな」

　コメンテーターがきれい事しか言わないのは、世間がそれを求めるからだ。問題はいやな現実を見たがらない世間にあるのだ。一良がそう考えていると、保田が気を取り直すように言った。

「でも、あたし、この病院に来てずいぶん気が楽になりました」

「ここじゃよけいな煩《わずら》いはないもんね」

「そう言えば、この病院には悲惨な高齢者が少ないな」

　一良が洩《も》らすと、看護師二人が意味ありげな視線を交わした。

「だってねえ」

「当然よね。ウフフ」

　どういう意味か。一良の脳裏に不吉な思いがよぎった。

＊

窓の外にサイレンの音が近づき、病院の前で止まった。急いで外来の診察室に下りると、やせた老婆がストレッチャーの上で喘《あえ》いでいた。

「どうされました」

付き添いの家族に聞くと、昨夜から高い熱が出て、今朝は息も絶え絶えになったという。栄《さかえ》トミヨという八十二歳の女性だ。

聴診器で呼吸音を確かめると、荒い音が急ピッチで聞こえた。聴診器に伝わる熱で、体温が三十九度を超えているのは明らかだ。重症の肺炎で、助かるか助からないか、瀬戸際の状態だろう。

「栄さん。わかりますか。大丈夫ですか」

一良が反応を確かめていると、息子らしい男性が、懇願するように看護師に言った。

「速石先生に診てもらいたいんじゃが。お願いします」

患者も荒い息の下から、「速石先生を……」と呻《うめ》く。重症なので、ベテランの医師にかかりたいのだろう。

看護師が連絡すると、速石が下りてきて、家族から状況を聞くなり、「任せとけ」と自信たっぷりに応じた。一良が速石に言う。

「誤嚥性肺炎《ごえんせい》ですね。かなり厳しい状況のようですから、先生の治療を見せてもらってよろしいですか」

「かまわんが、邪魔はするなよ」

答えるなり看護師に、「二階の病棟、個室へ上げてくれ」と患者の移送を命じた。

「胸部のX線写真は撮らないんですか。病室に上げる前に撮ったほうが、手間がはぶけるでしょう」

「バカ。今さらX線写真を撮ってどうするんだ。無駄なことはするな」

速石は一良を叱りとばして、患者に言った。

「栄のオバア、大丈夫だ。すぐに病室に上げてやるからな」

ふだんの診察とはまるでちがう優しい声だ。

ストレッチャーをエレベーターまで送り届けると、速石は階段を二段飛ばしで病棟に上がった。一良も遅れずについていく。

病室に着くと、看護師が心電図と酸素マスクをつけた。

「血圧は八〇の四二、脈拍《プルス》一一六、酸素飽和度《サチユレーシヨン》は九一です」

血液の酸素飽和度は、九六パーセント以上が正常で、九〇を切ると呼吸不全と診断される。酸素マスクをつけて九一パーセントというのは、そうとう厳しい状況だ。

一良が固唾《かたず》を呑《の》む思いで見ていると、患者がイヤイヤをするように首を振った。速石が覆い被《かぶ》さるようにして聞く。

「どうした。大丈夫か。つらかったら鎮静剤の注射があるぞ」

「まだ……、いい」

喘ぎながら答える患者の手を、速石がぐっと握りしめる。

「そうだな。だけど、苦しくなったらいつでも言いなよ。楽にしてやるから」

楽にしてやる？　一良は言葉の裏に隠された意味を考え、身震いした。

速石は息子夫婦に、何かあったらすぐナースコールを押すよう言い残して、ナースステーションに引き揚げた。これから濃厚な治療がはじまるのだろう。そう思っていると、速石はナーステーブルの椅子にどっかと腰を下ろしてつぶやいた。

「今晩が峠だな」

「えっ、治療はしないんですか。抗生剤の点滴とか、人工呼吸器の装着、昇圧剤やステロイドの投与とか」

「バカ、するかよ。そんなことをしたら、うまく死なせてやれないじゃないか」

「えぇーっ、何もしないであきらめるんですか」

「おまえな、患者がせっかく往生しようとしてるのに、チューブやカテーテルを突っ込んで、無理やり生かして、よけいな苦しみを与えて良心が痛まないのか」

「でも、やるだけのことはしないと」

「それを医者の驕《おご》りと言うんだ。医療は死に対して無力なんだ」

身も蓋《ふた》もない言い方に、一良は二の句が継げなかった。速石が早口に説明する。

「栄さんはもともと肺気腫《はいきしゅ》で、呼吸機能も悪いし、腎《じん》機能も低下してる。だから、治療も検査も無駄にしかならない。医者が自己満足のために、患者を苦しめたらいかんだろ。患者が最期を迎えるときには、医者は何もせずに横に控えているのが役目なんだ。おまえだって、死ぬときにはそっとしておいてほしいだろ。挿管とか導尿とか点滴とか、されたいか」

一良は怯《おび》えたように首を振る。

「さあ、もう一回、診にいくぞ」

速石がせわしなげに病室に行き、一良もあとに従う。

「どうです。容態は変わりませんか」

栄トミヨは入院して安心したのか、荒い呼吸も少しはましになっていた。

「オバア、何も心配いらんからな。あんまり苦しかったら、いつでも言えよ。すぐに楽にしてやるから」

またただ。一良は全身から血の気が引く思いで患者を見る。速石が息子夫婦に言った。

「今晩は横についといてあげなよ。お別れは意識がはっきりしてる間にしとくんだぞ。昏睡《こんすい》状態になってから、ありがとうとか、さようならとか言っても、本人には伝わらないんだから」

「わかりました」

息子が涙を堪《こら》えて答える。

ふたたびナースステーションにもどると、すでに勤務時間の午後五時をすぎていた。

「あとはときどきようすを診にいくだけだ。特別なことはしないから、おまえももう引き揚げろ」

速石に言われて、一良は四階の宿舎部屋に上がった。

なぜ、速石は検査も治療もしないのか。手段が残されているのに、早々にあきらめるなんて、医師として許されるのか。


寝苦しい一夜を明かした朝、一良は始業時間前に二階の病棟に下りた。栄トミヨが入っていた個室は、空になっている。

看護師長の福本が出勤してきて、一良に言った。

「栄さん、今朝の午前四時十分に亡くなったそうよ」

一良は昨日の速石の言葉を思い出して、恐る恐る福本に訊《たず》ねた。

「もしかして、速石先生が楽にしてあげたんですか」

「先生は何もしてない。栄さんは自然な最期を迎えたのよ。速石先生は上手に看取《みと》ってくれるって、島の人はよく知ってるからね」

だから速石にご指名がかかったのか。しかし、一良は納得できず福本に訊ねた。

「それでほんとうによかったんでしょうか。治療すれば、助かる見込みもゼロではなかったでしょうに」

「たしかに見込みはあったでしょうね。でも、いったん治療をはじめると、悲惨な状態になる可能性のほうがはるかに高いわよ。何もしなければ、少なくとも医療の弊害はないんだから」

——医療は死に対して無力なんだ。

速石の言葉が呪文《じゅもん》のようによみがえる。福本が半ば冗談のように言った。

「速石覚先生は、名前の通りの医療をするのよ」

＊

一良が午前の外来診察を終えて、病棟に上がろうとしたとき、玄関から車椅子に乗せられた老人が入ってきた。息子らしい男性が車椅子を押しているが、その後ろには一族郎党が勢ぞろいしたかと思われるほどの人数が付き添っている。

「診察ですか。受付時間は終わってますが、どうぞ診察室に来てください」

声をかけると、車椅子を押している男性が沈鬱《ちんうつ》な面持ちで言った。

「診察はもういらないさー。入院しに来たのさー」

「診察はいらないって、患者さんはずいぶんつらそうですよ」

車椅子の老人は、ジャコメッティの彫刻のようにやせて、全身が強《こわ》ばり、節くれ立った指を小刻みに震わせている。重症のパーキンソン病で、かなり症状は進んでいるようだ。

「もうつらくて仕方ないと言うから、連れて来たのさ。立つこともできなくて、シシバも垂れ流しだし、味もわからなくて、何を食べても漆喰《しっくい》みたいだって言うんだから」

話していると、事務長の平良が出てきて、「玉城《たまき》さんじゃないの。久しぶりだね」と、声をかけた。患者は玉城徳治郎《とくじろう》といい、二年前までパーキンソン病で通院していたが、最近はずっと家で療養をしていたらしい。御年九十一歳。

「どうね。家でメシは食っとるかね」

「いやあ、もうつらくてつらくて。オジイが病院へ連れて行ってくれと言ったのさー。それで、黒須先生にお願いしようと思ってな」

「そうかあ。了解。すぐに先生に来てもらうよ」

またも主治医の指名だ。パーキンソン病なら内科のはずだが、なぜ外科医長の黒須が呼ばれるのか。

ほどなく黒須が下りてきて、息子から事情を聞いた。集まった家族が、「よろしくお願いします」と、深々と頭を下げる。中には涙を堪え、むせぶように口元を押さえる女性もいる。治療を頼むのに、なぜそこまで深刻になるのか。

「わかりました。どうぞお任せを」

黒須は速石とは異なり、静かに言って、平良に入院の手配を指示した。

一良が二階に上がると、玉城徳治郎が内科病棟の広めの個室に入っていた。ナースステーションで福本に聞くと、黒須は中で診察をしているとのことだった。

「どうして外科の黒須先生の患者さんが、内科病棟に入るんですか」

「いいのよ。ときどき引き受けるんだから」

福本は曖昧《あいまい》に答えて、自分の仕事にもどった。

診察にしては長い時間がすぎたあと、ようやく黒須が出てきて福本にうなずいた。福本も何も言わずにうなずき返す。一良が黒須に訊ねた。

「患者さんは重症のパーキンソン病で、老衰に近いんじゃないですか」

「その通りだ」

「じゃあ、食事は口からは無理ですね。胃ろうですか、それとも中心静脈栄養ですか」

「どちらもしない」

「まさか経鼻チューブですか。あれは患者さんにはつらいでしょう」

「もちろんそれもしない。今さら栄養補給なんか意味ないだろ」

このまま放置するのか。つまりは餓死。それは患者にとって苦しいのではないか。

「じゃあ、家族のことはよろしく」

戸惑う一良を尻目《しりめ》に、黒須は福本に一声かけて医局にもどった。

夕方、一良が病棟に行くと、玉城の個室から賑《にぎ》やかな声が洩《も》れてきた。扉を開くと、ベッドの周囲に十人以上の見舞い客が詰めかけていた。オーバーテーブルにラフテーや島らっきょうの皿が並び、男たちは泡盛の杯を手にしている。

「ああ、若い先生がいらした。先生も一杯飲まれよ」

車椅子を押していた息子が、杯を差し出す。

「困ります。病室でこんなことされたら、ほかの患者さんに迷惑でしょう」

「看護師長さんに許可もらってるさー」

ベッドを見ると、玉城徳治郎が強ばった表情を緩めて笑顔を作っている。泡盛も少し口にしたのか、頰がほんのり赤い。

あきれて病室を出ると、準夜勤の宇勝と出くわした。

「玉城さんの部屋、見舞い客が酒盛りをやってるぞ。この病院は、家族の飲酒やどんちゃん騒ぎを許すのか」

「いつもじゃないです。でも、たまにあるんです」

それだけ言うと、宇勝は忙しいとばかりに、ナースステーションに入った。

翌日も、朝から玉城徳治郎の家族が大勢、病室に詰めかけた。

「玉城さんはどんなようすですか」

一良が福本に聞くと、「別に変わりはないわよ。落ち着いています」との答えだった。

「今、みなさんで写真を撮ってらっしゃいます」

「それはよかった」

安心して医局に引き揚げ、午後、ふたたび病棟に行くと、玉城の親族一同が病室の前に並んでいた。男たちは神妙にうなずき、女たちは手を取り合い、子どもたちは母親のスカートの陰に隠れている。

ナースステーションに入ると、福本があっけらかんと伝えた。

「玉城さん、さっき亡くなりました。今、ナースが死後処置をやってます」

「亡くなったって、午前中は変わりないと言ってたじゃないですか。急変したんですか」

「まあ、そうとも言えるわね」

「蘇生《そせい》処置はしたんですか」

答えはない。

扉が開いて、二人の看護師が出てきた。

「準備ができました。みなさん、玄関でお待ちください」

白布をかけられた玉城徳治郎がストレッチャーに乗せられて出てくる。廊下にいた家族がぞろぞろと階段で下りていく。一良がナースステーションの窓から見ると、下に霊《れい》柩車《きゅうしゃ》が待機していた。何という手まわしのよさ。急変したのに、なぜ家族は驚きも取り乱しもしないのか。それより、家族全員が揃っているときに急変したなんて、偶然にしてはできすぎではないか。

そこまで考えて、一良は、はっと気がついた。

「福本さん。これってまさか……」

「何？」

一良が言葉の接ぎ穂を失っていると、福本が耳元に顔を寄せて低くささやいた。

「みんなが納得して、いちばんいい方法を選んだのよ」

＊

ありえない。

看護部長が暗黙の内にも安楽死を容認しているなんて。

いや、宇勝も知っていたようだ。もしかしたら、黒須に連絡した事務長の平良も知っていたのかもしれない。まさか、病院全体で安楽死を是認しているのか。

一良は悲愴《ひそう》な思いで三階の院長室に向かった。

「失礼します」

ノックの返事も待たずに扉を開ける。岡品は卓上鏡に向かって、口髭《くちひげ》の手入れをしていた。

「岡品先生。ちょっとよろしいでしょうか」

大股《おおまた》で執務机に近づくと、岡品は何事かと目線だけ上に向けた。一良は息が上がりそうになるのを堪えて言った。

「昨日、入院したばかりのパーキンソン病の患者さんが、先ほど亡くなられました。今朝まで何の変調もなかったのに、ご家族が全員揃っているところで、急に亡くなったんです。霊柩車まで手配して」

「ほう、それはまた準備のいい」

「いや、おかしいでしょう。偶然にしてはできすぎです。主治医は黒須先生ですよ」

黒須の名を出せば察しはつくだろう。そう思って、一良は岡品を見つめた。

「黒須君がパーキンソン病の患者を？　ああ、そういうことか」

やっぱり思い当たる節があるのだ。

「岡品先生はご存じだったんですね」

「何を」

「安楽死ですよ。黒須先生が患者さんを安楽死させたんでしょう」

一良はそれを口に出して、思わず身震いした。もしその事実が外部に洩れたら、大変なことになる。岡品記念病院はメディアの集中攻撃を受けるにちがいない。

ところが岡品は慌てたようすもなく、余裕の笑みさえ浮かべて応《こた》えた。

「いや、それは安楽死ではないよ。縮命治療だ」

「はあっ？」

ふざけているのか。一良は露骨に驚いて見せたが、岡品は当たり前の調子で続けた。

「命を延ばす延命治療があるんだから、命を縮める〝縮命治療〟もあっていいだろう」

「命を縮める治療？　医師の務めは少しでも患者さんの命を延ばすことじゃないんですか」

「新実君。君はこの病院に来てどれだけになる。間もなく一年半か。それでまだそんなことを言うのかね」

　岡品は半ば嘆息するように言って続けた。

「まあ、この病院では、無駄な延命治療で悲惨な状況になる患者は少ないからな。しかし、君は白塔病院にいたんだろう。そこで延命治療を受けた患者はどうだった？」

　東京の最先端病院である白塔病院では、常に患者に最大限の治療が行われていた。それで助かる患者もいたが、多くは尊厳のない状況で酷《むご》たらしい最期を迎えていた。それでも、医者も家族も、やるだけのことはやったというある種の納得を得ていたはずだ。

　そう告げると、岡品はげんなりした顔で首を振った。

「それは医者と家族の自己満足だろう。あるいは、あとで悔やまないための免罪符だ。そんなことのために、つらい目に遭う患者の身にもなってみたまえ。本人がやってくれと言うならまだしも、もういいと言っているなら、周囲はそれを受け入れるべきじゃないか。それこそが、ほんとうの意味での個人の尊重だろう」

「そうかもしれませんが、医療者は常にベストを尽くすべきではありませんか」

「ベストを尽くすねぇ。私にはそれも自己欺瞞《ぎまん》のようにしか聞こえんがね。助かる見込みが一パーセントもない状況で、治療に突き進むのは、竹槍《たけやり》で戦車に立ち向かうようなもんだろう。だって、九割九分、悲惨な延命治療になるのだから」

「それでも、本人も家族も治療を求めますよ」

「多くの人は、医療の現実を知らないからな。悲惨な状況になってから、やらなければよかったと後悔するんだ」

たしかに、そういうケースもあるだろう。だが、一良は医師として、患者がどんな状況でも最後まで治療をあきらめたくない気持があった。

そんな一良の思いを汲《く》むようにうなずきながらも、岡品は静かに続けた。

「近代医療はな、治癒と延命ばかり追い求めて、死にゆく人への配慮に欠けていたんだ。治療はしたほうがいい場合もあるし、しないほうがいい場合もある。もう十分長く生きて、あとは楽に最期を迎えることだけが望みという人もいる。そういう人の手助けをするのも、医療の役目ではないかね」

「でも、僕は少しでも多くの患者さんを救える医師になりたいんです」

拳《こぶし》を握りしめて訴えた。岡品の目に穏やかな光が射す。

「君はまだそんなことを言っているのか。当たり前の話だが、医師も人間だ。特別な能力があるわけではない。その証拠に、私の同級生はもう何人もがんで死んでいる。五十代で脳梗塞《こうそく》になったり、脊髄《せきずい》小脳変性症のような難病になっている者もいる。配偶者に先立たれた者も少なくない。自分や家族を救えなくて、どうして他人の患者を救える？」

「じゃあ、どうすればいいんですか」

「どうもする必要はないんだよ。この島の人たちを見ていて気づかないかね。ここは離島中の離島で、近代医療から遠い存在だ。生活も裕福ではないし、自然環境も決して穏やかではない。だが、欲望を刺激するものが少ない分、自然を受け入れることの大切さを身につけている。人間が自然をコントロールできるとか、文明が進歩すれば幸福な社会が実現するとか、そんな大それたことは考えない。この病院ができるまでは、病気になったら家で寝ているしかなかったからな。それでも不平不満は少なかった。病気も老いも死も自然の一部で、受け入れるしかないとわかっていたからだよ」

「でも、岡品記念病院の設備は、都会並みに充実してるじゃないですか。やろうと思えばいくらでも濃厚な治療ができるのに、なぜやらないんです」

「たしかにな。この病院ができたときには、最先端の設備を導入したからねぇ。それが使われたのは、ほんの短い間にすぎなかったが……」

岡品の頰に苦い陰が浮かび、それ以上は語りたくないという雰囲気が伝わってきた。

たしか、この病院は岡品の父が設立したはずだ。赴任の挨拶《あいさつ》をしたとき、岡品は自分で父を看取ったと言っていたが、申し訳ないことをしたとも話していた。そのことが、病院の変化に関係しているのか。

続きを待ったが、岡品は口を閉ざしたままだった。一良は仕方なく、中途半端な気持で院長室をあとにした。

＊

病院を出たときは、まだ太陽が高かった。

海べりの道路を約三十分。運動不足を解消するために、一良は半パンとTシャツに着替えてジョギングをした。そのあと、病院の近くの広場でストレッチをする。

一、二、三、四と力を込めると、滝のように汗が流れる。身体が硬いので思わず唸《うな》り声が出た。

「うおーい。若い先生。よう頑張っとるねー」

離れたところから声がかかった。ガジュマルの木の下にゴザを敷いて、三人の男が酒盛りをしている。

「先生もこっちへ来られっちょ」

予定のメニューをこなしたので、一良はタオルで汗を拭《ふ》きながら、男たちのほうへ歩いていった。

「先生の唸り声が、ここまで聞こえとったちよ」

猪首《いくび》で赤ら顔にタオルの鉢巻きをした男が言う。

「しったつらそうかんば、ぬがそんなに頑張るわけな」

瓶の底みたいな眼鏡をかけた小柄な男が聞いた。

「最近、運動をしてないんで、身体を動かしたほうがいいと思って」

一良が答えると、間延びした馬面の男が訊ねた。

「身体を動かしたら、何かいいことがあるわけな」

「そりゃ健康にいいでしょう」

男たちがいっせいに笑う。タオルの鉢巻きと瓶底眼鏡はアロハシャツ、間延びした馬面はランニングシャツにステテコで、全員、六十すぎに見える。

「若いうちから健康にいいことなんかして、長生きしたらどうするんね」

タオルの鉢巻きがあきれるように聞いた。

「健康で長生きならいいじゃないですか。みなさんは長生きしたくないんですか」

「長生きはしたくないね」

「適当なとこでコロリと逝くのがいいさー」

「そのために明るいうちから泡盛を飲んでるっちょ」

三人が声をあげて笑う。タオルの鉢巻きがまた聞いた。

「先生は長生きしたいわけな」

「そりゃそうですよ」

「ほう。東京の人はみんなそんなふうに思うのかね。そう言や、最近は人生百年時代とか言うとるらしかんば」

「はげー、本気ね。東京の人は、百歳のオジイやオバアを見たことがないのわけ？」

「寝たきりで何もできんし、下の世話もだれかにしてもらうんだろ。そうなったら一日も早くお迎えが来てほしいと思うだろね」

どうしてそんなに悲観的に考えるのか。今は明るい老後を謳歌《おうか》し、いつまでも豊かに自分らしくと、心地よい情報があふれているではないか。それに百歳になっても、元気な老人はいくらでもいると思いかけて、一良はいや、と自分に待ったをかけた。冷静に考えれば、百歳まで生きて、生活が自立している人はごくわずかしかいないだろう。

　それでも一良は聞かずにはおれなかった。

「百歳とまでは言わなくても、せめて平均寿命の八十歳くらいまでは、生きたいと思いませんか」

「思わないね」

「思っても仕方ないね」

「だけど、健康で長生きできるように、いろいろ考えて摂生したほうがいいじゃありませんか」

「面倒じゃや。あれこれ用心したところで、死ぬときは死ぬさ」

　タオルの鉢巻きが言い、解説するように続ける。

「この島には台風がしょっちゅう直撃するばん、いくら備えをしたっても、台風は止められないよ。大きな台風が来たら、あきらめるより仕方ないっちな。わんきゃ《わしら》、はじめからそう心づもりしとるよ。なあ」

「だからよー《そうだよ》」

「やさやさ《そうそう》」

　しかし、被害を最小限に抑えたり、少しでも健康で長生きをするための努力は必要ではないのか。それが面倒だから、この人たちは気楽なことを言っているだけだろう。

一良は意地悪な気持になって、三人に訊ねた。

「今はよくても、いざ死が目の前に迫ったら、不摂生をしていたことを後悔するんじゃないですか」

「するわけないさ」

タオルの鉢巻きが即答した。あとの二人も続く。

「後悔しないように、こうして今、楽しんでるのさ」

「還暦を過ぎて、もう十分生きたっちょ。あとはあんまり長生きせんように、泡盛飲んで、うまいもん食って、愉快な話をしてるのよ」

本気でそう思っているのか。一良はムキになって訊ねた。

「愉快な話って何ですか」

「人をおちょくるのさー。先のことをあくせく心配して、長生きするために苦しい運動をする若者をからかって、笑ったりしてね」

えっ、と一良は一歩後ずさる。自分はこの三人にからかわれていたのか。バカバカしい。一良は怒りを抑えて三人の前を離れた。

病院の宿舎にもどりながら、まるでイソップのアリとキリギリスだと思った。気楽な三人はキリギリスだ。冬が来たとき、吠え面かいても知らないぞ。

胸の内でつぶやきながら、ふといやな思いに囚《とら》われた。物語は予定調和で終わるが、現実は往々にして皮肉だ。もしも、訪れる冬が予想以上に過酷で、キリギリスだけでなく、アリも全滅するなら、夏の間に楽しんでおいたキリギリスのほうが、賢明だったということにならないか。

一良は混乱しつつも、その考えを打ち消した。そして自分は健康にいいことを続けようと決心した。

＊

その夜、一良は恐ろしい夢を見た。

身体が枯れ木のようになって、手足も動かず、のどや鼻や腹にたくさんの管を突っ込まれ、器械につながれて、気管切開で声も出せず、うなずくこともできなくなった九十五歳の自分が、介護ベッドに寝かされている。いつの間にこんなに高齢になってしまったのか。

医師が近づいてきて、看護師に聞いた。

――バイタルは？

――異常ありません。順調です。

医師が一良の洗濯板のような胸に聴診器を当てて言う。

――この患者は、若いときにジョギングやストレッチで身体を鍛えていたから、心臓と肺は丈夫だな。あと十年はもつだろう。

あと十年！　そんなに長く身動きもできないまま生かされるのか。

ああ、あのとき健康にいいことなどしなければよかった。

思わずほぞをかんだとき、汗びっしょりになって目覚めた。

＊

「新実先生。新入院です。主治医をお願いします」

福本が新しいファイルを差し出して、一良に言った。

「どんな患者さん？」

「宇勝君代《きみよ》さん。八十四歳。心不全の患者さんです」

「宇勝って、るみちゃんの親戚《しんせき》？」

「祖母です」

横に控えていた宇勝が神妙な顔で、「よろしくお願いします」と頭を下げた。

宇勝の実家はたしか福岡のはずだ。その祖母がなぜこの病院に入院するのか。事情を聞くと、宇勝が困った顔で説明した。

「祖母は母と折り合いが悪くて、ずっと独り暮らしをしてたんです。父がときどきようすを見に行ってたんですけど、三年前に父が亡くなって、祖母は体調が悪いのに、ひとりで頑張っていました。でも、去年あたりからさらに具合が悪くなって、どうしようもなくなって、この病院で面倒を見てほしいと言ってきたんです」

「どうして地元の病院じゃなくて？」

「あたしが祖母にこの病院のことを話したからです」

「わかった。じゃあ、さっそく診察しよう」

一良が宇勝と病室に行くと、君代は上体を起こしたベッドで、じっと壁を見つめていた。

「お祖母《ばあ》ちゃん。主治医の新実先生だよ」

宇勝が言うと、君代は苦悶《くもん》の表情でベッドにもたれたまま会釈をした。息づかいは百メートルを全力疾走したように荒く、顔もむくんで頬が垂れている。一目で最重症の心不全だとわかった。

「どうして今まで病院に行かなかったんですか」

「うちゃ、病院が苦手ですばい。八十を超えたら、もうなんもせんと、自然に任すのが、いちばんやと、思うとりましたけん」

症状から判断すると、心不全の重症度を表すＮＹＨＡ分類では、明らかに最重症のクラスⅣだった。

「こんなになるまでよく我慢してましたね。でも、大丈夫です。まずは強心剤と利尿剤で心臓の負担を軽くしましょう」

「いいや。もう、薬は、よかです」

君代は喘ぎながら手を振った。

「しかし、今のままだとじっとしていても苦しいでしょう」

「やけん、早《はよ》う、楽にしてもらいたかです」

「だから、薬を処方しますよ」

「そうやなくて、もう、永久に、楽にして、もらいたかとですよ」

えっと一良は言葉に詰まった。まさか、君代はこの病院に〝縮命治療〟を受けにきたのか。宇勝に目を向けると、暗黙の了解のようにうなずく。いやいや、それはできない。それは黒須の専門だろう。そう思いかけて、黒須が昨日から休暇で島を出ているのを思い出した。

戸惑う一良に、君代が息も絶え絶えに言った。

「うちゃ、博多《はかた》でひとりで、お迎えの来るのを、待つつもりで、おったとです。そしたら、なるみが来てくれて、こちらの病院の、話ばして、くれたとです。あたしが先生に、頼んで、ばあちゃんを、看取るばいと言うて。嬉《うれ》しかったとです。やけん、どうぞ、よろしゅう、お頼み申します」

「新実先生。お願いします」

宇勝も身体を折るようにして礼をする。

「いや、しかし、まだ、今すぐには、どうも、その……」

一良はしどろもどろに答え、診察を終えてナースステーションにもどった。

「福本さん。るみちゃんのお祖母さん、とんでもないことを言ってますよ」

「また元気になりたいとでも？」

福本が皮肉な聞き方をする。君代の入院目的は、あらかじめ承知しているようだ。宇勝が一良に言う。

「先生にもわかったでしょう。祖母は安静にしていても、身の置き所がないほど苦しいんです。このまま無駄な治療で苦しみを引き延ばすのは、あんまりかわいそうです」

「無駄な治療って、やってみないと何とも……」

言いかけて、言葉を途切れさせた。多少は改善するかもしれないが、とても楽な生活にはもどれない。現実から目を背け、徒《いたずら》に検査をしたり、効果があるかどうかもわからない治療を試したりするのは、医師の欺瞞ではないか。現実を直視するなら〝縮命治療〟がもっとも患者の利益になるのでは――。

しかし、と、一良は躊躇《ちゅうちょ》する。ほんとうにそれでいいのか。

翌日から、君代の病室に行くたびに、「先生、お頼み申します。早く、楽に、してほしか」とせっつかれ、まともな返事ができないまま引き揚げることを繰り返した。

ナースステーションでも、宇勝が涙ぐんで一良に求める。

「先生。祖母はもう十分生きたと言ってるんです。母とはうまくいかなかったけど、自分の人生に満足してる、あとはこの苦しみを一日も早く終わりにしたいと言ってるんです」

福本をはじめ、ほかの看護師たちも無言のプレッシャーをかけてくる。速石も早口に言った。

「グズグズ考えてたって埒《らち》はあかんぞ。答えはもう出てるだろ」

一良は追い詰められ、進退窮まって、岡品に相談することにした。

＊

院長室に入ると、一良が何も言わないうちに、岡品が「まあ、そっちへ」と、応接用のソファを勧めた。

「宇勝君代さんのことか」

すべてお見通しのようだ。

「心不全でNYHA分類のクラスⅣなのに、治療を受けようとしないんです」

「治療すればよくなりそうか」

「もちろん、ある程度の効果は期待できますが……」

可能性が高くないのは、一良にも明らかだった。

岡品は事前に福本から報告を受けているのだろう。慈愛に満ちた導師か教祖のような調子で言った。

「君代さんは楽になりたいと言ってるんだろ。患者の希望に添うのが医師の務めじゃないのか」

「それはつまり、先生のおっしゃる〝縮命治療〟をしろということですか」

うなずく代わりに軽く肩をすくめる。一良はその仕草に反発を感じた。

「僕にはできません。自分が手を下すなんて、とても考えられない」

「じゃあ、君は君代さんが苦しんでいるのをそのまま放置するのか。それとも本人の意に反して、無理やり検査と治療をするのか」

それもしたくない。身動きが取れなくて相談に来たのに、よけいに困惑させられる。

「とにかく、僕にはできません。だれかと主治医を替えてください」

岡品はふむとうなずき、改めて一良を見つめた。

「君は、自分にはできない、だからほかの医者にさせろと言うんだな。自分は責任逃れをして、あとはだれが何をしようと知らないと。それでいいのか」

一良は思わず感情的になって叫んだ。

「じゃあ、院長は僕に患者さんを死なせろと言うんですかっ」

肩書きで呼んだのは、職責を意識させるためだ。岡品はわずかに声を和らげて答えた。

「主治医として、責任ある判断をすべきじゃないかと言ってるんだ。君もこれから一人前の医師として、自分の患者の治療方針を決めなければならない立場になる。先輩や同僚の意見を聞くことも大事だが、最終的な責任は自分が引き受けなければならない。人のせいにはできないということだ」

そう言ったあとで、岡品は椅子の背もたれに身を預けて、視線を宙に投げた。

「君の苦しい立場はわかる。私にもつらい経験があるからな。自分の父親を看取ったときのことだ。今から二十年前、白塔病院で積極的な治療一本槍の医療に疑問を感じはじめたとき、私は父に呼ばれた。父は肺がんで、抗がん剤の副作用で間質性肺炎《かんしつせいはいえん》を起こしていた。治療をどうすべきか、父は私に相談した。治る見込みがあるなら、できるだけの治療をしてほしい、しかし、悲惨な延命治療になるのなら、何もしてほしくないと言ってね。医師の君ならわかると思うが、これは無理な注文だ」

岡品の言わんとすることはこうだ。助かるなら治療してほしいが、助からないなら無駄な延命治療は拒否、というのは通らない。なぜなら、治療はやってみなければわからないからだ。治療をして助からなければ、悲惨な延命治療になることは避けがたい。どうしても悲惨な状況がいやなら、治る見込みがあっても、治療を断らなければならない。

岡品の父の希望は、不確定要素を無視した都合のいい注文だったのだ。

「父は素人だから、そう望むのも無理なかったのかもしれない。私はどちらか選んでくれと説得した。だが、父は自分の希望に固執して、この病院に集めた積極医療の医師たちの治療を受けた。結果、父は尊厳のない無残な状況に陥った。多臓器不全で全身が水死体のようにむくみ、重度の黄疸《おうだん》で顔が緑褐色に腫《は》れ上がり、体中の穴という穴から出血した。父は朦朧《もうろう》としながら、治療の中止を求めたが、医師たちはそれを拒否した。尊厳死は法律上、許されないからな。私はそれを黙過《もっか》した。当時は私も未熟で、父への反発があったんだ。それから二週間、積極医療の医師たちは、父の苦しみを無視して治療を続けた。まあ、彼らもよかれと思ってしたことだから、責めることもできないが、結果は最悪だった」

岡品は深いため息をつき、苦渋に満ちた目を一良にもどした。

「私は父を尊敬していた。一代で財産を築き、故郷に立派な病院を建てて、運営のための財団まで作ったんだからな。しかし、素人の悲しさで、医療の二面性や、不条理、弊害を理解していなかった。まあ、かく言う私も、自分で痛い目に遭ってはじめて理解したことではあるが」

一良にはわからない。自分はまだ医療に希望と信頼を抱いている。絶望的な見方は受け入れられない。

頑なに黙っていると、岡品が諭すように言った。

「若い医師は、患者の死を敗北のように感じるが、そうではない。死にもいい面がある。それ以上苦しまなくてすむからな。死ぬ以外に苦しみを取り除く方法がないとき、無駄な治療で自分をごまかしたり、手をこまねいて患者が苦しむのを見ていたりするのは、医師として恥ずべきことではないかね」

そう言って、岡品は穏やかに微笑んだ。

岡品に諭されても、一良は決断を下すことができなかった。

〝縮命治療〟などと言っても、結局は筋弛緩剤《きんしかんざい》や塩化カリウムを使って命を縮めるのだろうから、実質的には安楽死と同じで、もっと露骨に言えば医師による殺人だ。自分は患者を救うために医師になったのに、この手で患者を殺すことなどできない。

＊

しかし、君代の容態は日に日に悪化し、息苦しさも激しさを増して、言葉を発することも困難になりつつあった。入院後、数日は病院食を摂《と》ったが、それ以後はほとんど食事をしなくなった。食べるのが苦しくて、のどを通らないという。仕方なく、一良は栄養補給の点滴をした。君代はそれもいらないと言ったが、宇勝に説得されて渋々受け入れた。

病室に行くたび、君代は悶《もだ》えるように一良を見つめる。その目は、まだ楽にしてもらえないのかと訴え、頼むからこの苦しみを終わりにしてくれと懇願していた。

宇勝も目を赤くして、通常の業務をこなしながら祖母の看病をしていた。ときどき、準備室の隅で嗚咽《おえつ》を洩らす。ほかの看護師がなだめ、励ます。そして、いつまでも決断しない一良に、刺すような視線を向けた。

一良は過去の安楽死事件の裁判で、裁判所が挙げた安楽死の四要件を思い出した。

①患者が耐えがたい肉体的苦痛に苦しんでいること。
②死が避けられず、死期が迫っていること。
③肉体的苦痛を除去・緩和するために方法を尽くし、ほかに代替手段がないこと。
④生命の短縮を承諾する患者の明示の意思表示があること。

君代の場合は、①②④は問題ないが、治療らしいことをしていないので、③に不備がある。四要件が満たされても、安楽死は違法であるのに、一部に不備があればなおさら、ぜったいに容認できない。

しかし、このままでは何の改善も期待できない。どうするべきか。やるべきか、やらざるべきか。

一良が当直の日、宇勝は勤務が終わったあとも、遅くまで祖母の病室にいた。一良が夜の重症回診をしたとき、彼女はうつむいたまま顔を上げなかった。そして、日付が変わる直前、悄然《しょうぜん》と帰って行った。

当直室の内線電話が鳴ったのは、まだ夜が明けはじめる前だった。

「宇勝君代さんが、心肺停止です」

看護師の報告にベッドから飛び起き、すぐさま病室に駆けつけた。君代はまだ蘇生術を施せば心拍が再開する可能性がありそうだった。だが、あれほど死を望んでいた患者を蘇生させるのは、あまりに偽善的だ。

一良はすぐ宇勝に連絡するように看護師に指示した。

君代は静かな表情で横たわっていた。もう呼吸で苦しむことも、全身のだるさに苛《さいな》まれることもない。一良は空しく滴下する点滴を止め、型通りの診察で死亡を確認した。

「午前四時十二分。ご臨終です」

だれもいない病室で、空しくつぶやく。

やがて廊下に慌ただしい足音が響き、個室の扉を引き剝《は》がすような勢いで宇勝が入ってきた。君代を見るなり、ベッドに覆い被さるようにして号泣した。

「あぁ、お祖母ちゃん。ごめん、ごめん、ごめんねぇ」

死に目に会えなかったことが、そんなに悲しいのか。いや、看護師なら死に目に会うことの無意味さはわかっているはずだ。

一良が宇勝なるみに優しく言った。

「悲しいのはわかるけど、これでもうお祖母さんは苦しまずにすむんだ。自然のまま最期を迎えたんだから、大往生じゃないか」

慰めたつもりが、予想もしない言葉が返ってきた。

「祖母は、自然に逝ったんじゃありません。あたしが殺したんです」

宇勝はさらに激しく泣き崩れた。

＊

宇勝はそれから十分以上も声をあげて泣き続けた。

落ち着くのを待って、ナースステーションに連れて行き、椅子に座らせた。

事情を聞くと、彼女は半ば放心状態で説明した。勤務が終わる直前、準備室に忍び込み、ヂアミトールを注射器に入れて、隠し持ったまま君代の病室に行った。ほんとうに楽になりたいのかと確認してから、深夜、病室を出る前に、点滴の中に入れた……。

「お祖母ちゃんは、何度もうなずいて、あたしに向かって必死に手を合わせたんです。頼むから死なせてと」

宇勝はふたたびしゃくり上げながら、君代の最後の言葉を再現した。

一良は岡品と福本に連絡を入れた。まだ夜は明けていなかったが、二人ともすぐに病院にやってきた。

岡品が宇勝にもう一度、事情を聞いた。そのあとで、実況見分のように準備室で彼女のしたことを確認した。

もどってきた岡品に、福本が声をひそめた。

「どうされますか」

「そうだな。警察へ報告する前に、まずは君代さんの死因を確認する必要がある。ほんとうにヂアミトールかどうか」

院長らしく冷静に判断して、一良に言った。

「君代さんの心腔《しんくう》から血液を採っておいてくれ。成田君が出勤して来たら、検査をしてもらおう」

「今、電話で呼び出しましょうか」

福本が聞くと、「その必要はないだろう。私が連絡しておくよ」と答えた。

一良は君代の部屋にもどって、肋骨《ろっこつ》の間からカテラン針（長針）を刺して採血した。心臓が止まると血管からは血を採れないからだ。

そのサンプルを検査室に持って行き、すぐ調べられるよう遠心分離機で血清と血球成分とに分けた。

午前八時。検査技師の成田守が出勤してきた。岡品から連絡を受けているらしく、緊張した面持ちで検査室に向かう。一良は二階のナースステーションにもどっていたが、話はすでに伝わっていると見え、だれもが異様な緊張感を漂わせていた。

死亡診断書を書きかけた一良の手は、途中で止まった。「死因の種類」の記入ができない。通常なら、1の《病死及び自然死》に丸をつける。しかし、もし死因がヂアミトールなら、「死因の種類」は、10の《他殺》にしなければならない。そうなれば、警察の介入は必至だ。宇勝は殺人罪で逮捕されるだろう。岡品がそんなことを許すのか。一良は金縛りにあったように身動きができなくなった。

しばらくすると、岡品が二階のナースステーションにやってきた。

「どうでした」

福本が不安そうに聞く。岡品はそれに答えず、準備室に入って行った。

「ああ、なるほどこれか。慌てていてまちがえたんだな。ハッハッハ」

岡品が大きな声で笑った。一良、福本、宇勝が何事かと準備室に行く。

岡品が消毒用アルコールのボトルを手にしていた。

「成田君の検査で、君代さんの血液からギアミトールは検出されなかった。代わりに低濃度のエチルアルコールが検出された。亡くなる前に酒を飲んだはずはないから、確かめに来たんだよ。宇勝さんはギアミトールと、横に置いてある消毒用エタノールをまちがえたんだ」

「えっ、そんな……」

宇勝が啞然《あぜん》として言葉を失った。福本が彼女に確かめる。

「あなた、消毒薬とまちがえたの？」

「いいえ。でも、見つかったら困ると思って、慌てていたから、もしかしたら」

「そうだろ。だれかに気づかれることばかり気にして、うっかりボトルを取りちがえたんじゃないか。見られたらまずいと思って、明かりもつけなかったんだろ。準夜帯はもう暗いから、ボトルのラベルもはっきりと見えなかっただろうし」

岡品が状況を分析するように言うと、宇勝は、「そうでしょうか」と自信なさそうにつぶやいた。岡品は自説を補強するようにさらに続けた。

「さっき準備室で状況を聞いたとき、宇勝さんは薬液を一〇ccほど取ったと言っただろう。消毒用アルコールは約八〇パーセントだから、約八ccのエチルアルコールになる。

それを五〇〇ccの点滴に混入したら、約一・六パーセント。点滴が半量だったとしても、三・二パーセントのアルコール濃度だから、ビールより薄いくらいだ。成田君が検出したアルコール濃度にぴったりらしいぞ」

「でも、チアミトールが投与されたのでないとしたら、どうして亡くなったんですか」

一良が聞くと、岡品は胸を反らして厳かに答えた。

「たまたま寿命が尽きたんだろう。そうとしか考えられない」

そんな偶然があるだろうか。首を振ると、岡品が笑顔で一良の肩を叩《たた》いた。

「医療の現場には、思いがけないことが起こるものだよ。残酷なことも多いが、ときに運命は優しいんだ」

福本が安堵《あんど》の吐息を洩らして言った。

「取りあえずはヤレヤレね。消毒用エタノールの混入でも問題だけれど、患者さんが亡くなったことには関係はなさそうだから、大事《おおごと》にする必要はなさそうね。でも、お咎《とが》めもなしというわけにはいかないから、宇勝さんの処分はこれから考えます。いいわね」

「はい」

宇勝が未《いま》だ十分に状況を理解できていないようすでうなずく。岡品が「まあ、穏便にな」と、福本に片目をつぶって見せた。

まったく迂闊《うかつ》な話だ。宇勝にすれば、一世一代の決断だったはずなのに、ボトルを取りちがえただなんて。

＊

しかし、一良はどうにも納得がいかなかった。医局にもどりかけて足を止め、一階の検査室に行った。扉を開けた瞬間、成田がはっと検査台に背を向けるのがわかった。

「成田さん。ちょっとうかがいたいことがあるんですが」

成田は無言のまま首を振った。後ろに何か隠している。近づいて成田を押し退《の》けると、薄い緑がかったブルーの液の入った試験管があった。

「それ、ヂアミトールに含まれる界面活性剤じゃないですか」

ヂアミトールの検出は、界面活性剤の有無で確かめる。界面活性剤のチェックは医学生のときに法医学の実習で習った。試薬に反応すると青色の変化を示す。黄色みを帯びた血清では、薄い緑がかった色になるのも経験済みだ。

「やっぱりヂアミトールが使われてたんですね」

成田が強ばった顔で首を振る。

そのとき、一良の背後で岡品の声が聞こえた。

「何事も自分の目で確かめようとする。医師として大事な心がけだな」

振り返ると、岡品がゆっくりと検査室に入ってきた。

「君がどうも腑《ふ》に落ちていないようすだったので、もしやと思って見に来たら、やはり確かめにきたんだな」

「岡品先生。るみちゃんは君代さんに、ヂアミトールを投与したんじゃないですか」

「さあ、私は知らない。ただ言えることは、宇勝さんがしたことは、お祖母さんのことを思っての、やむにやまれぬ行動だったということだ。それを世間の常識とか、正義とか、法律で裁くことが正しいのかどうか、私にはわからない。新実君が君の信じるところに従って、警察に通報するというなら私は止めない。ただし、私は宇勝さんが点滴に入れたのは消毒用のエタノールで、君代さんの死とは何の関係もないと思っているし、警察にもそう証言するつもりだ」

一良は検査機器の並ぶ部屋にいながら、断崖《だんがい》絶壁に立たされたような心持がした。岡品は確信犯のようだった。しかし、このまま事実を闇に葬り去っていいのか。

「オランダでは、安楽死法が成立する三十年以上も前から、現場でさまざまな〝縮命治療〟が行われてきた。母親を安楽死させた女性医師、精神的苦痛のみを理由に安楽死させた医師、本人の意志を尊重して未成年を安楽死させた医師。法律を犯す勇気のある医師たちが、自分の責任で世論を動かして、法律の制定を勝ち取ったのだ。宇勝さんの行為も同じだろう。それは本来、彼女がすべきことではなかった。だから、私は彼女に心の重荷を背負わせたくないんだ」

岡品の言葉に、一良は胸を衝《つ》かれた。本来、それをすべきだったのは自分なのか。自分が宇勝にそれをさせてしまったのか。

「でも、事実が洩れたら、岡品先生も困ることにならないですか。病院ぐるみの隠蔽《いんぺい》と騒がれますよ」

「それだけじゃないだろ。安楽死容認の死神院長とか言われるかもしれんな。メディアは大喜びだろう。テレビのコメンテーターたちも、正義を振りかざす絶好のチャンスとばかり色めき立つにちがいない」

一良の脳裏に、許せない、あり得ない、信じられないと、テレビの画面で口々に言い募る識者やタレントの顔が思い浮かんだ。

「岡品先生はそんなメディアの餌食《えじき》になってもいいんですか」

「そうなったらそうなったときのことだ。ハハハ」

岡品は乾いた笑いを残して検査室を出て行った。

一良は心を決めかねたまま、病棟に向かった。ナースステーションに速石と休暇から帰ったばかりの黒須がいた。二人が宇勝に言う。

「おまえ、ほんとに慌て者だな。それにしても、絶妙のタイミングだったな」

「休暇から帰ったら俺の出番かと思ってたが、お呼びでなくて残念だよ」

宇勝が明るく応じる。

「先生方のお世話にならずにすんで幸いでした。院長先生がおっしゃった通り、運命ってときに優しいんですね」

岡品の思惑通り、彼女は心の重荷などまるで感じていないようだった。しかし、これでいいのか。

一良は死亡診断書を前に、悩み、考え、呻吟《しんぎん》しながら、「死因の種類」の欄を、1の《病死及び自然死》に丸をつけた。その丸は歪《ゆが》んでいたが、きれいな丸になるのはいつのことか。

まだまだ道は遠いだろうなと、一良はため息をついた。

Episode 8　離任

新実一良が岡品記念病院で後期研修をはじめて、一年九ヵ月がすぎた。残る研修期間はあと三ヵ月である。

快晴の日曜日。一良は病院の宿舎部屋から島内の散歩に出た。一月でも南沖平島は長《なが》袖《そで》シャツだけで十分だ。同じ日本とは思えないほど濃い青空に、白金色に輝く雲。アダン、ソテツ、ガジュマルなど、南国特有の木々も繁っている。

東京の最先端病院である白塔病院から、離島医療を学ぼうと思って赴任したが、はじめは驚きの連続だった。自分の判断で投薬を断る患者たち。大学病院での治療を勧めたら、大学病院のまわし者かと激怒した甲状腺《こうじょうせん》がんの患者。死ぬのは怖くないかと聞いたら、もちろん怖くないと大声で笑った末期の膵臓《すいぞう》がん患者。インスリンの量を勝手に増やして、低血糖発作を起こした重症の糖尿病患者……。

――まったく信じられない人たちだったな。フフフ。

一良は思い出し笑いをする。

赴任した当初は早く研修を中止して、東京へ帰ったほうがいいと思ったこともあった。しかし、いざ研修の終わりが近づくと、なぜか去りがたい気持が胸をよぎる。

――このまま岡品記念病院に残って、働き続けることは可能だろうか。

いや、それはあり得ない。院長の岡品の方針には納得できるところもあるが、承服しがたいところも少なくない。それに、次の研修希望者もすでにエントリーしているかもしれない。

一良はわずかな脱力感とともに病院にもどった。

玄関から入ると、明かりの消えたロビーに派手な服装の男性が立っていた。高齢であるのはわかるが、どことなくようすがおかしい。近づくと、ハイビスカスをあしらった女性用のムームーを着ていた。もしかして、男性は高齢のＬＧＢＴＱか。

一良はできるだけ平静を心がけて話しかけた。

「何か病院にご用ですか」

「はあ。いや、大丈夫ちよ。ちょっと来てみただけやさ」

男性は一良のほうを見ずにスタスタと出口に向かった。あとに強烈なにおいが残った。目に染みるような尿臭だった。

＊

翌日、ロビーに下りていくと、昨日の男性がまたぽつねんと立っていた。今日はムームーではないが、ランニングシャツを後ろ前に着て、下はパジャマのズボンのままだ。相変わらず尿臭が濃い。それを見て、一良はこの男性が認知症なのだとわかった。

ようすをうかがっていると、男性は一良の視線に気づいて、すっと背中を向けた。そのままゆっくりと壁に向かって歩いて行く。ぶつかると思った直前、立ち止まり、手を前にやってゴソゴソしはじめた。まさかと思う間もなく、男性は壁に放尿をはじめた。

「あっ、そこでしないで。トイレは向こうです」

とっさに叫んだが、男性はまるで聞こえないかのように放尿し続ける。

「やめてください。困ります」

一良が駆け寄ると、男性は放尿しながら逃げ出した。前を押さえていないので、尿が床に稲妻を描いて飛び散る。

「だれか来て。その人を止めて」

一良はほとんどパニックになって叫んだ。外来診察室から看護師の高梨操が出てきて、男性を認めるやあきれた声を出した。

「あらー、川畑《かわばた》のオジイやあらんね。前を開けっ放しにして、どうするんね」

両手を腰に当てて立ちはだかると、男性は「ひっ」と短く叫んで、病院の玄関から逃げるように出て行った。

一良が動揺の収まらないまま高梨に訊《たず》ねる。

「知ってる人ですか」

「川畑千代治《ちよじ》さんっていってね、近くに住んでる人ですよ。いつもは奥さんが面倒を見てるんだけど、勝手に出てきたのかな」

聞くと、川畑は六十八歳とのことだった。

「あの人、認知症ですよね。病院は受診していないんですか」

「どこも悪いところがありませんから」

「だって、認知症じゃないですか」

「それは……未治療です」

未治療と聞いて一良の血が騒いだ。騒ぎを聞きつけたらしい速石が、診察室から出てきて短く笑った。

「新実君。認知症は病気じゃないよ。ただのモーロクだ」

またわけのわからないことを言う。不審の目を向けると、速石がいつもの早口でまくしたてた。

「認知症なんて意味不明な呼び名をつけてるが、新しいのは病名だけで、むかしからあったことだ。人間、歳を取れば、筋肉が萎縮《いしゅく》して筋力の弱る者もいるし、脳が萎縮して知力の弱る者もいる。背中が曲がる者もいれば、判断力が曲がる者もいる。それだけのことさ」

「ちがうでしょう。認知症は明らかに病気で、自然な老化現象とは別物です。治療によって症状を軽くすることも、悪化を遅らせることもできるはずです」

「ほう？」

さも見下すような顔をするので、一良はムッとして言い返した。

「今は日本全国、どこでも認知症対策が進められています。デジタル新聞に出てましたけど、東京で開かれた認知症フォーラムでは、『認知症をあきらめない――最新医療で予防と症状改善』という専門家の講演があったそうです。未治療のまま放置なんて、考えられません」

「おまえな、そういう嘘や気休めでうっとりするのはよくないぞ。ああいうフォーラムでは、認知症の介護は患者の心に寄り添ってみたいなことを言うが、いざ、患者がウンコを布団《ふとん》になすくったりしたら、たいていの介護者は心が折れるんだ。早期発見なんかも叫ばれてるが、あんなもの密告社会と同じだろ。わずかな兆候に目を光らせ、疑わしいと見たら即、病院へ連行するんだからな」

速石の露悪的な言い草に、一良はうなずけない。

「だけど、保険で認可された治療薬もあるじゃないですか。それさえ処方しないのは、医師の怠慢でしょう」

「ああ、あのまやかしの薬な」

速石は鼻で嗤《わら》って続けた。「あれは神経伝達物質のアセチルコリンを増やして、進行を抑えるという触れ込みだが、アセチルコリンが認知症にどう関わってるか、まだ十分には解明されていないんだぞ。もしかしたら、まったく関係ないと判明するかもしれん。そもそも、あれは症状を改善するでもなく、進行を止めるでもなく、進行を遅くするというだけだろ。そこからして怪しげじゃないか。ぜんぜん効いてない患者にも、のんでなかったらもっと悪くなってたと言い訳できるんだから」

たしかにそういう側面はある。一良はやや感情的になって問うた。

「じゃあ、認知症の患者さんにはどうすればいいんですか」

「何もせず、ありのままを受け入れたらいいんだ」

「バカな」

一良は思わず吐き捨てた。

「多くの患者や家族が少しでも認知症を治したい、悪化を防ぎたいと思っているのに、ありのままを受け入れるなんて、できっこないでしょう。そんなことを言ってたら、医療者の職務怠慢だと言われますよ」

「そう思うか？　なら、納得のいくようにやってみればいい。俺はどうなっても知らんからな」

速石はそう言い残し、素知らぬ顔で診察室にもどって行った。

＊

午後、川畑千代治の妻が謝りに来た。

「さっきはうちのオジィがとんだ迷惑をかけちまったようで、まっことすまんことでした」

肩をすぼめて謝罪するのを制し、一良はできるだけ優しく言った。

「気にすることはありませんよ。でも、ご主人が認知症なのは、お気づきですよね」

「認知症？　ああ、モーロクのことかね。それはわかっとります」

「まったく治療されていないようですが、どうしてですか」

「そりゃあ、先生、モーロクは治りゃせんですもん」

「完全に治すことは無理でも、治療で症状は改善できますよ。今はよく効く薬もありますし、投薬以外にもいろいろな療法がありますから」

　妻は顔を上げ、一良が何の目的でそんなことを言うのかと、警戒する表情を見せた。

　一良は、雰囲気を変えるために彼女に訊ねた。

「ご主人以外にも認知症、いや、モーロクの人はたくさんいるんじゃないですか。そういう人たちは、病院で検査や治療を受けないんですか」

「受けないよ。受けても仕方ないからねー」

「徘徊《はいかい》で迷子になったり、夜中に大声を出したりして、困らないですか」

「そういうことは滅多にないちよ。うちのオジィも小便は垂れるばん、今朝みたいにしちゃいかんとこではしゃんからねー」

　そうなのか。一良はできるだけ親身な調子で言った。

「今はモーロクは認知症と言って、治療の対象なんです。僕が新しい方法を取り入れて行いますから、ぜひご主人に治療を受けるようにおっしゃってください。ご近所で似たような症状のある人がいたら、いっしょに来ていただけると嬉《うれ》しいです」

「そうですか。はあ、先生がそこまで言われるなら、オジイを連れてこようかね」

「お待ちしています」

一良は自分の熱意が伝わった喜びで、明るく応《こた》えた。

＊

そのあとで院長の岡品に掛け合い、「モーロク外来」を開く許可を得た。名称を「認知症外来」にしなかったのは、馴染《なじ》みがあるほうがいいと判断したからだ。

口コミだけでは頼りないので、一良はチラシを作り、宇勝なるみに頼んで認知症の患者がいそうな家庭に配ってもらった。

その結果、「モーロク外来」の初日には、男性二人、女性三人の計五人の患者とその家族がやってきた。いずれも中等度以上の認知症で、うち二人は夫婦である。

一良は事前にネットで認知症関係の論文を検索し、さまざまな治療法を調べた。医療機関以外にも、介護施設やNPOなどが多くの療法を提案している。

「それではみなさん、これからリハビリルームで、症状改善の治療を行います」

診察のあと、一良は高梨とともに患者と家族を一階の奥に案内した。中央に並べた椅子に患者を座らせ、家族は壁際のベンチで待ってもらう。

「まず最初は、運動療法からはじめましょう。これは筋力を鍛え、脳の血流を促して、認知症の改善につなげるものです。あっ、まだ立たないで」

説明の途中で男性患者が立ち上がるのを制す。

「最初は両手の運動です。はい、腕を前に出して、ブラブラブラブラー」

一良が見本を見せるが、だれもやろうとしない。仕方がないので、高梨とともに一人ずつ腕を伸ばさせて上下に揺する。患者たちは、なぜこんなことをするのかという顔で、よそ見をしたり、家族の存在を確かめたりしている。

「次は座ったままの前屈運動です。膝《ひざ》を曲げたまま、一、二、一、二。はい、みなさん、ごいっしょに」

やはりだれもついてこない。一良は構わず次に進む。やっているうちに真似る者が出てくるだろうという希望的観測からだ。

「はい、では今度は、身体を左右に捻《ひね》ります。腕を広げて、反動をつけるように、一、二、一、二……」

患者たちが不思議そうな顔で一良を見ている。この人はいったい何をしているのか、頭がおかしいのじゃないかという目つきだ。認知症の人にそんなふうに見られては、立つ瀬がない。

右端の老婆が立ち上がり、息子のほうに行こうとした。息子が手のひらを振って止める。

「オバア、立ったらだめさ。先生みたいに体操をやらねば」

老婆はお構いなしに息子の手を引いて帰ろうとする。それを高梨が何とか座らせると、左横にいた川畑がズボンの中に手を入れてモゾモゾしはじめた。高梨が素早く川畑を立たせて、「トイレに行きましょうね」と連れて行く。

どうも運動療法はうまくいかないようだ。一良はあきらめて次に移る。

「では、音楽療法をやりましょう。これは身体をリズムに合わせることで、脳の活性化を図るものです」

高梨がいないので、一良がタブレットを操作して演奏を開始した。

最初はモーツァルトの「アイネ・クライネ・ナハトムジーク」だ。軽快なバイオリンの音色が響く。一良は指揮者のように両手を振り、座った患者にリズムに乗るよう促す。しかし、だれも反応しない。旋律が進んで音が小さくなると、両端の二人がうつらうつらしはじめる。脳の活性化を図るのに、居眠りでは逆効果だ。盛り上がるところで一良は大きく手を振ってみたが、患者はやはり表情を変えない。よく知られているはずの名曲も、最後まで不発のまま終わった。

一良はため息をついて次の曲にかかる。高梨のアドバイスで用意した沖縄民謡で踊り、カチャーシーの曲だ。三線《さんしん》と太鼓の賑《にぎ》やかな前奏がはじまる。これなら反応するだろうと思う間もなく、四人がいっせいに立ち上がり、両手を挙げて激しい踊りをはじめた。足元の覚束ない老婆もリズミカルに踊っている。家族も後ろで座ったまま手を動かしている。

これは正解だと思っていると、トイレからもどってきた川畑が、踊りながら走り込んできた。一良も見よう見まねで踊るが、徐々に心配になってくる。五人の患者が完全に興奮状態になり、音楽と関係なしに猛烈なテンポで踊りに夢中になりはじめたからだ。人にぶつかろうが、椅子を蹴飛《けと》ばそうが、お構いなしによろめき、たたらを踏んで倒れそうになる。

「あ、危ない。中止中止」

一良がタブレットを操作して演奏を止める。ふいに音が消え、五人の患者は夢から覚めたように茫然《ぼうぜん》と佇《たたず》んでいる。

「ちょっと強烈すぎましたね。少し休憩しましょう」

患者たちは血色がよくなり、表情も明るい。やはり効果はあるようだ。

「みなさん、少し落ち着きましたか。それでは最後に、回想療法をやってみましょう。むかしの楽しかった思い出や、嬉しかったことを回想して、人とのつながりや自分らしさを取りもどす療法です。好きなこと、得意なこと、何でもいいから自由に話してください」

笑顔で語りかけるが、だれも話しださない。一良がまず治療のきっかけになった川畑に聞いてみた。

「川畑さん。これまででいちばん楽しかったことは何ですか」

沈黙。回想療法で大事なことは、無理やり聞き出さないことだから辛抱強く待つ。見かねた妻が、後ろから声をかけた。

「オジイ。ほら、島の角力《すもう》大会で優勝した話ば、聞かせてやらんね」

「うん？」

川畑が首を捻ると、妻がしゃべりだした。

「いえね、先生。うちのオジイは身体は小さいけど、腕っ節が強くてよ。相手の前褌《まえみつ》ばつかんだら、スッポンみたいに食らいついて離さんでしたち。それだけやのうて、相手の下に潜り込んだら、もう……」

「いや、奥さんは話さなくていいです。ご主人に話してもらわないと」

一良が止めると、妻はしゃべり足りなそうに苦笑いしてベンチにもどった。肝心の川畑は口を閉じたままだ。

「宮里《みやざと》さんのところは、何かいい思い出はありませんか」

となりに座っている夫婦者の患者に聞いてみる。

「思い出ちな。むかしのことは、もう忘れたち」

夫が言うと、妻が声を張り上げた。

「わん《わたし》は忘れんよ。アンタが毎週、那覇に通うて、仕事じゃち言うから信じとったら、怪しげなバーに入り浸って、フィリピン女に熱《うなぐ》ば上げて、ぎょうさんカネば貢がされとったやあらんね。そんで、何、わんと別れて、マニラに行くち約束までしとったやろが。

わんが五人の子どもば育てて、内職もして、一生懸命、家計ば支えよったちいうのに、アンタち人はほんとにもう」

「待ってください。回想療法は楽しい話をすることに意味があるので、いやなことは思い出さないで」

「だけど、先生。わんはあんとき、どれほどつらい思いをしたか」

妻がさらに言い募りかけると、夫が反撃に出た。

「わんにも言い分はあるちよ。うらぁ、胡散臭《おまえはうさん》い宗教に凝ってよ、毎晩、わけのわかん祝詞《のりと》ば唱えて、妙ちくりんな壺《つぼ》は買わされるわ、お札は貼るわ、お布施やちいうて、何万もまきあげられとったっちゃ」

「はげー。アンタがあのフィリピン女に取られたカネとどっちが多いっちな。膝枕すりや千円、耳掃除で千円、尻《しり》マリば触って五千円ちいうて、やにさがっとんやないね。このフリムン《愚か者》が」

言いながら、妻が夫に摑《つか》みかかろうとする。夫も応戦する。高梨が慌てて割って入る。右端の老婆がまたフラフラと立ち上がり、息子のところへ行こうとする。別の老婆が突然立ち上がり、「キャアーッ」と奇声を発したかと思うと、自分の顔をバシバシッと叩《たた》きはじめる。

「どうしたんです」

一良が止めようとすると、老婆はよけいに興奮して力任せに頰を打つ。その顔は笑っている。右腕を押さえると、左手を拳《こぶし》にして殴ったので、鼻血が噴き出した。

「高梨さん。ボスミンと綿球を持ってきて」

血管収縮作用のある薬液を頼むが、高梨はまだ宮里夫婦の仲裁にかかりきりだ。

「あー、先生。これはすぐ止まるさー。オバア、もうわかったから帰ろうね」

息子らしい男性が鼻血を流す老婆の手を取って、出口に向かう。

「大丈夫ですか」

「なーんも。うちのオバアはよくこれをやるのさ。もう慣れっこさー」

息子は平気な顔で答え、そのままリハビリルームを出て行った。ほかの家族もそれに従う。気づくと、一良と高梨だけが広い部屋に取り残されていた。

「大変でしたね」

疲れた表情の高梨に、一良は自分を慰めるように言った。

「まあ、新しい試みだからね。はじめからうまくいくとはかぎらないよ。続けてれば、少しずつ慣れてくるのじゃないかな」

＊

しかし、二回目の「モーロク外来」が開かれることはなかった。一回目の翌日、参加した患者全員の家族から、病院に苦情の電話が入ったからだ。

まず、川畑の家からは、千代治が廊下に大便をして、それを素足で踏みつけて歩きまわったので、家中が汚れてひどいことになったと連絡が入った。千代治はこれまで小便を洩《も》らすことはあっても、大便を便所以外ですることはなかったという。

宮里夫婦は、帰宅してからも妻の怒りが収まらず、ネチネチと責め続けた挙げ句、またつかみ合いのケンカになって、となりに住む長男が夫を引き取り、妻のほうは、嫁が一晩中、むかしの恨み節を聞かされたらしい。

何度も立ち上がった老婆は、夜更けに突然、起き出して、「帰る」と言って家を飛び出し、行方不明になった。近所中総出でさがしたら、家から四キロほども離れた川縁《かわべり》で、びしょ濡《ぬ》れになって見つかった。たまたま、通りかかった島民が見かけたからよかったものの、さもなければ命も危ぶまれる状況だった。

自分で顔を叩いて鼻血を出した老婆は、一晩中、奇声を発し続け、「殺される」「泥棒がおる」「家が燃える」と、被害妄想的な発言を繰り返したようだ。

いずれもそれまでにはなかった行動で、いずれの家族も、患者が「モーロク外来」で慣れないことをしたせいで、おかしくなったにちがいないと考えているようだった。

速石がそれ見たことかとばかりに解説する。

「オジイやオバアは、これまで普通に暮らしてたんだ。それをおまえが妙なことを強制したもんだから、とち狂っちまったんだよ。おまえは治療のつもりでも、相手は意味もわからず、変な男に変なことをさせられたとしか感じていない。そのストレスが夜中に爆発したのさ」

「しかし、やっているうちに意味も理解してもらえるでしょうし、いい効果も出てくると思うんですが」

「病気の否定は本人の否定につながるんだ。だから不愉快だし、怒りも湧く。それがトラブルを引き起こす。逆にありのままを受け入れてやると、拒絶されてないとわかるから落ち着く。この島の人は、そうやって認知症の年寄りと共存してきたんだ」

そう言えば、川畑の妻も尿を洩らすことをさほど問題にしていなかったし、鼻血を出した老婆の息子も、慣れっこだと言っていた。つまりは受け入れているということか。

「この島の人は認知症を治そうとは思わないんですか」

「それは無理だと言ってるだろ。キリストの奇跡みたいなのがないかぎり、認知症は治らないんだよ」

速石はドライに答えて、一良の前を離れていった。

一良は納得できなかった。たしかに認知症の治療はむずかしいが、予防なら見込みがあるのではないか。彼はいろいろ調べて、次は「モーロク予防外来」を開くことにした。この島の人がいくら認知症を受け入れていても、予防できればそれに越したことはないだろう。岡品に相談すると、「そりゃいい」と簡単に賛成してくれた。

＊

同じ失敗を繰り返さないためにも、一良はまず協力的な参加者を集めることにした。真っ先に浮かんだのは、沖平製糖の大平芳久である。彼なら積極的な医療に理解があるし、認知症になりたくない思いも強いだろう。直接、大平家を訪ねて話すと、案の定、大いに賛成してくれた。

「認知症の予防ですか。ぜひともお願いしたいですな。私はそういうドクターが現れるのを待っとったんですよ」

「ありがとうございます」

「だいたいこの島の人間は、認知症になってもモーロクだから仕方がないとか言って、ほったらかしでしょう。『モーロク予防外来』、大いに結構です。私も認知症にだけはなりたくないですからな。ハッハッハ」

初日にリハビリルームに集まったのは、芳久をはじめ、彼が集めてくれた沖平製糖の中高年の従業員七名と、芳久の妻の栄子だった。

「奥さまにまで来ていただいて、恐縮です」

一良が頭を下げると、栄子は「主人が参加しろしろって、うるさいんですもの」と、夫を横目で見た。

「今日、みなさんにやっていただくのは、特に予防効果が高いと言われる知的運動プログラムです」

一良は高梨に頼んで、踏み台で二段の階段を作らせた。

「このプログラムでは、身体を動かしながら頭を使うことを繰り返します。まずは踏み台昇降をしながらのしりとりです。看護師さんに見本を見せてもらいましょう」

高梨は踏み台を二段上がっては後ろ向きに下り、それを繰り返しながらしりとりをして見せる。

「いきますよ。しりとり、リンゴ、ゴリラ、ラッパ、パンダ……」

「こういう具合にリズムに乗ってやるといいです。どなたかやってみませんか」

芳久が率先して立ち上がる。

「では、パンダから続けてください」

「よし」

芳久が踏み台を上り下りしながら言う。

「パンダ、ダ、ダ……ダ、えーと、ダはむずかしい」

足が止まる。

「あ、止まらないで。昇降を続けながら考えるのが効果があるんです。じゃあ、どなたか別の方」

従業員たちが尻込みすると、芳久が栄子に行けと命じた。彼女は素直に踏み台の前に立ち、昇降をはじめる。

「パンダからですね。じゃあ、パンダ、ダチョウ、ウサギ、ギター、アメリカ、カンヅメ……」

「はい、結構です。よく続きましたね」

従業員たちが拍手を送る。芳久は「おまえ、やるじゃないか」と、低く呻《うめ》く。

「次は縄跳びをしながらの暗算です。跳びながら百から順に七を引いていってください。どなたかやっていただけますか」

芳久が振り向いて、部下に参加を促す。半白髪の男性が照れながら前に出る。高梨から縄を受け取ると、緊張した面持ちで縄跳びをはじめた。

「えっと、百から七ですね。はい、九十三、はい、八十六、はい、七十えーと、九、はい……」

そこで縄に引っかかり、止まってしまう。

「案外、むずかしいですなぁ」

頭を掻《か》きながら席にもどる部下を見て、芳久は満足そうにうなずく。

「では、次は座ってできる運動をやりましょう」

一良は参加者の前に椅子を置き、向き合って座った。

「いいですか。まずは両手のジャンケンです。常に右手が勝つような組み合わせでジャンケンを続けます」

一良はリズムを取りながら、掲げた両手でジャンケンをはじめる。右がグーのときは左がチョキ、続いて右がパーなら左がグー。

「これを徐々にスピードアップしていきます」

右手でグー、チョキ、パーを出し、左手でチョキ、パー、グーを出す。参加者が一良のリズムを真似てやろうとするが、たちまち行き詰まる。

「最初はゆっくりでいいです。いつも右が勝つんですよ。まちがえないように」

芳久が両肘《りょうひじ》を張って、松葉ガニのような姿勢でジャンケンをはじめる。考えがまとまらないのか、なかなか次に移れない。右手でグーを出すと、左手が混乱して指がイソギンチャクのように揺れる。ようやくチョキが出て、「よしっ」とうなずく。

横を見ると、栄子が上手にリズムを取っている。左右の勝ち負けも正確だ。芳久は横目でそれをにらみ、大きく息を吸い込む。必死に続けようとするが、とても栄子には追いつかない。

「おまえ、調子に乗りすぎだぞ」

「こんなの簡単よ」

栄子がますますスピードを上げる。芳久が悔しそうに歯ぎしりをし、同じリズムでやろうとするが、勝ち負けはバラバラ、途中からジャンケンにない形が交じりだし、最後はグーとパーを繰り返すだけになった。

「ほかのプログラムもありますから、ご自宅で練習してください」

見かねた一良が芳久に声をかけ、次の療法に進む。

「次はもう少し大きな運動です。片手を前に出してその手はパー、後ろに引いた手はグー、それを左右交互にやります。僕がはいと言ったら、グーとパーを入れ替えます」

全員がグーとパーを入れ替えながら、腕を伸ばしたり引いたりする。

「これを『うさぎとかめ』に合わせてやります。いいですか」

一良がゆっくりと歌いだす。参加者がおっかなビックリついてくる。慣れたころを見計らって、「はい」と合図を出す。とたんに参加者が混乱する。芳久は必死に考えながら手を出そうとするが、考えれば考えるほど混乱するようだ。途中から、両手ともグーになったり、腕がすくんで出せなかったりする。

となりの栄子は存外、器用にリズムに乗っている。最後の区切りでふたたび「はい」と合図をしても、まちがわずに手を入れ替えた。

「奥さん、すごいですね。バッチリです」

一良がほめると、芳久が思わず言った。

「もう一回！」

ほんとうは次に進みたいが、リーダー的存在の芳久を無視するわけにいかないので、さっきよりゆっくり歌いだす。芳久は懸命に腕の曲げ伸ばしを繰り返す。目が真剣だ。ペースが遅い分、ほかの参加者はさっきより上達している。「はい」と一良が合図を送ると、またも芳久が混乱した。

「待ってくれ。おかしい。前がグーで、後ろがパーか。逆か。あ、両手ともグーになる。今度は両手が前に出る」

　混乱する芳久に、楽々と正しい動作を繰り返していた栄子が言った。

「こういうのはリズムで覚えればいいのよ。あなたは頭で考えすぎよ」

「バカッ。認知症の予防だぞ。考えずにやってどうする」

　たしかにそうだが、芳久のように興奮するのもよくない。練習を続けるうちに、従業員たちが動きに慣れてくる。

「そうです。それでいいです」

　高梨が確認してほめる。「一、二、一、二」とリズムを取って、何人かで動きを合わせる。

「うるさい。まだできない者もいるのに、そんなに騒ぐな」

　芳久が後ろを向いて一喝する。従業員たちは首をすくめて黙り込む。できていないのは自分だけだと気づくと、芳久は激しい舌打ちをして練習を再開した。

　見かねた栄子が助言する。

「あなた、もう少しゆっくりしたほうがいいわよ」

「黙れ。よけいなことを言うな」

　芳久は口髭《くちひげ》を嚙《か》まんばかりに唇を突き出して、必死に左右を入れ替えようとする。しかし、何度やっても失敗する。そのうち、腕が揺れ、拳が震えだす。一良は止めたほうがいいと思うが、あまりの真剣さに声をかけるのさえ憚《はばか》られる。

そのうち、芳久の顔色が赤黒くなってきた。これ以上は危険だと思われたとき、ようやく左右の入れ替えに成功した。

「できた！」

芳久は一声叫ぶと、そのまま「うーん」と唸《うな》って仰向《あおむ》けに倒れた。

「あなた、しっかりして」

「大平さん。大丈夫ですか」

一良が駆け寄って抱き起こすが、芳久は白目を剥《む》いたまま応えない。

「頭を動かさないようにして、こちらに寝かせてください」

従業員たちに指示して、リハビリ用のマットに横たえた。高梨がすばやく血圧を測る。

「二二〇の一一七です。脈拍《プルス》は一一〇」

「ニカルジピンの点滴を持ってきて。急いで」

高梨が診察室に走り、降圧剤の点滴を持ってくる。一良が針を刺し、急速滴下する。

そこへ速石が白衣の裾《すそ》を翻して入ってきた。高梨が連絡したのだろう。

「何やってんだ。どいてみろ」

速石は一良に代わって、芳久のまぶたを押し上げ、ペンライトで瞳《ひとみ》を照らした。

「対光反射はあるな。眼球の偏位もなしと」

聴診器で呼吸音を確かめ、もう一度、高梨に血圧を測らせる。

「一七六の九八に下がってます。脈拍九〇」

「よし。大平さん、わかりますか。両手を握ってください」

意識は朦朧《もうろう》としているようだが、指は速石の手をしっかりと握る。

「大丈夫そうだな。ストレッチャーを持ってきて、二階の病棟に上げてくれ」

高梨に指示してから、一良をにらみつけた。

「予防外来で病人を作ってどうする」

返す言葉もない。「すみません」とだけ謝って、芳久が病棟に上がるのに付き添った。

栄子が従業員たちを帰らせ、夫の病室に来る。一良は神妙な面持ちで頭を下げた。

「申し訳ありません。こんなことになってしまって」

「先生のせいではありませんわよ。この人がムキになるから」

そう言いながらも、心配そうに夫を見る。

「一時的な高血圧発作だといいんですが、脳出血や脳梗塞《こうそく》の危険性もあるので、落ち着いたら検査します」

栄子を残してナースステーションに行くと、速石が苛立《いらだ》った声を投げつけた。

「おまえがやってたプログラムなんか、まやかしもいいところだぞ。認知症の本態がわからんのに、予防なんかできるわけがないだろ」

「でも、知的運動プログラムは、国立の専門機関が推奨してるんですよ。論文だって出ているし、まやかしなわけないでしょう」

「そんなもの当てになるか。これをやって認知症にならなければ、プログラムのおかげだと思いたいんだろうが、やらなかったら認知症になったという証拠はないんだからな。認知症の本態が解明されたら、こんなプログラム、まじないも同然だと笑われるのがオチだぞ」

「じゃあ、どうすればいいんですか」

「だから、何もしなくていいんだよ。当てにならないプログラムで嘘の安心を広めるのは欺瞞《ぎまん》だ。わからないことは正直にわからないと言うのが、専門家の責務だろうが」

速石の主張は、一見、筋が通っているようだが、わからないことを盾に、面倒なことはしたくないという下心があるのではないか。岡品記念病院の医療は、常にできるだけ何もしないことが基本だ。こんなところにいたら、自分がどんどんものぐさになるのではないか。一良はふと危機感を覚えた。

＊

幸い、芳久はCTスキャンで脳出血も脳梗塞もないことが確認され、翌日、退院となった。認知症に関する一良の試みは、中止せざるを得なかった。岡品は報告を聞くと、鷹揚《おうよう》に笑って言った。

「やらずに悔やむより、やって後悔するほうがいいからな」

がん検診のときと同様、不首尾に終わることを予見していたかのような口振りだ。

「ところで、君もそろそろ研修の終わりが近づいているようだから、死亡診断書を書く経験もしてもらおうか」

「はあ？」

一良はこれまでにも何人かの患者を看取《みと》っているから、死亡診断書は書いている。そのことを告げると、岡品は口髭を捻《ねじ》りながら、思わせぶりに笑った。

「私が言っているのは、在宅死の患者の診断書だよ。黒須君が多いようだから、彼に教えてもらうといい」

黒須と聞いて、一良は不吉な予感を抱いた。

三階の外科病棟に行くと、ナースステーションで黒須がニヤニヤ笑っていた。

「院長から連絡があったよ。在宅死の死亡診断書を教えてやってくれとな。まったく面倒なお役目だ」

笑っているから機嫌がいいのかと思うと、逆のようだった。

「病院で書く死亡診断書と、どこがちがうんですか」

「どこもちがわんよ。どのみちホトケは死んでるんだ。そのうちお呼びがかかるだろう」

ホトケだなんて、まるで犯罪被害者みたいな言い方だ。

一良は医局にもどり、自分のパソコンで死亡診断書の作成ルールを確認した。

患者が自宅で亡くなったとき、医師が二十四時間以内に診察をしていれば、死亡診断書を書くことができる。二十四時間以内に診察していなくても、それまで診療していた病気で亡くなったと判断できる場合は、書いてもかまわない。

しかし、別の病気や原因不明の死が疑われる場合、あるいはまったく診察していない患者のときは、死亡診断書ではなく「死体検案書」を書くことになる。そして、二十四時間以内に警察に届けなければならない（異状がなければその必要はないが、人が死んで異状がないということは考えにくい）。当然、手続きは面倒かつ煩雑となる。

東京では死体検案書を書くことが少ないので、岡品はそれを経験させようとしているのか。もしかして、孤独死とかで、腐乱した死体を検死させられるのか。

いやいや、この島は地域のつながりが強いから、孤独死で何日も放置されることはないだろう。ぜひともそうあってほしい。一良は祈るような気持でパソコンを閉じた。

＊

しばらくして、事務長の平良が朝一番に、黒須に連絡してきた。下沢地区の比嘉《ひが》幸甚《こうじん》という男性が亡くなったらしいので、診に行ってほしいとのことだった。

「ホトケが出た。七十六歳、男。今朝、家人が布団《ふとん》の中で冷たくなってるのを見つけたらしい」

いよいよかと一良は緊張する。今朝見つかったのなら、腐乱死体ではないだろう。

比嘉の家は病院から車で二十分ほどで、島でよく見る開放的な平屋だった。

「岡品記念病院から来ました黒須です」

開け放たれた玄関で声をかけると、息子らしい男性が出てきて頭を下げた。

「お世話になりますが、どうぞよろしく」

招かれるまま和室に通ると、布団にやせた老人が寝かされていた。横に妻らしい老婆が背中を丸めて正座している。奥に一組の布団が畳まれているのを見ると、夫婦で寝ていて、朝、妻が夫の息がないことに気づいたのだろう。

黒須はあたかも生きている患者を診察するかのように、ペンライトで左右の瞳孔《どうこう》を調べ、聴診器をやせた胸に当てた。何も聞こえるはずがないのに、何を白々しいことをしているのか。

聴診器を耳からはずすと、ひとつため息をつき、腕時計で時間を確認した。

「午前八時五十二分。ご臨終です」

「はあ……？」

妻と息子が奇妙な顔をする。それはそうだろう。亡くなったのはもっと前のはずだ。

「黒須先生。死亡時刻は、死後硬直や直腸温の低下から判定するのじゃないんですか」

「バカ。そんなことをしたら、死亡診断書が書けないだろう。患者は俺が死亡を確認するまでは生きてたんだよ」

黒須が家族に説明する。

「実際に亡くなったのは夜中でしょうが、医学的には私が今確認した時間が死亡時刻になります。単なる手続きですから、気にしないでください」

遺体の右胸に、懐中時計ほどの膨らみがあるのを指して、息子に聞いた。

「ペースメーカーを入れてらっしゃいますね。これはいつ?」

「十年ほど前に、鹿児島の大学病院で入れてもらいました。不整脈がひどかったもので」

「チェックや交換は?」

「調子がよかったもんで、オジイは面倒がって、検査にも行ってなかったんですよ」

「なるほど。では、ご遺体に処置をしますので、ご家族は席をはずしていただけますか」

家族が出て行くと、黒須が一良に言った。

「おまえも覚えとけ。ペースメーカーを入れたまま火葬すると、途中で爆発して、火葬場の職員がびっくりするから取り出しておくんだ。メスを持ってこなかったな。家族からカッターナイフを借りてこい。なかったら刺身包丁でもいい」

刺身包丁って、遺体を何だと思っているのか。幸い、息子はカッターナイフを貸してくれた。黒須は外科医だけあって、慣れた手つきで胸に半円形に切開を入れる。死体なので血は出ない。黄色い皮下脂肪をめくり、外から押し出すようにして、ペースメーカーの本体を取り出した。ティッシュで摑み、心臓まで届いているワイヤーを引き抜く。

「もしかしたら、死因はペースメーカーの不具合かもしれませんね。だとしたら気の毒ですね」

「なんでだ。ラッキーじゃないか」

聞きちがいなのか。訝《いぶか》りながら一良が聞いた。

「きちんとチェックを受けてたら、この人はもっと長生きできたかもしれないでしょう」

「どうしておまえはそう患者を生かすことばっかり考える。人間はいつか死ぬんだ。だったら上手に死ぬことも考えんといかんだろう。ペースメーカーの不具合なら、あっと言う間だ。自分でも死ぬと思わないうちに死ねるんだから、こんな楽な死に方はない」

たしかにそうだが、釈然としない。

「この人はまだ七十六でしょう。早すぎますよ」

「バカ。ペースメーカーを入れてなきゃ、もっと早く死んでるんだ。十年も長生きしたんだから、御の字じゃないか」

そう言いながら、胸の切開痕《こん》を押さえつけてガーゼを当てる。

「これで家族にもわからんだろう。じゃあ、死亡診断書を書くぞ」

「えっ。検案書じゃないんですか」

この患者は死亡後にはじめて診察したのだから、診断書は書けないはずだ。ところが、黒須はここへ来て三度目となる罵声《ばせい》を一良に浴びせた。

「バカ。検案書なんかにしたら、警察に届けなきゃならんだろう。この患者はさっきも言った通り、俺が診るまで生きてたんだ。診察をして、そのあとで亡くなったんだから、二十四時間以内に診たことになる。だから診断書でいいんだ」

理屈ではそうだが、明らかに事実に反する。

「万一、事件性があった場合、診断書では見すごされるじゃないですか」

一良が反論すると、黒須はため息交じりに言った。

「じゃあ、解剖しろとでも言うのか。おまえみたいに杓子《しゃくし》定規にやってたら、手間がかかって仕方がない」

「だけど……」

あくまで規則にこだわろうとする一良を尻目に、黒須は死亡診断書の記載をはじめた。死亡時刻や死亡の場所を記入したあと、「直接死因」の欄に「急性心不全」と書いて、以下の原因の欄を一気に斜線で閉じた。一良がまた口をはさむ。

「ペースメーカーのことは書かないんですか」

「いちいちうるさいヤツだな。そんなよけいなことを書いたら、あとでややこしいことになるだろ」

黒須は一良を無視して、記載を終えようとした。一良は言うべきことは言わなければと、まなじりを決して医長を諫《いさ》めた。

「死亡診断書が不正確だと、統計のデータに狂いが生じるじゃないですか」

「そんなことは気にする必要はない。統計は個人には当てはまらないんだ。生存率が何パーセントでも、個人にとっては常に百かゼロだからな」

「それはそうですが、統計で安心する人もいるじゃないですか」

「そんな安心は幻想にすぎない。不安をごまかすための気休めだ」

黒須の考えは虚無的すぎる。統計によって治療のガイドラインも決まるし、患者への説明の根拠にもなるのだから、当然、正確であるべきだ。

一良がなおも納得できずにいると、黒須は最後の署名を終え、「ほい、できた。家族を呼んでこい」と、一良に命じた。

息子と妻が入ってくると、黒須は診断書を折りたたんで言った。

「あとは葬儀屋にやってもらってください。この診断書があれば、万事滞りなく進みますから」

「ありがとうございます」

息子が両手で診断書を押し頂き、「よかったな、オバア」と母親に声をかける。

「それでは、我々はこれで」

黒須はあっさり言って立ち上がった。遺体に手を合わせることもしない。

一良は不穏な気持を隠せなかった。黒須のような医療をやっていると、自分がどんどん虚無的になって、患者の死にも無感覚になってしまうのではないか。そうなったら医師としておしまいだ。

＊

泌尿器科部長の服部勇三が、医局で一良に声をかけた。

「今日、下地八重《しもじやえ》さんが外来に来るぞ。この前の検査の結果が出たから」

下地は二ヵ月前に腎臓《じんぞう》がんと診断された患者で、診断の時点で肝臓と肺に転移があり、抗がん剤の治療を続けていた。一良は研修の一環として、服部の治療を横で見せてもらっていた。

「転移の大きさはどうです」

「だめだな。前回までは少しずつ小さくなってたが、今回は逆に大きくなってる。右肺の転移は数も増えてるし」

「別の薬に替えたらどうです」

「いや、もう抗がん剤はやめだ。副作用で本人が弱るだけだからな」

体格のいい服部は、いかにも体育会系らしくきっぱりと言った。

一良が服部に従って泌尿器科の外来に下りると、待合室に下地が座っていた。薬の副作用のせいか、かなり疲れているようすだ。まだ四十八歳で治療法のないがんになり、さぞかしつらい思いをしているだろう。

「どうぞ。お入りください」

服部は下地を診察室に招き入れると、旧式のシャウカステンに胸部のX線写真を掛けた。

「今回の治療は、残念ながら、十分な効果が得られなかったようです。血液検査では白血球の減少と、貧血の進行が見られます」

下地は黙ってうなずく。身体の調子から、よくない結果は予測していたようだ。

「食欲はいかがです」

「食べられないねー。吐き気がきついから」

「それは抗がん剤の副作用です。一度、薬をやめてみたほうがいいと思います」

「だけど、薬をやめたら、病気が進むやあらんね」

「大丈夫。今は治療より体力回復のほうが先決ですから」

服部は胸を張るようにして言った。体力の回復が大事なのはわかるが、簡単に大丈夫などと言っていいのか。

一良が疑問に思っていると、服部はさらに調子よく勧めた。

「心配だったら、又吉《またよし》さんのところへ行ってみたらどうです。又吉ゆき恵《え》さんの心霊治療院。ご存じでしょう」

心霊治療院？　一良は耳を疑った。医師がそんな怪しげなところを勧めていいのか。

下地も戸惑いの表情を見せている。

「又吉さんは並外れたパワーの持ち主ですから、下地さんの病気にもきっとよく効きますよ」

「はあ、考えてみようかね」

患者は顔を伏せて、不安そうに答えた。

下地が帰ったあと、一良が服部に聞いた。

「心霊治療院て何なんですか。末期がんの人にそんなところを勧めていいんですか」

「どこにも行き場がないよりましだろう」

「それにしたって、きっとよく効くなんて、いい加減なことを言って」

「効くかもしれんだろ。治るとは言ってないからな。抗がん剤と同じだ」

たしかに、抗がん剤ではたいていのがんは治らない。医師が「効く」と言うのは、延命効果があるということで、「治る」という意味ではない。しかし、心霊治療が効くとはとても思えない。

＊

数日後、下地から服部に連絡があり、又吉心霊治療院に行くと告げてきた。周辺の人に聞くと評判がいいので、行く気になったらしい。

いったいどんな治療が行われるのか。一良はこれも研修のうちだと、下地に同行させてもらうことにした。彼女も医師が付き添ってくれれば安心と、快く了承してくれた。

又吉心霊治療院は二階建てアパートの一階で、手書きの看板は出ているが、それがなければただの住居と見分けがつかない場所だった。

呼び鈴を押すと、五十代後半の太った女性が出てきた。並外れたパワーの持ち主などと言うから、どんな神がかった人かと思えば、外見はまったくふつうの中年女性だ。髪にきついパーマを当て、ふくよかな顔に細い目は、ふだんの表情でも笑って見える。服装もゆったりしたブラウスに灰色のスカートと、一般女性と何ら変わりがない。

「お待ちしていました」

招かれて部屋に入ると、奥の和室に祭壇のようなものがあり、中央に白い敷布の布団が敷かれていた。壺に活《い》けられた一対のサカキがあり、さすがにここは日常とかけ離れた雰囲気だ。

「下地八重さんですね。診察をさせていただきますので、横になってください」

又吉ゆき恵は下地を布団に仰向けに寝かせ、右手をガイガーカウンターのようにかざして、前後に動かした。病院の診断は伝えていないが、右側腹部《そくふくぶ》と右胸部を執拗《しつよう》に調べる。転移のある肝臓と右肺の場所だ。

次に下地をうつぶせにすると、同様に全身を探るように右手を動かし、今度は左の腰骨の上あたりを入念に調べた。腎臓がんはたしかに左側にできている。

「わかりました。どうぞ起きてください」

診察が終わり、下地は布団に正座した。いったいどんな診断がくだるのか。

「あなたの身体には、悪い血が溜《た》まっているところがあります。それが悪さをしているようです」

はあ？　と一良は首を傾げた。がんを言い当てられたらどうしようと思ったが、悪い血が溜まっているとは、また原始的な診断だ。

「でも、悪い血を吸い取れば、楽になるでしょう。もう一度、横になってください」

下地は背中を出してうつぶせになった。又吉ゆき恵は木箱からテニスボールほどのガラス瓶を一ダースほど取り出し、瓶の底にアルコールを注いだ。割り箸《ばし》に巻きつけた布をアルコールに浸し、火をつけてガラス瓶に突っ込むや、瞬時の動きで下地の背中に押しつける。吸い玉だ。伝統的な物理療法で、うっ血による皮膚の内出血を引き起こすことで、さまざまな効果があるとされる。しかしながら、医学的なエビデンスはなく、ましてやがんの治療に効果があるとは思えない。

又吉ゆき恵はガラス瓶をつけ終えると、穏やかな声で下地に語りかけた。

「病気というものは、前世からの試練のひとつです。それは克服してもよいし、克服しなくてもよい。人間はその試練によって成長し、より高いステージに向けて時空を進んでいくのです」

はあ？　一良はまたも内心であきれた。まるで神がかりだ。そんなものを信じる人がいるのか。しかし、下地を見ると、うつぶせのまま目を閉じてうなずいている。

「宇宙開闢《かいびゃく》から見れば、人間がこの世に存在するのはほんの短い時間です。喜怒哀楽に実体はなく、あるのは永遠不滅の霊的存在のみです。一生のうちにはよいことも悪いこともありますが、すべては消え去り、何の意味も残しません……」

一良は腕組みをして、憤然と又吉ゆき恵をにらんだ。こんなまやかしの治療で、末期がんの患者の大事な時間を浪費させていいのか。そう思って、施術の終わるのを待っていた。ガラス瓶をはずすと、下地の背中には赤紫の内出血とともに汗が流れ、ガラス瓶が曇っていた。

「いかがですか」

「ありがとうございます。ずいぶん楽になりました」

一良はまたもあきれたが、本人が楽になったというのなら否定はできない。おそらくプラセボ効果（心理的な影響で出る効果）だろうが、これがあるせいで医学的なデータにブレが生じる。

下地を自宅に送ってから、一良は病院にもどり、ナースステーションにいた看護部長の福本に愚痴った。

「服部先生はひどいんですよ。いくら治療の方法がなくなったとはいえ、末期がんの患者にあんなインチキなところを紹介するんですから。しかも、並外れたパワーだの、よく効くだの、いい加減なことを言って」

「服部勇三先生は、いつも大風呂敷《おおぶろしき》を広げるのよ」

横で聞いていた副院長の安部が、穏やかな表情で一良に言った。

「新実君は心霊治療をインチキだと言いますが、我々の治療もそれほど立派とは言えないのではないですか」

「どういうことです」

「れっきとした医療機関がまやかしの治療をやっていますからね。たとえば、がんの免疫細胞療法とか」

「あれはたしかに眉唾《まゆつば》ですが、やってるのは一部でしょう」

「じゃあ、骨粗鬆症《こつそしょうしょう》の治療はどうです。あと、自律神経失調症とか、認知症やうつ病の治療。高血圧の治療だって、作用機序のちがう薬はたくさんありますが、その人の高血圧がどのタイプか判定できないから、当てずっぽうで使うでしょう。点滴だって、血液を水で薄めているのと同じですからね。抗がん剤や放射線治療も、強い副作用があるのにやってますよね。外科手術も患者に大けがを負わせているのです。二十五世紀くらいになって、病気の本質を捉《とら》えた治療法が開発されれば、二十一世紀の医療はなんと野蛮なことをと嘲笑《ちょうしょう》されますよ。我々がモーツァルトの時代の瀉血《しゃけつ》を嘲笑するようにね」

「そんな未来のことを言われても、どうしようもないじゃないですか。今できることは、今の医学知識に頼るしかないんですから」

「その下地さんという患者さんには、できることがないのでしょう。心霊治療は病気を治しはしませんが、心をほぐしてくれるのです。それで患者さんの気持が楽になるなら、医療として成功じゃありませんか。私も末期がんの患者さんを何人か、又吉さんのところに紹介していますよ」

　バカな、と一良は眉をひそめた。安部の主張は現代医学の否定ではないのか。副院長がそんな考えを持っているなんて、やっぱりこの病院はおかしい。

＊

　研修の終了があと一ヵ月に迫ったとき、一良は岡品の院長室に呼ばれた。

「研修期間もいよいよあとわずかだな。君はいろいろ新しい試みにも取り組んで、よく頑張ったと思うよ。ところで、二年近くの研修でどんなことを学んだのか、聞かせてもらえるかな」

　いきなりの質問だったが、一良は当たり障りのない答えを述べた。

「岡品記念病院では、離島の病院ならではの工夫、地域住民の皆さんとのつながりの重要さなどを学ばせていただきました」

「疑問や不審に思うことも、多かったのではないかね」

「それは……、多かったです」

　正直に答えると、岡品はニヤリと笑って続けた。

「今から話すことは、老いぼれ医師の戯言《たわごと》だと思って聞いてくれればいい。私も医師になって四十数年たつから、いろいろ思うところもある。たとえば、無意識のバイアスということだ。医師になるのは大変だし、なってからも多忙で責任も重い。ミスは許されないし、緊張を強いられる場面も多い。それだけ努力と苦労をしていると、人間は知らないうちに自己肯定的になる。優秀な自分がこれだけ頑張っているのだから、まちがうはずはないと思うのだ。それが無意識のバイアスになって、積極医療一本槍の医師になってしまいがちだ。そうなると、医療の弊害や不条理を認めることができなくなる。おかげで患者は寿命を縮め、無用の苦痛や煩いに苦しみ、金をドブに捨てることになる。患者にも病気を治してほしいというバイアスがかかっているから、医療の欺瞞が見抜けない。幸い、この島の人々はあまり医療に期待せず、古くから自然を受け入れる体質を受け継いでいるから、精神的に自立している。あとは医師の側のバイアスを取り払えば、ほどよい医療ができるのじゃないかと思って、私はこの病院を運営しているんだ」

「ほどよい医療……？」

「そうだ。君はこの病院の医師が、手抜き医療をしているのではと疑っているようだが、そうではない。よけいな医療をしないだけだ。がん検診や認知症の対策をなおざりにしているのも、ものぐさだからではなく、受け入れるほうが望ましい結果になるからだ」

速石のことを言っているのか。岡品はさらに続けた。

「私が君に在宅死の現場を見せたのも、あるがままの死の平安を知ってもらいたかったからだ。良寛《りょうかん》さんの手紙にもこんな一説がある。『死ぬ時節には死ぬがよく候　是《これ》はこれ災難をのがるる妙法にて候』とな。決して虚無に陥るのではなく、どうしようもない現実には抵抗しないほうが、心安らかだと言ってるんだ」

　黒須が死に対してドライなのは、どうしようもないものとして受け入れているからか。

「君は心霊治療も否定しているそうだな。病気を治すという意味では、たしかに無力だろう。しかし、治らない病気になったとき、治すことばかりに執着していると、苦しむばかりだ。心の持ちようを変えれば、精神も落ち着く。宗教や心霊治療はそういうことに対して、医療よりも頼りになることが多い。ならば、大らかに活用してもいいと思わないかね」

　服部や安部が又吉ゆき恵の療法に一定の評価を与えているのは、そういう意味なのか。

　一良は自分が感じた疑問や否定的な考えを、すべて言い当てられたように感じて、当惑した。

　東京の白塔病院で教わった医療の常識が、岡品記念病院でことごとく覆された。どちらが正しいということではなく、医療にはいろいろな側面があるということか。岡品記念病院では、手抜きのように見えて、弊害の少ない医療が行われている。それがすなわち、ほどよい医療ということなのか。

　岡品は一良の理解を読み取ったように、穏やかにうなずいた。

　一良は前から気になっていたことを岡品に訊ねた。

「来月で僕の研修は終わりますが、次の研修医はもう決まってるんですか」

「いや」

岡品は首を振って目線を下げた。

「君はこの病院に来た最初の研修医だ。試しに受け入れてみたが、もう受け入れはしない。だから、君の後釜《あとがま》もなしだ」

その意味を岡品の表情から読み取ることはできなかった。

＊

三週間後、珊瑚屋で一良の「研修終了を祝う会」が開かれた。「送別会」ではないのかと思ったが、院内に配られた案内には、「祝う会」と書かれていた。

「さあ、今日は島の名物、ヤギ料理のフルコースだ。特別に頼んでイラブー汁も用意してもらった。それじゃあ乾杯！」

岡品が陽気に乾杯の音頭を取った。最後ぐらいはふつうの料理にしてほしかったが、この二年間で一良もヤギ料理に慣れて、少しは食べられるようになっていた。

前菜に続いて、丼に入ったイラブー汁が供される。

「これは栄養があるんだぞ。さあ、どんどん食べろ」

上機嫌の岡品に勧められ、赤茶色の汁に浸《つ》かっているぶつ切りのイラブーを箸で持ち上げた。皮にウロコの痕《あと》があり、燻製《くんせい》にされたウミヘビの肉は魚と獣の間のように見える。思い切って口に入れると、案の定、特別うまいとも思えないモサモサした食感が口に残った。

「新実君にはいろいろ楽しい場面を見せてもらったな」

ビールから泡盛に替えた速石が、さっそく早口でまくしたてた。在宅医療で低血糖発作を起こした失敗、がん検診の失敗、叔母《おば》の美貴が繰り広げた嫌煙運動の失敗、認知症対策の失敗など、思い出したくないことをあげつらう。

「末期がんの患者さんが亡くなるときに、挿管して家族を怒らせたりもしてましたよ」

宇勝が言うと、黒須も皮肉な調子で続く。

「家で静かに亡くなってる患者に、解剖まで求めかねなかったからな」

「しかし、新実君は基本的にまじめなのでしょう。それは医師として悪いことではありませんよ」

副院長の安部が擁護すると、福本が揶揄《やゆ》した。

「まじめなのはわかるけど、クソがつくと困るのよね。速石先生たちみたいに、まじめのまの字もないのも困るけど」

速石も黒須も服部も、ヘラヘラと笑っている。

会が盛り上がってきたときに、岡品がみんなに注目するよう促した。

「あと一週間で新実君の研修も終わる。みんなにも伝えたが、うちの病院で研修医を受け入れるのは、新実君が最初で最後だ。次を受け入れたら、また一から教え込むのが大変だからな」

「そうだ、そうだ」

あちこちから声が上がる。やはり自分はお荷物だったのか。申し訳ないような、釈然としないような気持でいると、岡品がさらに続けた。

「一から教えるのは大変だが、せっかく教え込んだのを手放すのも惜しい。無理にとは言わんが、新実君がその気なら、この病院のスタッフとして迎え入れようかと思うが、みんなはどうかね」

思いがけない言葉に、一良は酔いの醒《さ》める思いがした。岡品は自分のサプライズに満足するように一座を見まわしている。

速石がさっそく反応する。

「教え込んだと言っても、まだまだ半人前だけどな。まあ、本人がその気ならいいんじゃないですか」

黒須も続く。

「俺の縮命治療を手伝ってくれるなら歓迎だ」

一良が慌てかけると、福本が宇勝たち看護師に聞いた。

「あなたたちはどう。新実先生、ちょっと頼りないけど、面倒見てあげる?」

「仕方ないですね。あたしたちがもう少し鍛えてあげます」

宇勝が上から目線で答えると、ほかの看護師たちもうなずいた。

お世話になります、よろしくお願いしますと言いかけて、一良は思いとどまった。

「ありがとうございます。でも、少し考えさせてください」

岡品は一瞬、当てがはずれた顔になったが、虚《うつ》ろにうなずいた。

＊

その夜、病院の宿舎部屋にもどった一良は、泡盛の酔いにふらつきながら、机の前に座った。電源を落としたパソコンのモニターに、頼りない顔が映っている。

岡品の誘いは嬉しかったし、憎まれ口めいたみんなの反応にも温かいものを感じた。しかし、このまま岡品記念病院に残っていいのか。

この二年間で学んだことは、東京の病院では経験できないものばかりだ。そもそも医療とは何か。そんな根源的な問いを投げかけられたようにも思った。最初は疑問だらけだったが、今はその疑問そのものに疑問を感じる。正しいと信じていたことが揺らぎ、当然と思っていたことが心もとなくなっている。なのにそれが不安ではなく、一歩下がった達観のように感じられる。

ほどよい医療……。

岡品はそう言った。白塔病院では徹底的な医療が唯一絶対の方針だった。ベストを尽くすというスローガンで正当化され、失敗や弊害は無視された。それでも、救われる患者も大勢いた。やれるだけのことはやったと納得する家族もいた。しかし、悔やむ人、嘆く人、悲惨の極致で取り乱す人もいた。

そういう医療を放置していいのか。縮命治療のように、今はまだ必ずしも受け入れられないものもある。先進医療の利点もわかっている。だが、それがもたらす無駄と不合理も身にしみている。今、自分がすべきことは何か。

大上段に構えてみても、泡盛に痺《しび》れた脳に、答えなど見つけ出せるはずもなかった。

＊

一週間後、岡品はじめ病院のほぼ全員のスタッフが、空港に見送りに来た。

「祝う会」の翌日、一良は院長室に出向いて、岡品の誘いを丁重に断った。一良は大学の医局に所属していないので、医局の命令で帰れと言われたわけではない。次の就職先もまだ決まっていない。それならなおさらここに残ればと、岡品に言われたが、一良の気持は変わらなかった。

「いよいよお別れだな。東京にもどると大変だろうが、まあ、頑張ってくれ」

空港のロビーで、岡品が励ましてくれる。安部も福本も宇勝も笑顔でうなずく。

「しかし、君なら岡品院長の誘いを受けると思ってたがな」

黒須がつぶやくと、速石がすかさず聞いた。

「東京へ帰るほんとうの理由は何だ。彼女でもいるのか」

「ちがいますよ」

一良は苦笑いしたあと、姿勢を正して答えた。

「岡品先生がスタッフにと誘ってくださったことは、ほんとうに身に余る光栄でした。でも、僕は思ったんです。岡品記念病院の医療を、この島だけにとどめておくのはもったいない。このすばらしい医療は、ぜひとも日本中に広めるべきだと。だから、僕は東京にもどって、この島で学んだ医療を積極的に実践していきます。微力ながら、できるだけ何もしない医療を、みんなに伝えていきたいと思っているのです」

一良は上気した顔で言い終えた。見送りに来た者は全員、啞然《あぜん》とした表情で一良を見た。東京で岡品記念病院の医療を実践すれば、彼がこの島でやったのと逆パターンで、また失敗を繰り返すに決まっている。そんなイメージがありありと浮かんでいるようだった。

「やっぱり新実先生のまじめには、クソがつくわね」

福本が低くつぶやく。

「え、何ですか」

聞き返した一良に、岡品が慌てて言った。

「もう出発の時間じゃないか。みんなで盛大に新実君を送り出そう」

一良が頭を下げると、拍手に続いて全員が万歳を三唱した。一良は笑顔で手を振りながら、タラップに向かうバスに乗り込んだ。バスが動き出すと、みんなが声援を送る。

「頑張れよ」

「元気でな」

「だけど、東京でふつうに働きたいなら、ここの医療は全部忘れたほうがいいぞぉ」

最後の大声は岡品だったが、やる気満々の一良の耳には、聞きちがいのようにしか聞こえなかった。

解説

里《さと》見《み》清《せい》一《いち》（作家・医師）

久坂部羊という作家のことを初めて知ったのは、私の家内が「これ、すごく面白い」と、『破裂』（幻冬舎）という小説を私に紹介してくれた時である。現代医療の闇、というとありきたりではあるが、医者や厚労官僚の「正味のところ」が活写され、ミステリーとしてもサスペンスとしても高度に練り込まれたプロットに引き込まれた。私も臨床医の端くれであるので、ステレオタイプ化した医者の描写や、「こんなのありえない」と言いたくなるような「医学」の設定には敏感なのだが、そういう「医療小説」にありがちな無理はどこにもなかった。正直なところ、なんとなく悔しくなって必死で粗探ししたのだが見つけられなかった、と白状した方が正確だろう。

　もう一つ「久坂部羊」のために悔しい思いをしたのは、二〇一四年の第3回日本医療小説大賞の時で、二〇〇九年から物書きを始めた私の『見送ル』（新潮社）という小説は、最終選考候補作5編の中に残った。この時の受賞作が久坂部羊『悪医』（朝日新聞出版）である。その時にはすでにこの作家についてよく存じ上げていたので、まあ順当なところだろうと納得はしたのだが、これまたなんとなく悔しくなった私は、朝日文庫で出るまで買わなかった。読むと一目瞭然、拙作とはプロとアマの差が歴然としていた。どこがどう、と疑問に思われる方は、私の駄文で説明を受けるよりも、お読みになることをお勧めする。あ、ちなみにその時は、私の小説も併せて読まないと「差」はわからないからね。

久坂部羊先生は大阪大学医学部卒の医師であり、外科医や麻酔科医として働かれたのちに外務省の医務官として9年間海外勤務をされている。その後高齢者を対象とした在宅医療に携われる傍ら、二〇〇三年に『廃用身』（幻冬舎）で作家デビュー、冒頭の『破裂』は第2作に当たるが、これを含めて複数作がドラマ化されている。小説の他にも、現代医療の問題点を指摘したエッセイを数多く書かれている。その作風は、人の生死を背景にした、医者・患者その他様々な人間の本音と現実を、綺麗事を排して「これでもか」と読者に突きつける……かと思うと、二〇一七年に出版された『院長選挙』（幻冬舎）のように、徹底して戯画化したドタバタ劇も得意としておられる。

本作『オカシナ記念病院』は、タイトルからして後者ドタバタ劇に属するように思われる方が多かろう。ストーリーは、都会から向学心に燃える新人医師の新実一良が離島の病院に後期研修医としてやってくるところから始まる。今の制度では医学部を卒業して国家試験に合格した医者は「インターン」つまり仮免許状態を経ずに、すぐに医師になる。最初の2年が初期研修で医者の基本を身につけ、その次が後期研修で、ここで内科なら内科の、ある程度専門性を前提とした修業になるのである。

新実くんは大学病院での2年間の初期研修で学んだ（つもりの）現代最新医学の知識を引っさげて意気揚々と赴任してくるのだが、赴任先の病院では医者も看護師もあまりやる気がないようで面食らってしまう。また患者も治療を求めず、医者の言うことに従わない。「生きるか死ぬか」の大問題を棚上げして、生活の都合を優先しているようだ。第1章の最後に「おかしい。おかしすぎる。ここは医療だけでなく、患者もおかしい」と新実くんは独白し、その違和感はその後、患者の蘇生の場面で、慢性疾患の在宅医療で、がん検診で、救急の状況で、禁煙をめぐる問題で、と続いていく。

その一々をここで再現するような野暮はしないが、根底に流れるのは医療にできることは限られていて、医療者は謙虚であらねばならないという態度と、「無理な延命はしない」という死生観である。こう書くと、「そんなの当たり前じゃないか」と思われることだろう。「無理な延命」なんて、自分たちも御免蒙《こうむ》る。

だが、この島の人々が考える「無理な延命」や「無理な医療」は、我々の常識だと「普通の延命」や「当たり前の医療」に相当する。癌になったが、手術をすれば助かる可能性が高い。それをわざわざ見逃すなんてあり得ない。癌も早いうちに治療すれば治るのだから、検診を受けて早期発見に努めるべきだ。病気は予防するのが一番で、喫煙はすべきでない。どれ一つ取っても、現代医学の、というより現代社会の常識であろう。ただしそこでは、治療や検診や予防のマイナス面が語られることはない。せいぜいが、「正しい」結論を下した後に、「とはいえこれこれにも気をつけるべき」という付け足しもしくは脚注で出てくるのみである。現代の医療者は（そしてたぶん患者も）忙しくて、そんな細かいことまで念入りに検討している暇はない。

こういう「離島での医療」なんてテーマで書かれるものは、往々にして、「島の素朴な住民とのふれあい」みたいな話になることが多い。素朴な人たちは「難しいことは考えず」、のんびりと生きている。本作も、一見すればそう思われるかもしれない。しかしながら、「素朴」なのは誰なのだろうか。我々は、生命が第一に重要と考え、他のことをすべて二の次、というより思考の外に置いているのではあるまいか。手術で痛い目にあうのも、命のためだから仕方がない。検診結果に一喜一憂するのも、命のためだから仕方がない。好きなタバコや酒をやめねばならぬのも、命のためだから仕方がない。

それで長生きしてどうなるかというと、我々は老衰していくのである。久坂部先生は、人々は70歳の状態のまま80歳に、80歳の状態のまま90歳になると思っている、と指摘されたことがある。そんなわけはない。そうして長寿を手にした高齢者を在宅医療で診ていて、先生は「長生きできて羨ましい、と思ったことはない」と断言されている。我々は何のために生きていて、これからも生きようとするのか。それを忘れて、生存期間を唯一の指標とし、「生命を保つ」目的のみで行動する我々の方が、よほど単純で「素朴」なのではあるまいか。もっといえば、マンガ的なのではなかろうか。「難しいことを考えていない」のは誰なのか。

蛇足ながら付け加えると、「だから医者になんかかからない方がいい」と、現代医学のマイナス面ばかりを強調してすべての医療を否定する向きもあるが、これまた「素朴」に過ぎると言わざるを得ない。こういうごく単純な主張が社会で一定の支持を受けるというのもすなわち、誰も「難しいことを考えていない」ことの裏返しなのだろう。

してみると本作は「笑えるドタバタ劇」ではなく、いや笑ってもいいのだが、ドタバタしている登場人物の姿は他人事ではないのである。名人三遊亭円朝の怪談噺は、口演中にはギャグも入っていて、聴いている最中には客も笑うのだが、寄席がはねての帰り道、皆恐怖に駆られて一目散に家に急いだという。本作も同じであり、読み終えると背筋が寒くなりはしないか。我々も、「生きるか死ぬか」の際には、登場人物たちをはるかに上回る醜態を晒してしまうに違いない。なぜなら我々は、「人間は（だから私も）必ず死ぬ」という当たり前のことを忘れて生きているからだ。

恐るべきことに、医学部の教育内容の中にも、「人間は必ず死ぬ」ということは入っていない。だが今、読者のあなたはそれに気がついてしまった。しばし呆然とするのは仕方がないとして、これからどうすればいいのか。それを考える前に、まずは久坂部羊先生に「ご教示ありがとうございました」とお礼を言おうではないか。

本書は、二〇一九年十二月に小社より刊行された単行本を文庫化したものです。

オカシナ記念病院《きねんびょういん》

久坂部《くさかべ》 羊《よう》

令和4年 12月25日　初版発行

発行者●山下直久

発行●株式会社KADOKAWA
〒102-8177　東京都千代田区富士見2-13-3
電話　0570-002-301（ナビダイヤル）

角川文庫 23459

印刷所●株式会社暁印刷
製本所●本間製本株式会社

表紙画●和田三造

ISBN 978-4-04-112811-4　C0193

◇◇◇

角川文庫発刊に際して

角　川　源　義

第二次世界大戦の敗北は、軍事力の敗北であった以上に、私たちの若い文化力の敗退であった。私たちの文化が戦争に対して如何に無力であり、単なるあだ花に過ぎなかったかを、私たちは身を以て体験し痛感した。西洋近代文化の摂取にとって、明治以後八十年の歳月は決して短かすぎたとは言えない。にもかかわらず、近代文化の伝統を確立し、自由な批判と柔軟な良識に富む文化層として自らを形成することに私たちは失敗して来た。そしてこれは、各層への文化の普及滲透を任務とする出版人の責任でもあった。

一九四五年以来、私たちは再び振出しに戻り、第一歩から踏み出すことを余儀なくされた。これは大きな不幸ではあるが、反面、これまでの混沌・未熟・歪曲の中にあった我が国の文化に秩序と確たる基礎を齎らすためには絶好の機会でもある。角川書店は、このような祖国の文化的危機にあたり、微力をも顧みず再建の礎石たるべき抱負と決意とをもって出発したが、ここに創立以来の念願を果すべく角川文庫を発刊する。これまで刊行されたあらゆる全集叢書文庫類の長所と短所とを検討し、古今東西の不朽の典籍を、良心的編集のもとに、廉価に、そして書架にふさわしい美本として、多くのひとびとに提供しようとする。しかし私たちは徒らに百科全書的な知識のジレッタントを作ることを目的とせず、あくまで祖国の文化に秩序と再建への道を示し、この文庫を角川書店の栄ある事業として、今後永久に継続発展せしめ、学芸と教養との殿堂として大成せんことを期したい。多くの読書子の愛情ある忠言と支持とによって、この希望と抱負とを完遂せしめられんことを願う。

一九四九年五月三日